STS
山田社

STS

山田社

STS
山田社

STS

山田社

山田社日檢書

ここまでやる、だから合格できる　竭盡所能，所以絕對合格

絕對合格全攻略！

新制日檢 必背 かならずあんしょう 必出 かならずでる 聽力

N1

吉松由美・田中陽子・西村惠子
山田社日檢題庫小組

◉合著

前言 Preface

愛因斯坦說

「人的差異就在業餘時間，

業餘時間生產著人才。」

從現在開始，每天日語進步一點點，可別小看日復一日的微小累積，它可以水滴石穿，讓您從 N5 到 N1 都一次考上。

多懂一種語言，就多發現一個世界；多一份能力，多一份大大的薪水！

《合格班日檢聽力 N1－逐步解說＆攻略問題集》精心出版較小的 25 開本，方便放入包包，利用等公車、坐捷運、喝咖啡，或是等人的時間，走到哪，學到哪，一點一滴增進日語力，無壓力通過新制日檢！

還有精心編排的漂亮版型，好設計可以讓您全神貫注於內文，更能一眼就看到重點！

本書精華：

- 日中對照翻譯，迅速吸收，學習零死角！
- 詳盡解題＋戰略指導，快速完勝取證！
- 精選必考單字文法，建構全方位技能！

精彩加碼：聽力滿分 6 步驟，零私藏傳授！

- 幫您統整「問事、人物、順序…」等 11 大出題方向，摸透日檢出題模式。
- 將出題方向歸納成 5W2H，實際解題、徹底演練。
- 教您如何迅速且有條有理的做筆記，不放過任何解題線索！
- 「m和b發音在聽力中如何區別」等發音比較，讓您巧妙避開陷阱。
- 「圖解情境單字」藉由圖像幫助記憶，並運用「聯想」技巧，增進詞彙能力 。
- 難倒大家的口語公式，這裡讓您反覆咀嚼，練就紮實的「基本功」。

▶ 常考會話「說法百百種」，幫助您撒出記憶巨網，加深記憶軌跡，加快思考力、反應力！

「聽力」一直是所有日語學習者最大的磨難所在。

磨難 1　每次日檢考試總是因為聽力而失敗告終。

磨難 2　做了那麼多練習，考試還是鴨子聽雷。

磨難 3　複雜多變的口語用法、細節繁多的攏長內容經常令人頭痛不已。

不要再浪費時間！靠攻略聰明取勝吧！
讓這本書成為您的秘密武器，提供您 100% 掌握考試的技巧；為您披上戰袍，教您如何突破自我極限，快速攻下日檢！

本書特色：

100% 充足
題型完全掌握

新日檢 N1 聽力測驗共有 5 大主題：理解課題、理解重點、概要理解、即時應答、綜合理解。本書籍依照新日檢官方出題模式，完整收錄 111 題模擬試題，並把題型加深加廣。100% 充足您所需要的練習，短時間內有效提升實力！

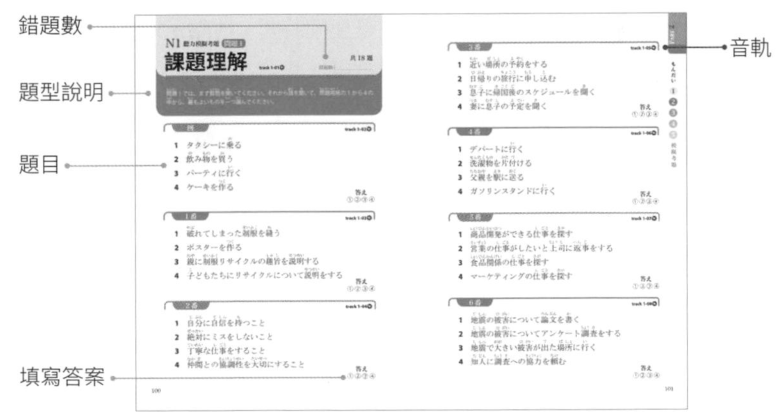

100% 準確
命中精準度高

為了掌握最新出題趨勢，《絕對合格 全攻略！新制日檢 N1 必背必出聽力》特別邀請多位金牌日籍教師，在日本長年持續追蹤新日檢出題內容，分析並比對近 10 年新、舊制的日檢 N1 聽力出題頻率最高的題型、場景、慣用語、寒暄語…等。同時，特別聘請專業日籍老師錄製符合 N1 程度的標準東京腔光碟，不管日檢考試變得多刁鑽，掌握了原理原則，就能 100% 準確命中考題，直搗閱讀核心！

100% 攻略
6 個步驟
聽力直達滿點

正式進入考題之前，先給予讀者們 6 種不同的攻略指南，內容完全針對日檢題型分析，讀完即刻應用，聰明過關。

STEP 1 透析日檢－掌握 11 大出題方向

第一步，先幫您將考題歸類出 11 種出題方式，指引您破題需掌握的重點關鍵字和問題重點，並培養聽到問句就能猜測考題方向的能力。不論題目是要問時間、地點、人物還是天氣，都能從容不迫的掌握關鍵對話，穩拿高分。

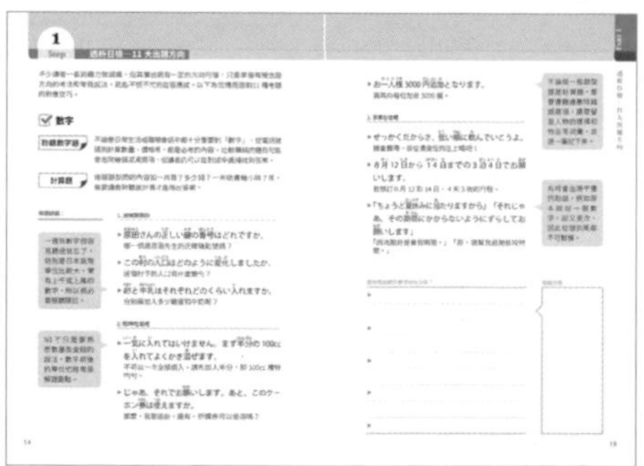

STEP 2 5W2H 系統式傳授解題密技

了解出題方向後，循序漸進幫您清楚明瞭的歸類成 5W2H，並舉出實際例題，告訴您實際的解題步驟和常見出題陷阱。透過演練及應用，不但能讓您對日檢的考法有更清晰的概念，還能事先歸納出解題的技巧、步驟。正式面對聽力考試時，也能不慌不忙、全心投入、一步步化解難題。

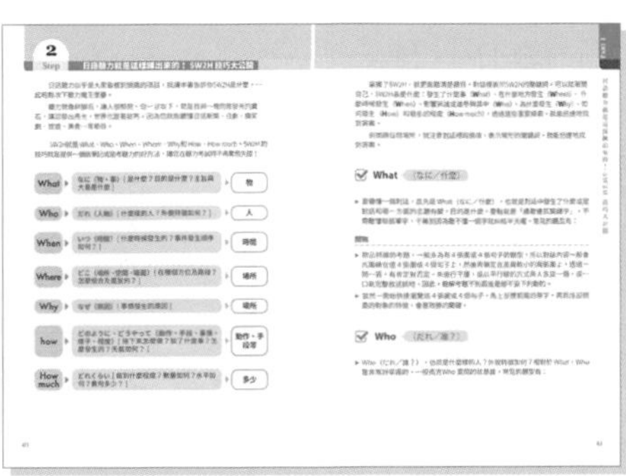

STEP 3 高分關鍵，做筆記的 6 大技巧

面對需要聆聽一段對話，並從整段對話中推敲答案的題型，本書將告訴您一邊聆聽一邊筆記的秘訣，讓作筆記變得更加清晰有系統，減少考試中的慌亂。把握重點不漏聽，答案自然呼之欲出。

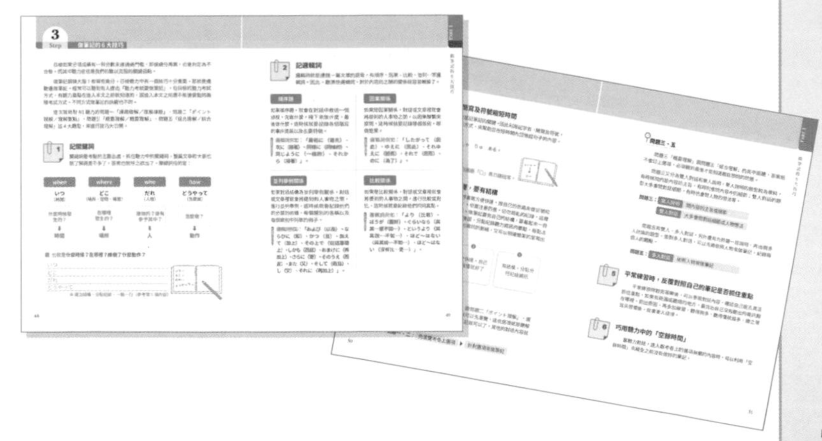

STEP 4 易混發音完全比較

您是否常常〔n〕、〔r〕不分？或是促音與直音總是分不清楚呢？本書將針對辨別相似單字和發音進行特訓，讓您的聽力不再含糊，可以自信、敏銳且精準的掌握每一句對話。

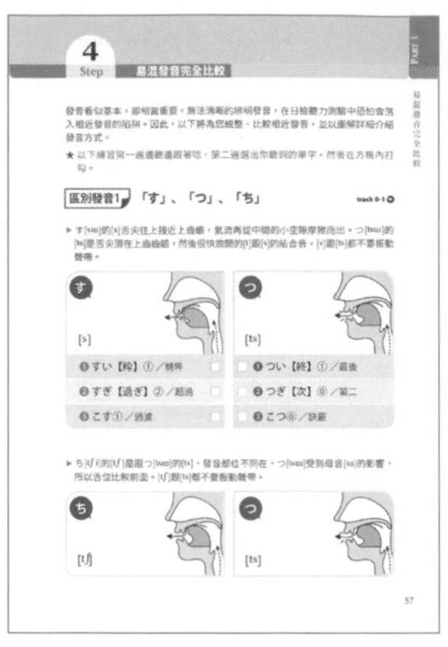
4 Step 易混發音完全比較

發音看似基本，卻相當重要。無法清晰的辨明發音，在日檢聽力測驗中恐怕會落入相近發音的陷阱。因此，以下將為您統整、比較相近發音，並以圖解詳細介紹發音方式。

★ 以下練習第一遍邊聽邊跟著唸，第二遍選出你聽到的單字，然後在方格內打勾。

區別發音1 「す」、「つ」、「ち」 track 0-1

▶ す[sɯ]的[s]舌尖往上接近上齒齦，氣流再從中間的小空隙摩擦而出。つ[tsɯ]的[ts]是舌尖頂在上齒齦，然後很快放開的[t]跟[s]的結合音。[s]跟[ts]都不要振動聲帶。

す [s]	つ [ts]
❶すい【粋】①／精粹	❶つい【終】①／最後
❷すぎ【過ぎ】②／超過	❷つぎ【次】⓪／第二
❸こす①／過濾	❸こつ⓪／訣竅

▶ ち[tʃi]的[tʃ]是跟つ[tsɯ]的[ts]，發音部位不同在，つ[tsɯ]受到母音[ɯ]的影響，所以舌位比較前面。[tʃ]跟[ts]都不要振動聲帶。

PART 1 易混發音完全比較

57

STEP 5 圖解常考場景單字

單字可說是學習語言的基礎，本書不只為您統整 N1 必考詞彙，還附上實用短句及豐富插圖。那些說不清楚的抽象辭意，我們用例子和具體圖像告訴您！生動教學讓單字不再生硬枯燥，還能啟動右腦圖像記憶，一秒烙印腦海裡。

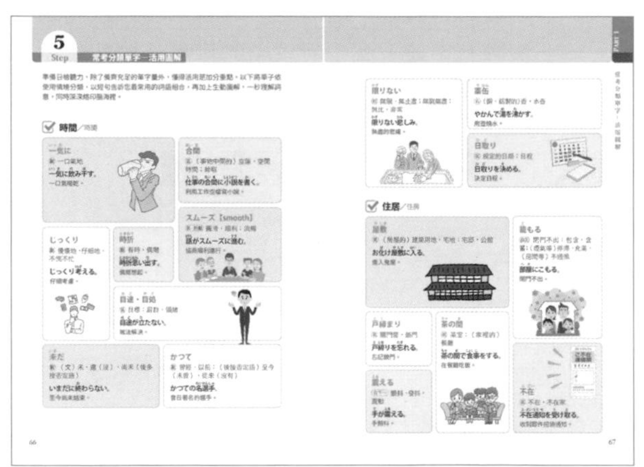

5 Step
時間
一気に
一気に飲み干す。
合間
仕事の合間に小説を書く。
スムーズ【smooth】
じっくり
じっくり考える。
時折
目途・目処
目途が立たない。
未だ
いまだに終わらない。
かつて
かつての名選手。
住居
66
67

STEP 6 口語日語的變化公式

只會教科書上死板的說法是不夠的，各種省略、簡化、慣用語充斥在日本人的日常生活中，日檢聽力也有大量的口說用法。本書將為您統整出普通說法到口語的變化公式，不只幫您突破聽力瓶頸、勇奪高分，還能學會日本人最道地的口語表現。

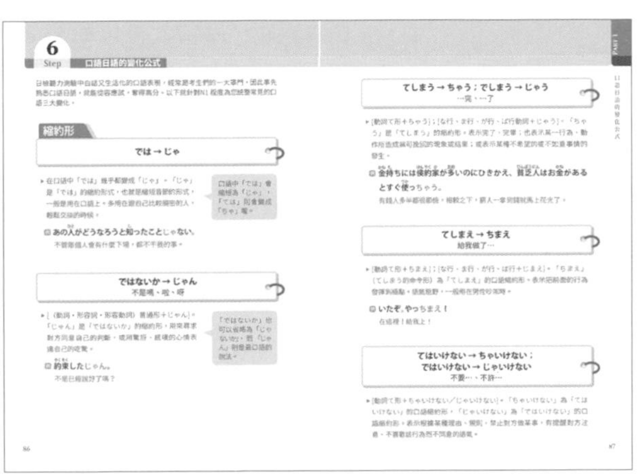
6 Step 口語日語的變化公式

縮約形

では → じゃ

あの人がどうなろうと知ったことじゃない。

ではないか → じゃん
不是嗎、啦、呀

約束したじゃん。

不是已經說好了嗎？

てしまう → ちゃう；でしまう → じゃう
…完、…了

金持ちには倹約家が多いのにひきかえ、貧乏人はお金があるとすぐ使っちゃう。

てしまえ → ちまえ
給我做了…

いたぞ、やっちまえ！

在這裡！給我上！

てはいけない → ちゃいけない；
ではいけない → じゃいけない
不要…、不許…

86

87

100% 有效
翻譯＋題解
全面教授

本書模擬考題皆附日中對照翻譯，任何不懂的地方一秒就懂，而藉由兩種語言對照閱讀，可一舉數得，增加您的理解力及翻譯力，詳細題解。此外，本書還會為您分析該題的破解小技巧，並了解如何攻略重點，對症下藥，快速解題。100% 有效的重點式攻擊，立馬 K.O 聽力怪獸！

100% 滿意
單字、文法一把抓

聽力測驗中，掌握單字和文法往往都是解題的關鍵，因此本書從考題中精心挑選 N1 單字和文法，方便讀者對照並延伸學習，學習最全面！另建議搭配《絕對合格！新制日檢 必勝 N1 情境分類單字》和《朗讀 QR 碼 精修關鍵字版 新制對應絕對合格 日檢必背文法 N1》，建構腦中的 N1 單字、文法資料庫，學習效果包準 100% 滿意！

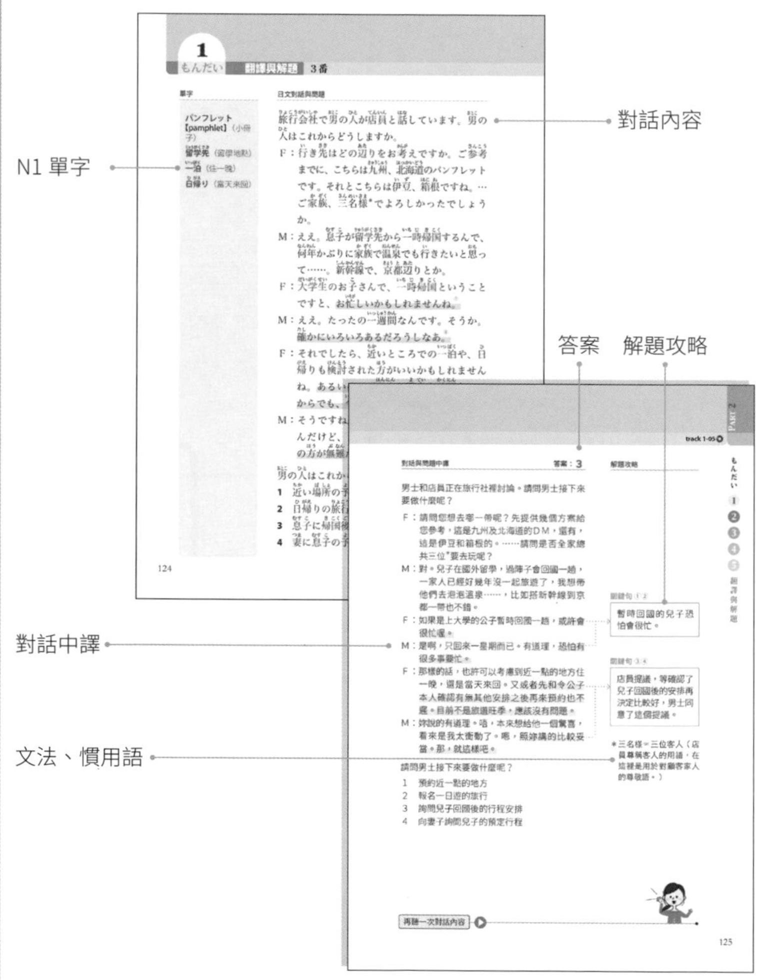

目錄 contents

PART 1 滿分必備 6 步驟－攻略心訣 …… 13

STEP ① 透析日檢－11大出題方向 …… 14

STEP ② 日語聽力就是這樣練出來的！5W2H 技巧大公開 …… 40

STEP ③ 做筆記的 6 大技巧 …… 48

STEP ④ 易混發音完全比較 …… 57

STEP ⑤ 圖解常考場景單字 …… 66

STEP ⑥ 口語日語的變化公式 …… 86

PART 2 模擬試題與解題攻略 …… 98

問題 1 **課題理解** …… 100

問題 2 **ポイント理解** …… 144

問題 3 **概要理解** …… 196

問題 4 **即時応答** …… 240

問題 5 **総合理解** …… 294

JLPT

N1 題型分析

測驗科目（測驗時間）		試題內容				
		題型			小題題數＊	分析
語言知識、讀解（110分）	文字、語彙	1	漢字讀音	◇	6	測驗漢字語彙的讀音。
		2	選擇文脈語彙	○	7	測驗根據文脈選擇適切語彙。
		3	同義詞替換	○	6	測驗根據試題的語彙或說法，選擇同義詞或同義說法。
		4	用法語彙	○	6	測驗試題的語彙在文句裡的用法。
	文法	5	文句的文法1（文法形式判斷）	○	10	測驗辨別哪種文法形式符合文句內容。
		6	文句的文法2（文句組構）	◆	5	測驗是否能夠組織文法正確且文義通順的句子。
		7	文章段落的文法	◆	5	測驗辨別該文句有無符合文脈。
	讀解＊	8	理解內容（短文）	○	4	於讀完包含生活與工作之各種題材的說明文或指示文等，約200字左右的文章段落之後，測驗是否能夠理解其內容。
		9	理解內容（中文）	○	9	於讀完包含評論、解說、散文等，約500字左右的文章段落之後，測驗是否能夠理解其因果關係或理由。
		10	理解內容（長文）	○	4	於讀完包含解說、散文、小說等，約1000字左右的文章段落之後，測驗是否能夠理解其概要或作者的想法。
		11	綜合理解	◆	3	於讀完幾段文章（合計600字左右）之後，測驗是否能夠將之綜合比較並且理解其內容。
		12	理解想法（長文）	◇	4	於讀完包含抽象性與論理性的社論或評論等，約1000字左右的文章之後，測驗是否能夠掌握全文想表達的想法或意見。
		13	釐整資訊	◆	2	測驗是否能夠從廣告、傳單、提供各類訊息的雜誌、商業文書等資訊題材（700字左右）中，找出所需的訊息。

聽解（60分）	1	理解問題	◇	6	於聽取完整的會話段落之後，測驗是否能夠理解其內容（於聽完解決問題所需的具體訊息之後，測驗是否能夠理解應當採取的下一個適切步驟）。
	2	理解重點	◇	7	於聽取完整的會話段落之後，測驗是否能夠理解其內容（依據剛才已聽過的提示，測驗是否能夠抓住應當聽取的重點）。
	3	理解概要	◇	6	於聽取完整的會話段落之後，測驗是否能夠理解其內容（測驗是否能夠從整段會話中理解說話者的用意與想法）。
	4	即時應答	◆	14	於聽完簡短的詢問之後，測驗是否能夠選擇適切的應答。
	5	綜合理解	◇	4	於聽完較長的會話段落之後，測驗是否能夠將之綜合比較並且理解其內容。

＊「小題題數」為每次測驗的約略題數，與實際測驗時的題數可能未盡相同。此外，亦有可能會變更小題題數。

＊有時在「讀解」科目中，同一段文章可能會有數道小題。

＊符號標示：「◆」舊制測驗沒有出現過的嶄新題型；「◇」沿襲舊制測驗的題型，但是更動部分形式；「○」與舊制測驗一樣的題型。

資料來源：《日本語能力試驗JLPT官方網站：分項成績・合格判定・合否結果通知》。2016年1月11日，取自：http://www.jlpt.jp/tw/guideline/results.html

JLPT • Listening

滿分必備 6 步驟－攻略心訣

1 Step　透析日檢－11 大出題方向

不少讀者一看到聽力就頭痛，但其實出題有一定的方向可循，只要掌握每種出題方向的考法和常見說法，就能不慌不忙的從容應試。以下為您傳授面對11 種考題的對應技巧。

數字

聆聽數字題

不論是日常生活或職場會話中都十分重要的「數字」，從電話號碼到計算數量、價格等，都是必考的內容。比較單純的題目可能會出現幾個混淆選項，但讀者仍可以從對話中直接找到答案。

計算題

這類題型問的內容如一共買了多少錢？一天唸書幾小時？等，需要讀者聆聽後計算才能得出答案。

解題訣竅：

一遇到數字很容易聽過就忘了，特別是日本貨幣單位比較大，常有上千或上萬的數字，所以務必要隨聽隨記。

1. 這樣開頭的

▸ 原田さんの正しい鍵の番号はどれですか。
哪一個是原田先生的正確鑰匙號碼？

▸ この村の人口はどのように変化しましたか。
這個村子的人口有什麼變化？

▸ 卵と牛乳はそれぞれどのくらい入れますか。
分別需加入多少雞蛋和牛奶呢？

N1 不只是要熟悉數量及金錢的說法，數字前後的單位也經常是解題要點。

2. 陷阱在這裡

▸ 一気に入れてはいけません。まず半分の 100cc を入れてよくかき混ぜます。
不可以一次全部倒入。請先加入半分，即 100cc 攪拌均勻。

▸ じゃあ、それでお願いします。あと、このクーポン券は使えますか。
那麼，我要這些。還有，折價券可以使用嗎？

▶ お一人様 3000 円追加となります。
需再向每位加收 3000 圓。

> 不論是一般題型還是計算題，都要邊聽邊刪除錯誤選項，還要留意人物的選擇和物品等詞彙，並逐一筆記下來。

3. 答案在這裡

▶ せっかくだからさ、低い順に飲んでいこうよ。
機會難得，就從濃度低的開始喝吧！

▶ 8月 12 日から 14 日までの 3 泊 4 日でお願いします。
我想訂 8 月 12 到 14 日，4 天 3 夜的行程。

▶「ちょうど夏休みに当たりますから」「それじゃあ、その期間にかからないようにずらしてお願いします」
「因為剛好是暑假期間。」「那，請幫我避開那段時間。」

> 有時會出現干擾的對話，例如原本說好一個數字，卻又更改，因此從頭到尾都不可鬆懈。

還有哪些關於數字的句子呢？

▶

▶

▶

▶

▶

解題特搜

1 Step

數字常用單字

- **個々**（ここ）／每個，各個，各自
- **戸**（こ）／戶
- **若干**（じゃっかん）／若干；少許，一些
- **ダース【dozen】**／（一）打，12 個
- **大多数**（だいたすう）／大多數，大部分
- **多数決**（たすうけつ）／多數決定，多數表決
- **ワット【watt】**／瓦特，瓦（電力單位）
- **順番**（じゅんばん）／順序
- **真っ二つ**（まっぷたつ）／兩半
- **換算**（かんさん）／換算，折合
- **きっちり**／正好，恰好
- **均衡**（きんこう）／均衡，平衡，平均
- **削減**（さくげん）／削減，縮減；削弱，使減色
- **比率**（ひりつ）／比率，比
- **ダブル【double】**／雙重，雙人用；二倍，加倍；雙人床；夫婦，一對
- **微か**（かすか）／微弱，些許；微暗，朦朧；貧窮，可憐
- **かさむ**／（體積、數量等）增多
- **ぴたり（と）**／突然停止貌；緊貼的樣子；恰合，正對
- **ぴったり**／恰好，剛好；緊密；說中
- **割り勘**（わりかん）／均攤費用

☑ 時間

N1 聽力主要會考驗學生是否能抓住生活中的重要訊息，其中「時間」又是言談中的關鍵部分，從年代、日月到分秒都是時間的範圍。

解題訣竅：

掌握必考單字是解題的關鍵，不只要熟悉時間、日期和星期等的說法，聽懂每個時間要做的動作、要前往的地點等也經常是解題要點。

1. 這樣開頭的

▶ 女の人がビデオを借りたのは何月ですか。
女士是在幾月租錄影帶的？

▶ 男の人はいつメールをしましたか。
男士是什麼時候傳電子郵件的？

▶ 女の人は次何時に湿布を貼り替えますか。
女士下次幾點要換尿布呢？

2. 陷阱在這裡

▶ あれ？それで新幹線間に合うの？ 9時台のに乗るって言ってたよね？
咦？那樣來得及搭新幹線嗎？我不是說要搭 9 點到 10 點的車嗎？

▶「実は先日の企画書なんですが、3／3までに出さなければならないんですが」「えっ？3／3が厳しいよ」
「是這樣的，之前的那份企劃書，得在 3 月 3 日之前提出才行。」「什麼？3 月 3 日太趕了。」

▶「申し訳ございません、8日は祝日ですので、もう満席なんですが」「困ったなあ」
「非常抱歉，由於 8 日是國定假日，都已經客滿了。」「真傷腦筋。」

時間考題的特色在於，如果對話直接道出明確時間，就會有幾個干擾項目混淆。出現許多干擾項目時，不需著急，用刪去法刪掉被否決的時段。

有些題目則不會直接說出與選項一致的時間，而是在最後拐彎抹角的說出之前提到的某個時間。因此除了記錄時間之外，考生可多加留意人物對每個時間的想法，例如是同意還是認為不方便等等。

3. 答案在這裡

▶「やっぱり4日(よっか)に届(とど)けていただきたいんです」「かしこまりました」
「我還是希望你們在4號送到。」「好的。」

▶「明後日(あさって)のがいいなあ」「そうね、この日(ひ)にしましょう。はい、決(き)まり」
「後天比較好耶。」「也對，那就這一天吧。好，決定了。」

▶あの湿布(しっぷ)、6時間(じかん)は持(も)つから2時(じ)でよかったのに。
那款尿布可以使用6小時，明明2點換就會剛剛好的。

時間常用單字

- ◆ さっと／（形容風雨突然到來）倏然，忽然；（形容非常迅速）忽然，一下子
- ◆ アワー【hour】／時間；小時
- ◆ 一刻(いっこく)／一刻；片刻；頑固；愛生氣
- ◆ きっかり／正，洽
- ◆ ゴールデンタイム【（和）golden ＋ time】／黃金時段（晚上7到10點）
- ◆ ゴールデンウィーク【(和) golden+week】／黃金週(日本4月底至5月初，一年中最長的假期)
- ◆ 時差(じさ)／（各地標準時間的）時差；錯開時間
- ◆ じっくり／慢慢地，仔細地，不慌不忙
- ◆ 過(す)ぎ／超過；過度
- ◆ ずるずる／拖拉貌；滑溜；拖拖拉拉
- ◆ 四六時中(しろくじちゅう)／一天到晚，整天；經常
- ◆ 急(せ)かす／催促
- ◆ 費(つい)やす／用掉，耗費，花費；白費，浪費
- ◆ 束(つか)の間(ま)／一瞬間，轉眼間，轉瞬
- ◆ とっさに／瞬間，一轉眼，轉眼之間
- ◆ 長々(ながなが)（と）／長長地；冗長；長久
- ◆ ルーズ【loose】／鬆懈，鬆弛，散漫，吊兒郎當
- ◆ 日頃(ひごろ)／平素，平日，平常
- ◆ 依然(いぜん)／依然，仍然，依舊
- ◆ 冒頭(ぼうとう)／起首，開頭

場所

組合及擺放　場所也是日常話題中的關鍵，擺放題問的是事物存在的位置，或是擺放、配置的場所。

1. 這樣開頭的

▸ 山田さんがいつも鞄に入れている物は何ですか。
哪個是山田小姐經常放在包包裡的東西呢？

▸ 表札はどうなりましたか。
請問門牌會變成什麼樣子呢？

2. 陷阱在這裡

▸「買っちゃおうかしら。上着はどんなのが合うと思う」「そうねえ。今日着ているジャケットとは微妙ね」
「要不要買呢？你覺得上衣搭什麼比較好？」「恩…你今天穿的夾克有點不搭呢。」

▸ それに、横に付けるにはスペースが狭すぎると思うよ。
而且，要加裝側邊的置物架，空間也不夠啊。

▸ オーブンの位置がちょっとね。これじゃ、オーブン使いながらお料理できないじゃない。熱くて。
烤箱的位置好像不太好。這樣使用烤箱時，就會燙得沒辦法做別道菜了。

3. 答案在這裡

▸ う～ん、奥の木と同じ高さぐらいに上げてみてくれない？
恩…，把它放在跟後面的樹差不多的高度試試看吧？

▸ 大きいすぎるのは恥ずかしいけど。でもそうおっしゃるなら、適当なのに変えてください。
雖然太大的總覺得有點浮誇，但既然您這麼說，請幫我換一個大小適中的吧。

▶ まあ、あまり畏まらずに使える感じで、いいよね。
是喔，可以廣泛使用不受侷限的感覺，很不錯呢。

方位及路線

方向題會問考生對話人物想前往的地方，或是動作、行為的目的地等等。

解題訣竅：

N1 中出現的場所題，經常問人物們決定去哪裡？關鍵就在形容各種場所特徵的單字，務必要記熟！

1. 這樣開頭的

▶ 現場近くの様子はどうですか。
案發現場附近是什麼樣子呢？

▶ 新しい家の付近はどんな様子ですか。
新家附近是什麼樣子呢？

除了方向相關的詞彙以外，題目經常會詢問建築物或物品的位置，因此常考的建築物和物品名稱也務必要聽熟。考試時如有選項也應先瀏覽以便掌握內容。

2. 陷阱在這裡

▶ バイクの試験を受ける方は西館１階へ移動してください。
考機車駕照的考生請到西館１樓。

▶ さっきまで庭で日向ぼっこしてたのにね。
剛剛明明還在院子裡曬太陽的。

▶ まあ、ここよりは若干不便かもね。コンビニやスーパーの数もしれてるし。
是啊，和這裡相比多少有些不便。超商和超市的數量也都能掌握了。

3. 答案在這裡

▶ 学校の隣には池があるし。通学路にも原っぱというか、子どもが自由に遊べる空き地があって。

學校旁邊既有池塘，上學路上還有一片該說是曠野嗎？孩子們可以自由玩耍的空地。

▶「自動車の試験を受ける方は東館６階へ」「僕は車だから…」

「考汽車駕照的考生請到東館６樓」「我是汽車所以…。」

空間常用單字

- ◆ **辺**／邊，畔，旁邊
- ◆ **原っぱ**／雜草叢生的曠野；空地
- ◆ **連なる**／連，連接；列，參加
- ◆ **果て**／邊際，盡頭；最後，結局，下場；結果
- ◆ **最中**／最盛期，正當中，最高
- ◆ **くっ付く**／緊黏在一起；黏著；吸附
- ◆ **窮屈**／（房屋等）窄小，狹窄，（衣服等）緊；感覺拘束，不自由；死板
- ◆ **沿る**／沿著
- ◆ **コーナー【corner】**／小賣店，專櫃；角，拐角；（棒、足球）角球
- ◆ **包み方**／包裝方式
- ◆ **現地**／現場，發生事故的地點；當地
- ◆ **中腹**／半山腰
- ◆ **土手**／（防風、浪的）堤防
- ◆ **近郊**／郊區，近郊
- ◆ **内部**／內部，裡面；內情，內幕
- ◆ **交わる**／交集，交叉；交往，交際
- ◆ **フロント【front】**／正面，前面；（軍）前線，戰線；櫃臺
- ◆ **真ん中**／正中間，正中央
- ◆ **据える**／安放，設置；擺列，擺放
- ◆ **配置**／配置，安置，部署，配備；分派點

方向常用單字

- 赴く（おもむく）／赴，往，前往；趨向，趨於
- 傍ら（かたわら）／旁邊；在…同時還…，一邊…一邊…
- 進み（すすみ）／進，進展，進度；前進，進步；嚮往，心願
- 到達（とうたつ）／到達，達到
- 背後（はいご）／背後；暗地，背地，幕後
- 的（まと）／標的，靶子；目標；要害，要點
- 振り返る（ふりかえる）／回頭看，向後看；回顧
- 寄り（より）／偏，靠；聚會，集會
- ユーターン【U-turn】／（汽車的）U 字形轉彎，180 度迴轉
- 縁（へり）／（河岸、懸崖、桌子等）邊緣；帽簷；鑲邊
- 並行（へいこう）／並行；並進，同時舉行
- 道端（みちばた）／道旁，路邊
- 右手（みぎて）／右手，右邊，右面
- 真上（まうえ）／正上方，正當頭
- 取り巻く（とりまく）／圍住，圍繞
- 始発（しはつ）／（最先）出發；始發（車，站）；第一班車
- 転回（てんかい）／回轉，轉變
- 遥か（はるか）／（時間、空間、程度上）遠，遙遠
- 中程（なかほど）／（場所、距離的）中間；（程度）中等；（時間、事物進行的）途中，半途
- 四つ角（よつかど）／十字路口；（方形的）四角

人物

人物題通常會通過人物的外表、長相、個性、特徵及人物的動作來談論話題中的人物，有時也有當事人談論自己的家族、朋友等的問題。

1. 這樣開頭的

- 二人(ふたり)が話(はな)しているのはどの人(ひと)ですか。
  兩人正在談論的是哪一個人呢？
- 女(おんな)の人(ひと)は明日(あした)どんな格好(かっこう)で出(で)かけますか。
  女士明天會以什麼打扮出門呢？
- 女(おんな)の人(ひと)が話(はな)しています。迷子(まいご)の子(こ)どもはどれですか。
  女士正在說話。請問哪一位是迷路的孩子呢？

解題訣竅：

這類考題中，性格、能力和形容外觀的日文是關鍵，有時還會藉由一段獨白或對話，考人物說話的對象，或是兩人的關係等，必須能夠掌握各種身分的特徵，還有他們會說什麼話。

2. 陷阱在這裡

- 結婚式(けっこんしき)の二次会(にじかい)でしょ？あんまりラフな格好(かっこう)もどうかと思(おも)って。
  這次是婚禮後的第二次小聚對吧？穿得太隨便也不太好。
- でも、明日寒(あしたさむ)いって言(い)うから、これじゃちょっとね。
  但聽說明天會很冷，穿這樣恐怕有點單薄吧。
- 奥(おく)さんも生(う)まれた時(とき)あったんですって。いつの間(ま)にか消(き)えちゃったらしいんだけどね。
  我太太說她出生時也有，但不知何時就不見了。

考題有時會以時態來干擾作答，問的是現在，卻又聊到過去的特徵，因此要留意過去式的說法。

談論人物，還包括人物的年齡、職業、國籍等，內容是比較廣泛的。所以要聽準這樣的對話，不僅要特別注意人物的外表和動作，還要聽準對話中的「どの」、「どれ」等人稱指示詞，注意可別張冠李戴喔！

3. 答案在這裡

▶ じゃあ、体(からだ)が冷(ひ)えない服(ふく)にすれば良(い)いじゃない。
那麼，穿上保暖的衣服不就好了嗎？

▶ 2歳(さい)から3歳(さい)ぐらいの女(おんな)のお子様(こさま)で、髪(かみ)の毛(け)を二(ふた)つに結(むす)んで、Tシャツにミニスカートをお召(め)しです。
是位大約2到3歲的女童，綁著雙馬尾，身穿T恤和迷你裙。

▶ ほら、今(いま)こっちに歩(ある)いてきた。横縞(よこじま)の服着(ふくき)てる人(ひと)、見(み)える？
你看，現在正往這走來，身穿橫條紋的人，有沒有？

人物常用單字

- **スリーサイズ【（和）three＋size】**／（女性的）三圍
- **がっしり**／健壯，粗勇；堅實
- **大柄(おおがら)**／身材大，骨架大
- **小柄(こがら)**／身材小，骨架小
- **すらり**／身材苗條；順利
- **出(で)っ張(ぱ)る**／（向外面）突出
- **丸々(まるまる)**／雙圈；（指隱密的事物）某某；全部，完整，整個；胖嘟嘟
- **つやつや**／光潤，光亮，晶瑩剔透
- **なめらか**／物體的表面滑溜溜的；光滑，光潤
- **顔付(かおつ)き**／相貌，臉龐；表情，神色
- **頬(ほ)っぺた**／面頰，臉蛋
- **眉(まゆ)**／眉毛，眼眉
- **目付(めつ)き**／眼神
- **俯(うつむ)く**／低頭，臉朝下；垂下來，向下彎
- **くっきり**／特別鮮明，清楚
- **コンタクト【contact】**／隱形眼鏡（contact lens 之略）
- **弾力(だんりょく)**／彈力，彈性
- **つぶら**／圓而可愛的；圓圓的
- **日焼(ひや)け**／（皮膚）曬黑；（因為天旱田裡的水被）曬乾
- **身軽(みがる)**／身體輕鬆，輕便；身體靈活，靈巧

順序

包含問動作的先後順序，或是事物的排列順序，也是日常生活中，常聽到的對話。例如，先做什麼，再做什麼，最後做什麼；由大到小、由好到差等等。
也會問交通工具順序，例如從出發點到目的地，依序要搭乘什麼交通工具呢？交通工具的名稱會是此題型的關鍵。

1. 這樣開頭的

▶ 資料の順番はどうなりましたか。
資料的處理順序是如何呢？

▶ 男の子はいつも最初に何を食べますか。
男士總是最先吃什麼呢？

▶ 女の人が作りたかった順番はどれですか。
女士想製作的料理順序是如何呢？

2. 陷阱在這裡

▶ 今日は私のやり方で、やってみようよ。
今天就照我的方法試試看嘛！

▶ お化け屋敷は昼間より、暗くなってからの方が面白いって。帰る前でいいんじゃない？
都說天色暗下來後的鬼屋，比白天更有趣。我們回去前再去吧？

▶ あっ、目玉焼き挟むの忘れちゃった。
啊，我忘記夾荷包蛋了。

解題訣竅：

這類考題首先必須掌握日常生活中的動作和交通工具的說法。

這類題目的訊息量較大，建議用時間軸的方式做筆記。

有時會先給一長串資訊混淆讀者，再反駁說出真正的答案，因此從頭到尾都要集中注意力！

3. 答案在這裡

▶ まずはお肉(にく)でおなかを落(お)ち着(つ)かせなてから、ご飯(はん)とスープ。
先吃肉安撫一下飢餓的肚子，再吃飯和湯。

▶ そこのは月間(げっかん)で、あなたのは年間(ねんかん)だから、一番最後(いちばんさいご)につければいいわよ。
那邊的是每月資料，你的是年度資料，放在最後面就可以了。

既然是跟動作順序有關，那麼就要多注意動作順序相關的接續詞了。例如「まず／首先」、「それから／接著」、「次に／接著」、「最後／最後」、「その後／之後」、「…後／之後」、「たあと／之後」、「…てから／先…」、「その上で／在這基礎上」、「その前／之前」以及「て形」等等。另外，還要聽準時間詞，因為動作的先後順序，一定跟時間有緊密的關係囉！

順序常用單字

- **～おき**／（時間等）每隔…
- **代(か)わりに**／替代，代理
- **～後(ご)**／…之後
- **今回(こんかい)**／這次，這回
- **今度(こんど)**／最近，這回；下一次，將來
- **最後(さいご)**／最後
- **最初(さいしょ)**／最初，一開始
- **さきほど**／剛剛，方才
- **順番(じゅんばん)**／順序
- **前回(ぜんかい)**／上次，上回
- **後回(あとまわ)し**／往後推，緩辦，延遲
- **それから**／然後，接下來
- **次(つぎ)に**／接下來
- **～てから**／…之後
- **時計回(とけいまわ)り**／順時針
- **並(なら)べる**／排放，排列
- **～抜(ぬ)き**／省去，除去，跳過；戰勝（接在表示人數的詞後面）
- **末(まつ)**／末，底；末尾；末期；末節
- **早(はや)まる**／倉促，輕率，貿然；過早，提前
- **先(せん)**／先前，以前；先走的一方
- **即座(そくざ)に**／立即，馬上

☑ 原因

「為什麼？」也是日常談話永恆的話題，是訓練聽力的重要部分！談原因的對話，有時候是單純的一方問原因，一方直接回答。但也有，對話中提到多種原因，但真正的原因只有一項的。

1. 這樣開頭的

- ▶ 男(おとこ)の子(こ)はどうして一人(ひとり)になりましたか。
  男孩為什麼一個人呢？
- ▶ 赤(あか)ちゃんはどうしてぐずっていましたか。
  小寶寶會什麼哭鬧不止呢？
- ▶ 男(おとこ)の人(ひと)が大阪(おおさか)の大学(だいがく)に決(き)めた理由(りゆう)は何(なん)ですか。
  男士為什麼選擇了大阪的大學呢？

2. 陷阱在這裡

- ▶ そういう話(はなし)も合(あ)ったらしいんだけど、結局流(けっきょくなが)れたらしいわよ。
  有討論過這個問題，但最終好像還是被否決了。
- ▶ 財布(さいふ)だけがなくなっているのなら、やはりスリにとられたのかもしれません。
  既然只有錢包不見，恐怕還是被扒走了。
- ▶ あちこち電話(でんわ)して、予防注射(よぼうちゅうしゃ)の値段(ねだん)を聞(き)いたんです。もっと安(やす)いところもあったんですけど…
  打了不少電話到處詢問預防注射的價格。雖然問到了其他比這裡便宜的診所，不過……

解題訣竅：

先留意問題問的是哪個人物，表示原因的用法最常見的就是「から／因為」和「ので／因為」，不過有時也會出現在陷阱句中，不能聽到「因為」就貿然作答。弄清楚題目要問什麼是最重要的基本步驟。

3. 答案在這裡

有時不會直接說出「因為」兩個字，需要讀者從對話進行推論。

▶ ゲーム貸（か）してって言（い）うから、嫌（いや）だって言ったの。
因為我總要他們借我玩遊戲，哥哥說很討厭。

▶ 学（あそ）びたい教授（きょうじゅ）の元（もと）で学（まな）ぶことに意義（いぎ）があると思（おも）うので。
因為我認為，跟在想學習的教授身邊學習這件事是深具意義的。

▶ 実（じつ）は先週（せんしゅう）受（う）けていた会社（かいしゃ）の役員面接（やくいんめんせつ）に合格（ごうかく）したんだ。
老實說，我上星期去那家公司參加的高階主管面試，已經通知錄取了。

原因常用單字

- **反感（はんかん）**／反感
- **言い訳（いいわけ）**／藉口，原因
- **辛抱（しんぼう）**／忍耐，忍受；（在同一處）耐，耐心工作
- **過労（かろう）**／過度操勞
- **気が重い（きがおもい）**／心情沉重，心情不愉快
- **本能（ほんのう）**／本能
- **強いる（しいる）**／強迫，強使
- **未練（みれん）**／不熟練，不成熟；依戀，戀戀不捨；不乾脆，怯懦
- **苦情（くじょう）**／抱怨，不滿；（商）請求，要求
- **無関心（むかんしん）**／不關心；不感興趣
- **賛成（さんせい）**／贊成
- **反対（はんたい）**／反對，不贊成
- **物足りない（ものたりない）**／感覺缺少什麼而不滿足；有缺憾，不完美；美中不足
- **同情（どうじょう）**／同情
- **到底（とうてい）**／（下接否定，語氣強）無論如何也，怎麼也
- **人間関係（にんげんかんけい）**／人際關係
- **意図（いと）**／心意，主意，企圖，打算
- **不正（ふせい）**／不正當；不正經；壞行為

◆ **利益**／盈利，利潤；利益，好處，便宜

◆ **決行**／斷然實行，決定實行

天氣

今天要不要帶傘，需不需要多加一件衣服，先看一下天氣預報吧！天氣預報或談論天氣，在人們的生活中已經是一個重要的話題了。而能否聽懂談話中，提到的天氣狀況，是這類對話的聽力訓練重點了。

1. 這樣開頭的

▶ 昨日と今日の天気はどうですか。
昨天和今天的天氣會怎麼樣？

▶ 男の人が話しています。最近の天気はどうですか。
男士正在談話。最近的天氣怎麼樣呢？

▶ 台風はいつ日本列島に上陸しますか。
颱風何時會登陸日本列島呢？

解題訣竅：

想要聽懂天氣的內容、瞭解必要的信息，掌握有關天氣、氣象報告的表達詞語和句式是關鍵。

2. 陷阱在這裡

▶ でも8時のニュースを見たら、これはつかの間の晴れまですって。
可是我看了8點的新聞，說這只是短暫的晴朗。

▶ 明日の朝起きた時に一面真っ白だと、子どもは嬉しいだろうけどね。
如果明天早上起來，能看見一片雪地，孩子們一定會很高興吧。

N1的內容較長，還是要邊聽邊作筆記。有時會有讓人混淆的陷阱，可用刪去法刪掉被否定的答案。

▶ ただ、台風は急に進路を変更したりすることがありますから、気象台が発表する台風情報には今後も十分注意してください。

只是，颱風依然有突然改變路線的可能性，敬請各位持續鎖定氣象台發布的相關消息。

3. 答案在這裡

答題前可先看選項來推敲，聽的時候須留意時間、地點以及天氣狀態。

▶ さあ、どうかな。このタイプのは溶けにくいからね。

唉，不知道呢。這種雪不容易融化啊。

▶ 昨日からは寒さも和らぎ、気温が 20 度近くまで上がるなど、5 月下旬並みの暖かさとなっています。

昨天起寒意趨緩，氣溫上升至近 20 度，溫暖可比 5 月下旬的氣候。

▶ 明日中に日本列島に上陸する見通しは極めて低いということです。

颱風明天登陸日本列島的機率極低。

天氣常用單字

- **猛烈**／氣勢或程度非常大的樣子，猛烈；特別；厲害
- **余震**／餘震
- **漏る**／（液體、氣體、光等）漏，漏出
- **ざあざあ**／（大雨）嘩啦嘩啦聲；（電視等）雜音
- **兆し**／預兆，徵兆，跡象；萌芽，頭緒，端倪
- **寒気**／寒冷，寒氣
- **強烈**／強烈
- **シーズン【season】**／季節；時期

- 上昇（じょうしょう）／上升，上漲，提高
- ずぶ濡（ぬ）れ／全身濕透
- 相次（あいつ）ぐ・相継（あいつ）ぐ／（文）接二連三，連續不斷
- 大水（おおみず）／大水，洪水
- 発生（はっせい）／發生；（生物等）出現，蔓延
- 警戒（けいかい）／警戒，預防，防範；警惕，小心
- 暑苦（あつくる）しい／悶熱的
- 西日（にしび）／夕陽；西照的陽光，午後的陽光
- 雨天（うてん）／雨天
- 気流（きりゅう）／氣流
- 雨具（あまぐ）／防雨的用具（雨衣、雨傘、雨鞋等）
- 解除（かいじょ）／解除；廢除

還有哪些關於數字的句子呢？

▶

▶

▶

▶

▶

▶

解題特搜

1

Step

領悟含意

日語的特點之一就是說話委婉、含蓄。一般日本人不把自己的看法說得太直接、肯定，而是點到為止，留有餘地。日本人想表達肯定還是否定？真實的想法是什麼？都要聽者自己去揣摩。這類聽力訓練著重在能否領悟出談話中的含意是什麼。

解題訣竅：

要破解這個題型要熟悉日本人常用的曖昧說法。

1. 這樣開頭的

▶ 男の人はどんな気持ちですか。
男士是什麼樣的心情呢？

▶ 女の人の言いたいことはどんなことですか。
女士想表達的是什麼事呢？

▶ 男の人は講師についてどう思っていますか。
請問男士對講師有什麼看法？

2. 陷阱在這裡

▶ 先生も、残念だけどこれも運命だからしかたがないねって。
老師也說雖然遺憾但命運如此，只能說無可奈何了。

▶ 箱根はけっこうカーブや坂が多いので…それに渋滞もあるし。
只是箱根的彎路和坡道很多……還會塞車……

▶ 先方に、必ず昨日のうちにほしいって言っておけばよかったですね。
早知道就先告知對方昨天一定要送達了。

表示提議或做總結的用語「そうします／就這麼辦」、「～しましょう／做‥吧」和「じゃ／那麼」等等也是破題要點喔！

3. 答案在這裡

▶ もう一度連絡して、催促しましょうか。
要不要我再聯絡一次，催催他們呢？

▸ なんか悪かったね。却って気を使わせちゃったみたいで。
總覺得很抱歉，好像反而讓對方為我們顧慮了。

▸ 変な質問にも、相手の立場に立って誠実に答えていたのには感心したな。
即使有人提出奇怪的問題，也能站在對方的立場誠懇回答，真的很不容易。

留意逆接接續詞「だけど／可是」、「けれども／但是」、「それでも／儘管如此」等等，轉折後通常才是人物真正想說的想法。

領悟含意常用單字

- **あべこべ**／（位置、順序等）相反，顛倒
- **いっそ**／乾脆，倒不如，索性
- **遠慮する**／客氣；謝絕，迴避；深謀遠慮
- **とかく**／種種，這樣那樣（流言、風聞等）；動不動，總是；不知不覺就，沒一會就
- **ざるをえない**／不得不…
- **何だか**／是什麼；（不知道為什麼）總覺得，不由得
- **だったら**／這樣的話，那樣的話
- **だと**／（表示假定條件或確定條件）如果是…的話…
- **どうにか**／想點法子；（經過一些曲折）總算，好歹，勉勉強強
- **取りあえず**／匆忙，急忙；（姑且）首先，暫且先
- **なおさら**／更加，越，更
- **どころじゃない**／哪能，豈是…的時候
- **まして**／何況，況且；（古）更加
- **なんなり（と）**／無論什麼，不管什麼
- **どころか**／然而，可是，不過；（用「…たところが的形式」）一…，剛要…
- **無理に**／勉強，硬是要，強迫；不合理，無理；不合適，辦不到；過分
- **何より**／沒有比這更…；最好
- **まさしく**／的確，沒錯；正是
- **やっぱり**／果然，還是
- **故（に）**／理由，緣故；（某）情況；（前皆體言表示原因）因為

動向／問事

問人物做了哪些事情、要做哪些事情、不能做哪些事情，是日檢中非常常見的「問事」題型。問事題型中，還有一種問人物接下來要做什麼？首先應該要做什麼？的「動向」題型。

解題訣竅：

> 此題型內容通常較長，會出現好幾個動作，且陷阱百出，經常一連串的對話都在最後被否定，因此從頭到尾都要謹慎聆聽，隨時做筆記。

1. 這樣開頭的

▶ 女の人はどうしますか。

女士會怎麼做呢？

▶ 男の人は何に不満を持っていますか。

男士對什麼事感到不滿呢？

▶ 女の人はあとすぐに何をすると言っていますか。

女士說等一下馬上做什麼呢？

2. 陷阱在這裡

▶ まあ、虫よけとか、かゆみ止めとか頭痛薬は持って行くか。

也對，那我再帶些防蚊蠅蟲子的藥、止癢藥，還有頭痛藥吧。

▶ 耳から段にするのはちょっと。裾だけにしておいた方がいいと思いますけどね。

從耳上打層次的話會不太好整理。我認為修剪到髮尾就好。

▶ 今日は帰りに内科へ行かないとね。田口医院、予約しておこうか。

今天下班後要去一趟內科才行！我幫你向田口診所預約掛號吧？

> 動向題和問事題經常會出現數個動作，考生務必隨時記錄，並用刪去法排除干擾的選項。

3. 答案在這裡

▶ じゃあ、そこらへんはプロにおまかせします。

那，就交給專家判斷了。

▶ まあ、考えてまた電話するわ。じゃあね。
算了，我想想看再打給你。再見。

▶ それより、頭をさっぱりしたいんだ。短くして、当分切らなくてもいいようにしたい。
更重要的是，我想理個清爽的髮型。把頭髮剃得短短的，可以撐上一陣子不必理髮也無所謂。

解題訣竅：

留意否定轉折「でも／可是」、「が／雖然…但…」、「だけど／但…」，還有表示提議或做總結的用語「そうします／就這麼辦」、「～しましょう／做…吧」和「じゃ／那麼」等等。

動向／問事常用單字

- **拒絶**／拒絕
- **察する**／推測，觀察，判斷，想像；體諒，諒察
- **制する**／制止，壓制，控制；制定
- **計算する**／計算；考慮；估計；運算
- **断る**／拒絕；禁止；道歉；預先通知；解雇，辭退
- **ごまかす**／欺騙，欺瞞；掩蓋；敷衍；弄虛作假；舞弊
- **遣り遂げる**／徹底做到完，進行到底，完成
- **遣り通す**／做完，完成
- **ひたすら**／只願，一味
- **貯める**／存，積，集，儲，蓄；停滯，堆積
- **打ち明ける**／吐露，坦白，老實說
- **投入**／投入，扔進去；投入（資本、勞力等）
- **配分**／分配，分割
- **気が向く**／心血來潮；有心
- **振り込む**／存入，匯入
- **傷付ける**／弄傷；弄出瑕疵，缺陷，毛病，傷痕，損害，損傷；敗壞
- **埋める**／掩埋，填上；充滿，擠滿
- **落ち込む**／掉進，陷入；下陷；（成績、行情）下跌；得到，落到手裡
- **集計**／合計，總計
- **言付ける**／託付，帶口信

1
Step

主旨與大意

N1 聽力中有不少題型會由一個人物針對某事發表想法或說明，這類題目經常會詢問「話題的主旨事什麼？」考生要能掌握談話方向，並且要知道談話者想要表達什麼。

解題訣竅：

這類型的考題通常都有結構可以掌握，例如主旨經常在開頭第一句就被道出，有時則在最後才做總結，因此考生一定要留意第一句和最後一句。

1. 這樣開頭的

▶ 女の人が話しています。この人は何について話していますか。

女士正在說話。請問她正在談論什麼事情呢？

▶ 女の人の話しとしてあっているのはどれですか。

下列何者符合女士所說的話呢？

▶ 一番大切なのは何だと言っていますか。

他說什麼是最重要的？

2. 陷阱在這裡

這類題型經常會舉出正反兩面的例子來佐證自己的觀點，由此也能抓出人物想要表達的想法。

▶ ジュースにした方が摂りやすい栄養もあるのですが、気をつけなければならないのは、砂糖と塩の摂りすぎです。

雖然含有某些營養素是以果汁的型態攝取比較容易被身體吸收利用，但這時必須注意的是，會不會導致糖和鹽的攝取過量。

▶ 最近でも、親が心配しすぎているとか、そこまでしなければならないのは子どもがしっかりしていないからだ、などという声も聞きます。

近來甚至有人認為，會插手幫忙的父母對兒女太過擔憂了，或者由於兒女不夠獨立自主才導致父母有這樣的舉動。

▶ う～ん、でもいいところまで来てるんだよね。

恩…不過都做到這個程度了。

3. 答案在這裡

▸ この祭(まつ)りの特徴(とくちょう)は、町民(ちょうみん)が楽(たの)しむばかりではなく、全国(ぜんこく)から観光客(かんこうきゃく)を集(あつ)めるところにもある。

這個祭典的特徵，不只是鎮民可以同樂，也包含聚集從全國各地來的觀光客這一點。

▸ これは時代(じだい)の流(なが)れです。協力(きょうりょく)できるならしてほしいものです。

這都是為了因應時代的變遷。但凡能夠幫得上忙的地方，父母總希望盡量幫忙。

主旨與大意常用單字

- **柔軟(じゅうなん)**／柔軟；頭腦靈活
- **追(お)いかける**／追趕；緊接著
- **課題(かだい)**／課題，任務；（提出的）題目
- **食(く)い違(ちが)う**／不一致，有分歧；交錯，錯位
- **見地(けんち)**／觀點，立場；（到建築預定地等）勘查土地
- **グループ【group】**／團體，組，夥伴
- **見苦(みぐる)しい**／令人看不下去的；不好看，不體面；難看
- **保障(ほしょう)**／保障
- **廃止(はいし)**／廢止，廢除，作廢
- **誘導(ゆうどう)**／引導，誘導；導航
- **動機(どうき)**／動機；直接原因
- **初心者(しょしんしゃ)**／初學者
- **対等(たいとう)**／對等，平等
- **交渉(こうしょう)**／交涉，談判；關係，聯繫
- **労(いたわ)る**／照顧，關懷；功勞；慰勞，安慰；（文）患病
- **一新(いっしん)**／刷新，革新
- **慈善(じぜん)**／慈善
- **横(よこ)ばい**／（物價、股市等）平穩，停滯
- **同意(どうい)**／同義；同一意見，意見相同；同意，贊成
- **割(わ)り当(あ)て**／分攤，分配；分擔（任務），分派

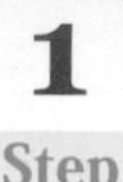

圖表

圖表考題一般會有兩張長得很像的圖，可能是比較多個類別之間的差異，或是不同時間內數量的變化等等。

解題訣竅：

在聆聽前事先看懂圖表或快速記憶圖表的內容，可幫助理解談話。

1. 這樣開頭的

▶ 女の人がグラフを見ながら話しています。この女の人の話にあっているグラフはどれですか。

女士正看著圖表說話。請問這位女士正在談論的是哪一張圖表呢？

▶ この男の人の話にあっているグラフはどれですか。

這男子說明的是哪一個圖表？

▶ 生産量の変化を表すグラフはどれですか。

哪一個是生產量變化的圖表？

2. 陷阱在這裡

聆聽時要留意時態的使用，釐清人物所說的是過去還是現在，並熟悉比較相關詞語。逆接連接詞經常是陷阱所在，也要多加留意。

▶ 記録的な猛暑で売り上げが好調だった昨年に比べ、全体的に30%の売り上げ減となっています。

與去年酷暑中破紀錄的高銷售額相比，今年整體皆減少了 30% 的產值。

▶ 他社も冬モデルとして類似タイプのパソコンを投入し、シェアの挽回を図っていますが、依然として当社モデルがトップを維持しています。

雖然其他公司也以冬季的商品為範本，生產相似的電腦機型，試圖挽回市佔率，但本公司的商品依然位居榜首。

▶ 例年なら売り上げが急激に伸び始める7月に入っても、今年は雨が続いたため、伸び悩みました。

即使進入了每年銷售額急速提升的７月，也因今年的持續降雨而陷入瓶頸。

3. 答案在這裡

▶ お正月後はこれといった作品もなかったことから大苦戦を強いられましたが、3月に入ってからは持ち直してきています。
雖然因年後遲遲沒有特別出色的作品而陷入苦戰，但３月開始已逐漸有了起色。

▶ 政権発足当初、70%近くあった支持率は一連のスキャンダルの影響を受け、発足３ヵ月後には25ポイントも下落しました。
剛掌握政權時擁有將近70%的支持率，卻因受到一連串醜聞的影響，３個月後大幅減少了25%。

圖表常用單字

◆ **上回る**／超出，超越；（才能、力量等）卓越，優越

◆ **大幅**／（數量等變動的範圍、程度）廣泛、大幅度；寬幅（的布）

◆ **オーバー【over】**／超過，超越；外套

◆ **嵩む**／（體積、數量等）增多，增大

◆ **急激に**／急劇，驟然

◆ **繰り返す**／反覆，重複；再說（寫）一次

◆ **上向く**／（臉）朝上，仰；（行市等）上漲

◆ **減少**／減少

◆ **下回る**／在…之下，不夠…的水平

◆ **上昇**／上昇；上漲；提高

◆ **もろに**／全面，迎面，沒有不…

◆ **交わる**／（線狀物）交，交叉；（與人）交往，交際

◆ **及ぶ**／到，到達；趕上，及

◆ **規模**／規模；範圍；榜樣，典型

◆ **一部分**／一冊，一份，一套；一部份

◆ **プラス【plus】**／利益，加分；加上；（數）加號；正數；（醫）陽性反應；（電）正極，陽極

◆ **マイナス【minus】**／不利，扣分；（數）負號；（電）陰極；虧損

◆ **下火**／火勢漸弱，火將熄滅；（流行，勢力的）衰退；底火

◆ **後退**／後退，倒退

◆ **転落**／掉落，滾下；墜落，淪落；暴跌，突然下降

2 Step 日語聽力就是這樣練出來的！ 5W2H 技巧大公開

日語聽力似乎是大家最感到頭痛的項目，就讓本書告訴你5W2H是什麼，一起輕鬆攻下聽力魔王堡壘。

聽力就像絆腳石，讓人很煎熬，但一旦攻下，就是找到一塊閃亮發光的寶石，讓您發出亮光，世界也跟著發亮。因為您就能聽懂日語新聞、日劇、搞笑劇、旅遊、美食…等節目。

5W2H就是 What、Who、When、Where、Why和 How、How much。5W2H 的技巧就是提供一個做筆記或是考聽力的好方法，讓您在聽力考試時不再驚慌失措！

What	なに（物・事）[是什麼？目的是什麼？主旨與大意是什麼]	物
Who	だれ（人物）[什麼樣的人？外貌特徵如何？]	人
When	いつ（時間）[什麼時候發生的？事件發生順序如何？]	時間
Where	どこ（場所、空間、場面）[在哪個方位及路線？怎麼組合及擺放的？]	場所
Why	なぜ（原因）[事情發生的原因]	場所
How	どのように、どうやって（動作、手段、事情、様子、程度）[接下來怎麼做？談了什麼事？怎麼發生的？天氣如何？]	動作、手段等
How much	どれくらい [做到什麼程度？數量如何？水平如何？費用多少？]	多少

掌握了5W2H，就更能聽清楚題目，對話裡表示5W2H的關鍵詞。可以試著問自己，5W2H各是什麼：發生了什麼事（**W**hat）、在什麼地方發生（**W**here）、什麼時候發生（**W**hen）、影響到誰或誰參與其中（**W**ho）、為什麼發生（**W**hy）、如何發生（**H**ow）和發生的程度（**H**ow much），透過這些重要線索，就能迅速地找到答案。

例如題目問場所，就注意對話裡跟選項，表示場所的關鍵詞，就能迅速地找到答案。

What （なに／什麼）

▶ 要聽懂一個對話，首先是 What（なに／什麼），也就是對話中發生了什麼或是對話和哪一方面的主題有關，目的是什麼。要點就是「邊聽邊抓關鍵字」，不需聽懂每個單字，千萬別因為聽不懂一個字就糾結半天喔。常見的題型有：

問物

▶ 物品特徵的考題，一般多為有 4 張圖或 4 個句子的題型，所以對話內容一般會先圍繞在這 4 張圖或 4 個句子上，然後再鎖定在差異較小的兩張圖上，透過一問一答，有肯定有否定，來進行干擾，或以平行線的方式兩人各談一個，或一口氣完整敘述該物，因此，聽解考題不到最後是絕不妄下判斷的。

▶ 當然一開始快速瀏覽這 4 張圖或 4 個句子，馬上反應相關的單字，再抓住設問要的對象的特徵，會是致勝的關鍵。

Who （だれ／誰？）

▶ Who（だれ／誰？），也就是什麼樣的人？外貌特徵如何？相對於 What，Who 是非常好掌握的，一般而言Who 要問的就是誰。常見的題型有：

人物

- 人物是聽力考試中經常出現的題型，聽錄音前，請先迅速瀏覽試卷上的 4 張圖或 4 個句子，並找出這 4 張圖或句子不同的地方，聽到關鍵詞後，選出正確的答案。這樣的考題，一般對話中不會直接描寫人物的全貌，而是通過一問一答，有肯定有否定，來對照人物的特徵、人物的動作及位置關係，所以用排除法就可以得到答案了。
- 跟人物有關的考題，一般是從人物的外貌特徵、動作及表情或心情等 3 個方面出題，來測試考生能否辨識，對話中提到的人物是誰。從外表上，內容一般談論的是人物的性別、身高、髮型、長相、胖瘦、穿戴跟穿戴的顏色等等。從動作上，一般是談論人物在看報、打手機、抽煙、招手、談話及玩耍等動作。
- 從表情或心情上，一般是提到幾個表情或心情的詞語，透過這些詞語，來判斷人物的表情或心情，所以要能聽出並抓住表情或心情相關的詞語。接下來排除否定的說法，還有附加的干擾項。

When（いつ／什麼時候？）

- When（いつ／什麼時候？），也就是什麼時候發生的？事件發生順序如何？也是屬於比較好掌握的 W，基本上都是年、月、日，或是事件發生的先後順序。一般而言When 要問的就是時間。常見的題型有：

時間

- 時間考題的答案不是間接的暗示，就是需要一點計算，通常很少直接在對話中說出答案要的時間點。為了提高答題的精準度跟速度，如果是題目卷上有圖或句子的考題，請先迅速瀏覽試卷上的圖或句子。
- 時間考題對話中出現的時間詞較多，有「時、星期、上下午」等，有一定的複雜度。這類考題，前面往往會有幾個干擾項，對話後部分才是關鍵內容。所以需要邊聽邊判斷，還要邊排除干擾，最後進行簡單的計算。
- 如果是題目卷上沒有圖或句子的考試形式。沒有圖或句子的輔助，會有一定的難度，有必要邊聽邊做簡單的紀錄。要聽懂同位語關係的時間詞。譬如：聽準「明日」就是「20 日」，才能往後推「21 日」是「明後日」等等。

順序

▶ 要聽解順序的題型，就要注意聽好一些相關的接續詞，如「まず、はじめに、それから、次に、また、その後、てから、最後、～後、ついでに、先に」等表示動作順序的詞。這些詞可以說，是這類題的特色，只有抓住它們，才有可能理順動作順序。

▶ 另外，動作順序的發生，常跟時間詞有關，因為動作總是在時間軸上出現，動作跟時間詞關係可是很密切的喔！

Where （どこ／在哪裡？）

▶ Where（どこ／在哪裡？），也就是在哪個方位及路線？怎麼組合及擺放的？Where 又更好掌握了，說的是事情是在哪裡發生的，除了地名、國家或是都市名之外，場所、空間、場面都屬於Where。常見的題型有：

組合及擺放

▶ 先快速預覽試卷上的 4 張圖或 4 個句子以後，比對它們的差異，然後抓住對話中人物想要的條件。這是一道通過比對間接判斷場所、位置的特徵的題型。對話中一般不會直接說出對話中人物想要什麼樣的組合或擺設，而是透過一問一答，有肯定有否定的方式，讓考生去推測，兩人想要什麼樣的組合或擺設，雖有一定的干擾性，但只要抓住提問要的關鍵句，就可以得到答案了。

▶ 這類考題中通常出現的話題較多，當然方向詞也多，所以聽解這類考題，就要聽準對話中的物品跟它們相對的位置了。

方位及路線

▶ 方位或路線的考題，在對話中不會直接說出要找的位置，而大多是先提到多個間接的目標，把訊息量提高，來設置迷惑，增加難度，最後才提到要找的地方，所以聽解這類考題，要注意引導的目標，隨著引導的目標，一步步找出設問要的方位。

▶ 方位及路線考題，對話中常常出現幾個指示方位詞，很難一聽就記住，所以為了選擇時不會忘記，請邊聽邊簡單在空白處，記下指示方位地點的詞。例如「玄関の横」記為「げん、よこ」；「ベッドの下」記為「べ、した」。

 Why（なぜ、どうして／為什麼？）

▶ Why（なぜ、どうして／為什麼？），也就是事情發生的原因。要聽出Why，常常會有因果關係，表達因果關係最常見的詞就是 なぜ（因為）和 どうして（因為），但必須要注意的事情是，有時候不能過度依賴なぜ 和どうして，有些句子的因果關係是順著句子順序，自然發展而成，反而沒有用到關鍵字。一般而言Why 要問的就是原因。常見的題型有：

原因

▶ 原因的題型，一般有在一段對話中，只有一對因果關係，例如，一方詢問某事的原因，另一方直接說出。文中會出現較多複雜的文法，提高了一定的難度。對話中出現了許多原因，例如，又便宜品質又好、機能簡單又好用等，但要區別哪些是干擾項，答案就呼之欲出了。

▶ 原因相關指標字詞：「～から～」、「～ので～」、「～ために～」、「これは～のです」、「これは～からです」。也可以找出結果的接續詞：「それで」、「だから」、「ですから」、「というわけで」、「そういうわけで」。

▶ 另外，看到表示說明的「のだ」、「のです」，大都也可以充分判斷為是有因果關係的邏輯在內。

メモ

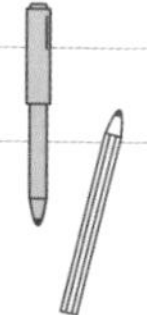

How（どのように、どうやって／如何呢？怎麼做？）

▶ How（どのように、どうやって／如何呢？怎麼做？）也就是接下來怎麼做？談了什麼事？怎麼發生的？天氣如何？掌握的原則就是要注意對話裡面，有沒有提到以上的要素。How 一般而言就是要達到某一個目的的動作、手段或是方式，或某狀況（如天氣）如何了？常見的題型有：

動向

▶ 什麼是動向呢？也就是指行為，即人物「接下來打算做什麼」。動向的考題，內容上大都談論多個行為，但有時候即使聽懂每個行為，但測試點的設置，往往令人意外，要一下子跟上有其困難度，如果聽不仔細，容易答非所問。所以需要跟上談話的思路，從前言後語的接續上，從整個談話中領悟出人物接下來要做的動作，才能選到正確的答案。

▶ 如上所述，動向考題在內容上會提到多個行為，所以不僅要仔細聽，也要跟上談話的速度，為了擔心注意力不集中、漏聽了，在聽解時，務必要邊聽邊記，再邊聽解邊排除干擾項。留下來的就是正確的答案了。

▶ 聽解動向考題，請邊聽邊記下關鍵字如「公園」→「弁当」→「自由」→「バス」。再簡單一點就是「公」→「弁」→「自」→「バ」。更簡單就是用假名代替了。

問事

▶「問事」就是「談論事情」，既然是問事，從出題的角度來看，會話中肯定會談論幾件事，讓考生從對話中，聽解出設問要的事情了。

▶「問事」題型，一般內容多，對話較長，需要仔細分析跟良好的短期記憶。這類題型屬略聽，不需要每個字都能聽懂。重點在抓住對話的主題或整體的談話方向，就不難找出答案了。

天氣

▶ 天氣的題型，一般內容較多，很難聽一遍就一一記住，所以屬略聽。另外，天氣的題型看似複雜，但如果跟新聞報導比起來，又單純多了。原因是天氣內容表達固定，用語有限。因此，掌握跟天氣相關的詞語跟表現句式，也是一個關鍵。

▶ 例如典型的颱風預報題型，一般包括「颱風的類型和強弱、颱風所在位置和經過的地點、進路和風速以及影響的範圍」。「 」中可是一套颱風報導公式喔！請記住喔！

▶ 天氣題型除了對話之外，也常出現氣象報告類的長篇報導。這類考題用字及文法較為艱深，所以又增加了困難度。但因為使用的詞彙有限，表達固定，所以只要常看NHK，多看報紙，多熟悉相關說法，就是解題的關鍵。

How much （どれくらい／多少？）

▶ How much（どれくらい／多少？），也就是做到什麼程度？數量如何？水平如何？費用多少？掌握 How much 的原則就是要注意對話裡面，有沒有提到一些做到什麼程度？數量如何？水平如何？費用多少？一般而言How 要問的就是多少。常見的題型有：

數字

▶ 數字的題型，往往出現許多的數量詞。也因此，不要說是外國人，即使是母語的日本人，也很容易混淆的。由於聽力只播放一次，不一定能把數字記得一清二楚，所以邊聽邊記，是十分必要的。

▶ 聽解數字題型的訣竅在：一是迅速預覽試卷上的 4 張圖或 4 個句子；二是要聽準數量或號碼；三是一定要邊聽邊記下數量或號碼。

▶ 對話中的數字詞，直接出現在選項中，一般是陷阱，要注意喔！

メモ

3 Step 做筆記的 6 大技巧

日檢如果分項成績有一科分數未達通過門檻，即使總分再高，也會判定為不合格。而其中聽力往往是我們的難以克服的關鍵弱點。

做筆記鍛鍊大腦！愈寫愈高分。日檢聽力中有一個技巧十分重要，那就是邊聽邊做筆記。經常可以聽到有人提出「聽力考試要做筆記」，但日檢的聽力考試方式，有聽力要點在進入本文之前就知道的，跟進入本文之前還不知道要點的兩種考試方式。不同方式做筆記的訣竅也不同。

這次就針對 N1 聽力的問題一「課題理解／理解課題」、問題二「ポイント理解／理解重點」、問題三「概要理解／概要理解」、問題五「総合理解／綜合理解」這 4 大題型，來進行技巧大公開。

記關鍵詞

關鍵詞是考點的主要出處，抓住聽力中的關鍵詞，整篇文章的大意也就了解得差不多了，答案也就呼之欲出了。關鍵詞指的是：

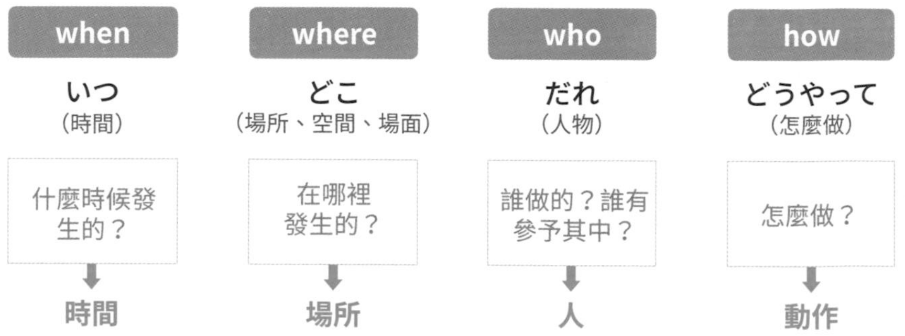

▩ 也就是**什麼時候？在哪裡？誰做了什麼動作？**

いつ
どこ
だれ
どうやって

※ 建立結構、分點記錄、一點一行（參考第 5 項內容）

記邏輯詞

邏輯詞就是連接一篇文章的筋骨，有順序、因果、比較、並列…等邏輯詞。因此，聽清楚邏輯詞，對於內容的之間的關係就容易瞭解了。

順序題

如果順序題，就會在對話中敘述一個過程，先做什麼，接下來做什麼，最後做什麼。這時候就要記錄各個階段的事件進展以及主要特徵。

邏輯詞例如：**「最初に（首先）、次に（接著）、同様に（同樣的）、同じように（一樣的）、それから（接著）」。**

因果關係

如果是因果關係，對話或文章裡就會將提到的人事物之間，以因果聯繫來提問，這時候就要記錄哪個是因，哪個是果。

邏輯詞例如：**「したがって（因此）、ゆえに（因此）、それゆえに（因而）、それで（因而）、のに（為了）」。**

並列舉例關係

如果對話結構為並列舉例關係，對話或文章裡就會將提到的人事物之間，進行並列舉例，這時候就要記錄他們的分類的依據、每個類別的名稱以及每個類別中列舉的例子。

邏輯詞例如：**「および（以及）、ならびに（和）、かつ（且）、加えて（加上）、その上で（在這基礎上）、しかも（而且）、おまけに（再加上）、さらに（更）、そのうえ（而且）、また（又）、そして（而且）、し（又）、それに（再加上）」。**

比較關係

如果是比較關係，對話或文章裡就會將提到的人事物之間，進行比較或對比，這時候就要記錄他們的同異點。

邏輯詞例如：**「より（比較）、ほうが（最好）、ぐらいなら（與其…還不如…）、というより（與其說…不如…）、ほど～はない（與其說…不如…）、ほど～はない（沒有比…更…）」。**

利用記字首、簡寫及符號縮短時間

聽力時間有限，速度是記筆記的關鍵，因此利用記字首、簡寫及符號，以簡化自己的筆記的方式，來幫助您在短時間內回憶起句子的內容。例如：

❶ 社内留学制度もあるだろう ➡ しゃ　りゅ　ある。

❷ 一人増やす ➡ ＋1

❸ スピーチ ➡ スピー、SP

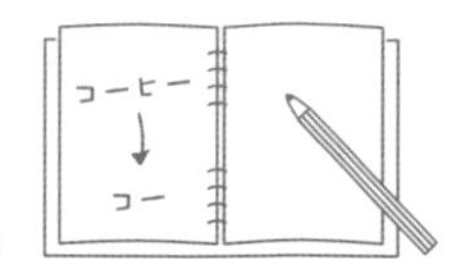

▩ 善用箭頭「→」表示關係等，善用圓圈「○」表示總結等。

做筆記要自己看得懂，要有結構

做筆記方式，只要覺得書寫方便快速，按自己的思路來做記號和寫單詞，自己能看懂就好了。但要注意的是，切勿胡亂的紀錄，這樣做了筆記自己也會看不懂的。做筆記要有自己的結構，要看起來一目了然。建議在考卷上選項的後面，分點紀錄聽力資訊的要點，每點占一行。這樣不僅清楚地羅列出資訊的脈絡，又可以明確簡潔的呈現出每個部分的要點。

❶ 針對**選項**做筆記，沒有選項則針對**細節**和**人物觀點**做筆記。

❷ 方便快速，自己能看懂就好了

❸ 有結構，分點分行紀錄資訊

問題一、二

N1 聽力的問題一「課題理解」跟問題二「ポイント理解」，選項都在考卷上，在進入聽取本文前就可以先瀏覽，這些選項就是聽解的重點。這時，只要針對選項來做筆記就可以了，其他的對話內容就可以不理會了，聽不懂也沒有關係。

問題一、二： 先瀏覽考卷上選項 ▶ 針對選項來做筆記

問題三、五

問題三「概要理解」跟問題五「総合理解」的其中兩題，答案紙不會印上選項，必須聽到最後才能知道題目想問的問題。

問題三又分為雙人對話和單人說明，單人說明的題型較為單純，有時候問的是內容的主旨，有時則會問內容中的細節；雙人對話的題型大多會問對話細節，有時也會問人物的想法等。

問題三：	單人說明	問內容的主旨或細節
	雙人對話	大多會問對話細節或人物想法

問題五有雙人、多人對話，另外還有先聆聽一段說明，再出現多人討論的題型。面對多人對話，可以先將依照人物來做筆記，紀錄每個人的觀點。

問題五：	多人對話	依照人物來做筆記

平常練習時，反覆對照自己的筆記是否抓住重點

平常練習時對完答案後，可以參照對話內容，確認自己是否真正抓住重點，如果有疏漏或聽錯的地方，要找出自己沒有聽出的資訊點在哪裡。抓出原因，再多加練習，聽得夠多，聽得懂就越多，總之等耳朵習慣後，就會漸入佳境。

巧用聽力中的「空餘時間」

當聽力對話，進入跟考卷上的選項無關的內容時，可以利用「空餘時間」來補全之前沒有做好的筆記。

3 Step

這次就針對 N1 聽力的問題一「課題理解／理解課題」、問題二「ポイント理解／理解重點」、問題三「概要理解／概要理解」、問題五「総合理解／綜合理解」四大題型，我們選擇各一題來實際進行做筆記的演練。

問題一

不動産会社で女の人が店員と話しています。女の人はどの部屋を見に行きますか。

M：こちらのAのお部屋は建てられてから10年未満です。駅からは少し遠いですが、静かでいいですよ。もう少し駅に近い所だと、こちらのBは、30年前にできたマンションですが中はきれいです。徒歩20分ですね。

F：ああ、この新しい部屋はバスなんですね。駅から…うーん。

M：駅の近くは、他に、…ああ、このCは、徒歩5分でエレベーターなしの5階。できたのは40年前ですけど、まあ部屋の中はきれいになってます。

F：あれ？このマンションって、3階も空いてるんですか。

M：ええ、ちょっと狭いですし、実はまだ居住中なんですよ。

F：ああ、今月中には引っ越したいから、じゃ、そこはだめですね。

M：駅から少し遠いんですけど、15分ぐらい歩けば、こんな部屋もありますよ。このDです。そんなに古くないです。ただ、1階なので、ちょっと日当たりがよくないんですけどね。こちら、ご覧になりますか。

F：いえ、駅の近くを見たいです。この部屋、見せていただけますか。

女の人はどの部屋を見に行きますか。

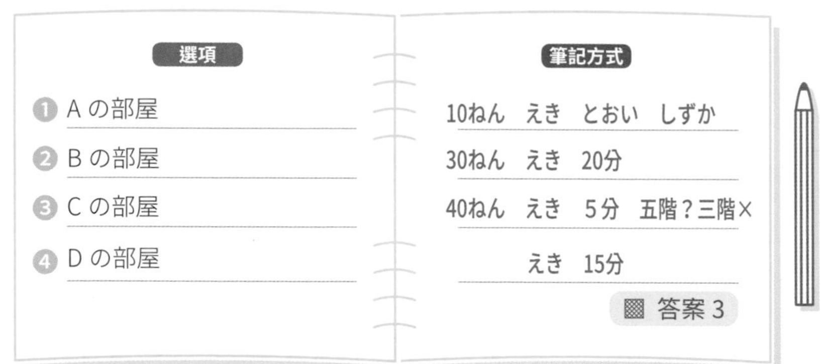

選項
1 A の部屋
2 B の部屋
3 C の部屋
4 D の部屋
筆記方式
10ねん　えき　とおい　しずか
30ねん　えき　20分
40ねん　えき　5分　五階？三階×
えき　15分
答案 3

◎ 1. 先閱讀選項，可列出表格以便統整。
2. 本題聽到最後才知道說話人的想法，沒有詳細的做筆記就難以回答。

問題二

花屋で店員と客が話しています。客は何を買いますか。

F：いらっしゃいませ。

M：野菜を育ててみたいんですけど、初めてで。どんなのがいいでしょうか。

F：そうですね。キュウリやナスなんかは比較的育てやすいですよ。

M：うん。だけど場所をとるでしょう。うちはベランダなんでね。

F：日当たりと水はけさえよければ、できないことはないですよ。あと…赤ピーマンとか。色があざやかで楽しいですよ。

M：へえ。家で作れるの？　きれいなのはいいね。ただピーマンは苦手だからな。

F：じゃ、これなんていかがですか。ミニトマトはいろいろ種類があるんですよ。黄色と赤、オレンジも。キュウリもナスも小さいものがあるにはあるんですけど、やっぱりスペースはいりますね。

M：そうですよね。家で作るならおいしく食べるだけじゃなくて見ていて楽しめるのがいいな。これなら場所もそんなにとらなそうだし、うん、これにしよう。オレンジと赤と黄色のやつ、3種類ください。

客は何を買いますか。

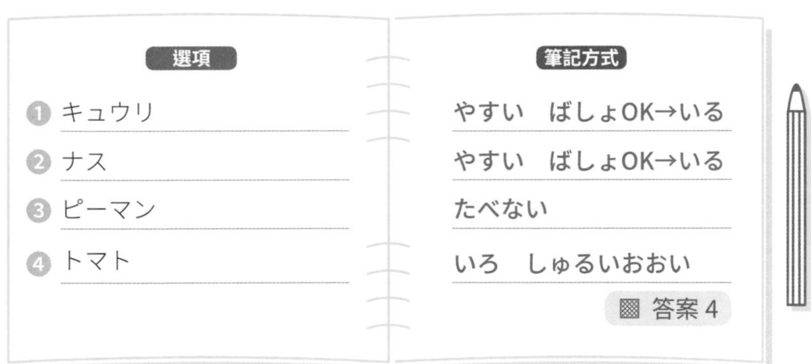

選項
筆記方式
1 キュウリ
やすい　ばしょOK→いる
2 ナス
やすい　ばしょOK→いる
3 ピーマン
たべない
4 トマト
いろ　しゅるいおおい
答案 4

◎ 1. 要留意店員一開始說小黃瓜和茄子不需要太大的空間，但介紹番茄時又說番茄比較不占空間。

2. 聽到男士不吃青椒時，可用刪去法刪去。

問題三

会社で男の人と女の人が話しています。

F：部長、新製品のパンフレットの原稿を直しましたので、目を通していただけますか。

M：ああ、もう見ましたよ。うーん、まだだめだね。まず、他社とわが社の製品との違いがはっきりわからない。しつこく書いてもよさは伝わらないけど、わが社の製品を購入する理由がわからなくては始まらないでしょう。パンフレットを読むのは親でも、この椅子を使うのは子どもなんだから、見ただけでこの椅子の特別さが伝わるように。

F：写真を増やすってことですか。

M：増やすというより、目を引くようなものをしっかり選んでください。パッと視線を集めて、忘れないような。

F：承知しました。あと、この商品の名前はいかがでしょう。やっぱり、片仮名の方がいいという意見も出ているんですけど。

M：片仮名にしてもひらがなにしても、どうも平凡な気がするけど、あまりわかりにくいのはいけないな。名前はこれで行きましょう。

男の人は女の人にどんな指示をしましたか。

1　パンフレットの文字を少なくする。
2　印象に残る写真をよく選んで使う。
3　イラストや写真の数を多くする。
4　漢字をもっと多く使うようにする。

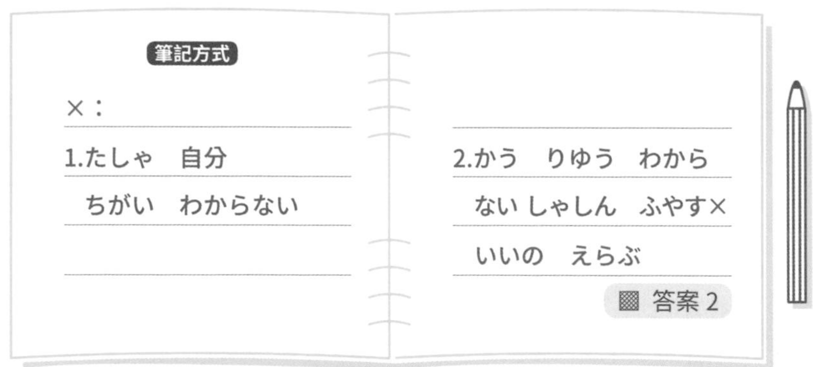

◎ 1. 無法先閱讀選項，只能詳細將聽到的內容依序記錄下來。
2. 從開頭可知女士正在詢問上司關於 DM 的意見，可推測要記錄的是上司的想法以及指令。

問題五

テレビで、コンビニエンスストアの変化について話しています。

M：コンビニの売り上げ競争が激しくなってきています。ラーメン、うどん、スパゲティの種類を増やしたり、ケーキやシュークリーム、ドーナツなどのデザートに力を入れたりしている店が増えています。これは、じわじわと値段が上がっている5000億円のラーメン市場、昔からほぼ値段の変わらない2500億円のピザ市場を狙ったもので、コンビニならこれらの値段設定より安くできるのです。また最近は、店内で飲食ができるイートインコーナーを設ける店も増えており、外食産業も改革を迫られています。

M1：もちろん高校生はコンビニに行くよ。だって、ラーメン屋は高いもん。

M2：そりゃそうだけど、うまいのか。

M1：味はわかんないけどさ。みんなで食べるときは便利だよ。ラーメン嫌いなやつもいるし。

F：ああ、女の子がいっしょだと特にそうかもね。

M1：女子とは行かないけど、男子もラーメンよりドーナッツとコーヒーとかっていうやつ、多いよ。

F：ふうん。

M1：僕は、塾の前にちょっと宿題やりたいときも行くよ。コーラ飲みながらとか。

M2：ああ、それは便利だね。書類を確認したいときや、喫茶店に入るほど時間がないけど、ちょっとひと休みしたいとき、便利だな。だけど、おいしいものを食べたいときは、入らないよ。

F：二人とも帰りが遅いときは、コンビニに行っているわけね。でも、安いからってしょっちゅう行くと、レストランで食べるより高くついたりするから気をつけてね。

質問1．息子は、どんな時にコンビニを利用すると言っていますか。
質問2．母親は、コンビニについてどう考えていますか。

3 Step

質問 1：

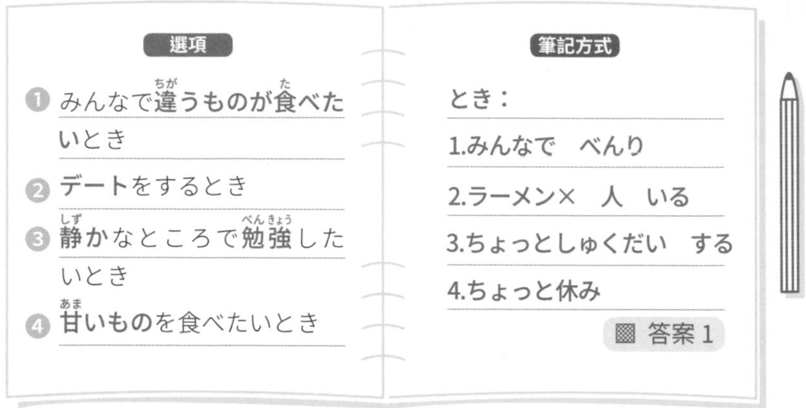

選項
① みんなで違うものが食べたいとき
② デートをするとき
③ 静かなところで勉強したいとき
④ 甘いものを食べたいとき
筆記方式
とき：
1.みんなで　べんり
2.ラーメン×　人　いる
3.ちょっとしゅくだい　する
4.ちょっと休み
答案 1

質問 2：

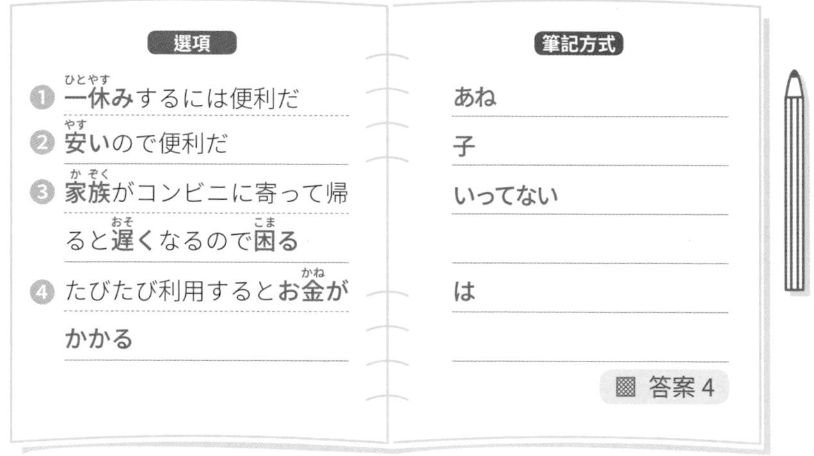

選項
① 一休みするには便利だ
② 安いので便利だ
③ 家族がコンビニに寄って帰ると遅くなるので困る
④ たびたび利用するとお金がかかる
筆記方式
あね
子
いってない
は
答案 4

◎ 1. 這題看得到選項，第一題可推測題目問的是某個時候會做某事，第二題則是詢問多人之中某人的看法。
2. 上方上色的文字，圈出關鍵字，並記在腦海裡，以便邊聽邊作筆記。
3. 針對選項作筆記，同時也要記錄每個出場人物的想法。
4. 可將人物簡化後筆記，例如息子→こ、母→は等等。

4 Step 易混發音完全比較

發音看似基本，卻相當重要。無法清晰的辨明發音，在日檢聽力測驗中恐怕會落入相近發音的陷阱。因此，以下將為您統整、比較相近發音，並以圖解詳細介紹發音方式。

★ 以下練習第一遍邊聽邊跟著唸，第二遍選出你聽到的單字。然後在方格內打勾。

區別發音1 「す」、「つ」、「ち」

track 0-1

▶ す[sɯ]的[s]舌尖往上接近上齒齦，氣流再從中間的小空隙摩擦而出。つ[tsɯ]的[ts]是舌尖頂在上齒齒齦，然後很快放開的[t]跟[s]的結合音。[s]跟[ts]都不要振動聲帶。

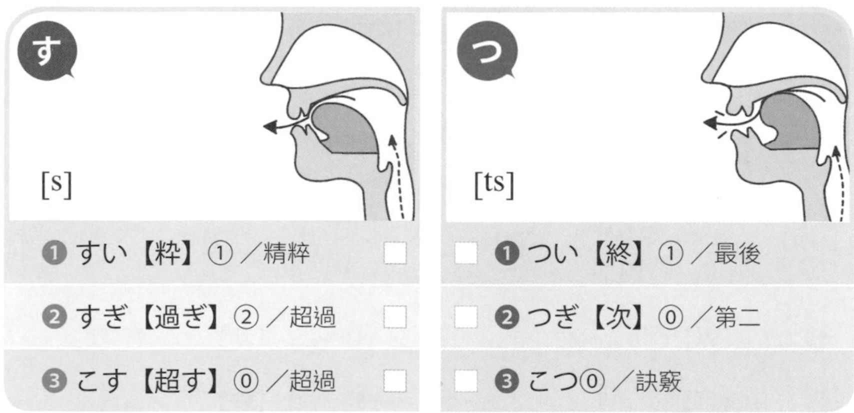

す
[s]
❶ すい【粋】① ／精粋
❷ すぎ【過ぎ】② ／超過
❸ こす【超す】⓪ ／超過
つ
[ts]
❶ つい【終】① ／最後
❷ つぎ【次】⓪ ／第二
❸ こつ⓪ ／訣竅

▶ ち[tʃi]的[tʃ]是跟つ[tsɯ]的[ts]，發音部位不同在，つ[tsɯ]受到母音[ɯ]的影響，所以舌位比較前面。[tʃ]跟[ts]都不要振動聲帶。

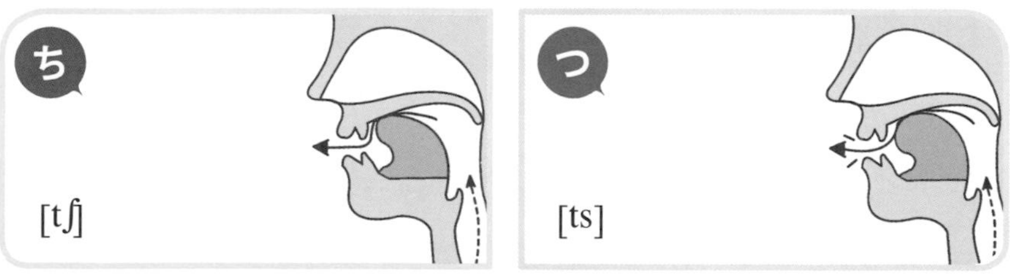

❹ちかう【誓う】②／發誓 □	□ ❹つかう【使う】⓪／使用
❺かち【価値】①／價值 □	□ ❺かつ【且つ】①／而且
❻ちり【塵】⓪／灰塵 □	□ ❻つり【釣り】⓪／釣魚

區別發音2 「な」、「ら」、「た」

track 0-2

▶ な[nɑ]的[n]是舌尖頂住上牙齦，把氣流擋起來，讓氣流從鼻腔跑出來。而ら[rɑ]的[r]是日語特有的彈音，把舌尖翹起來輕輕碰上齒齦與硬顎，在氣流沖出時，輕彈一下！[n]跟[r]都要振動聲帶。た[ta]的[t]的發音是舌尖要頂在上齒根和齒齦之間，然後很快把它放開，讓氣流衝出。不要震動聲帶喔。

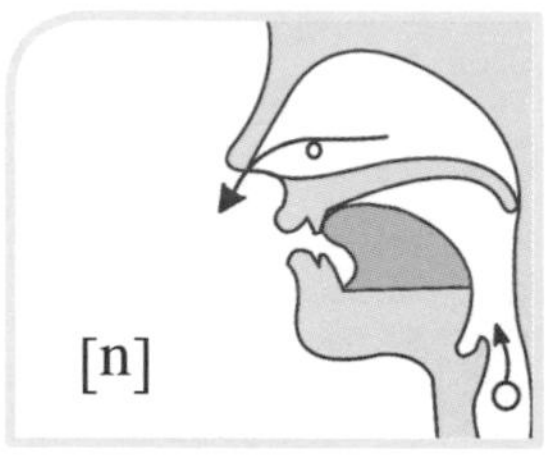

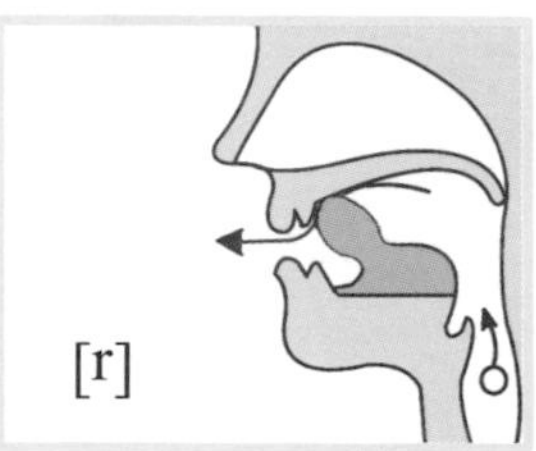

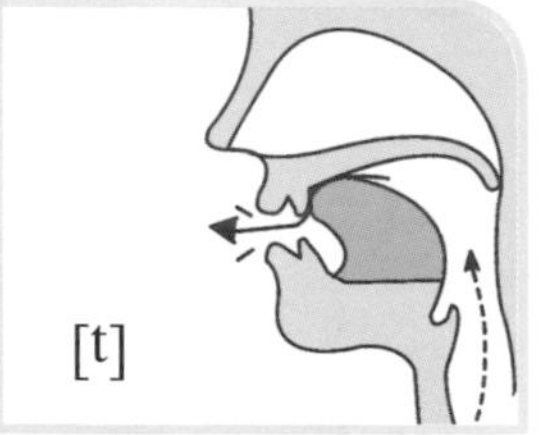

❶なん【難】①／困難 □	□ ❶らん【乱】①／雜亂
❷ひら【平】⓪／平 □	□ ❷ひな【雛】①／雛鳥
❸かに【蟹】⓪／螃蟹 □	□ ❸かり【仮】⓪／假說
❹あら【粗】②／缺點 □	□ ❹あだ【仇】②／仇恨
❺とう【問う】①／打聽 □	□ ❺のう【脳】①／腦
❻てんかい【転回】⓪／迴轉 □	□ ❻ねんかい【年回】⓪／每年的忌日
❼ナイス①／好 □	□ ❼ライス①／米飯

區別發音3 「m」、「b」

track 0-3

▶ [m]雙唇緊閉形成阻塞，讓氣流從鼻腔流出。[b]的雙唇要緊閉形成阻塞，然後讓氣流衝破阻塞而出。另外，[m]和[b]都要振動聲帶。

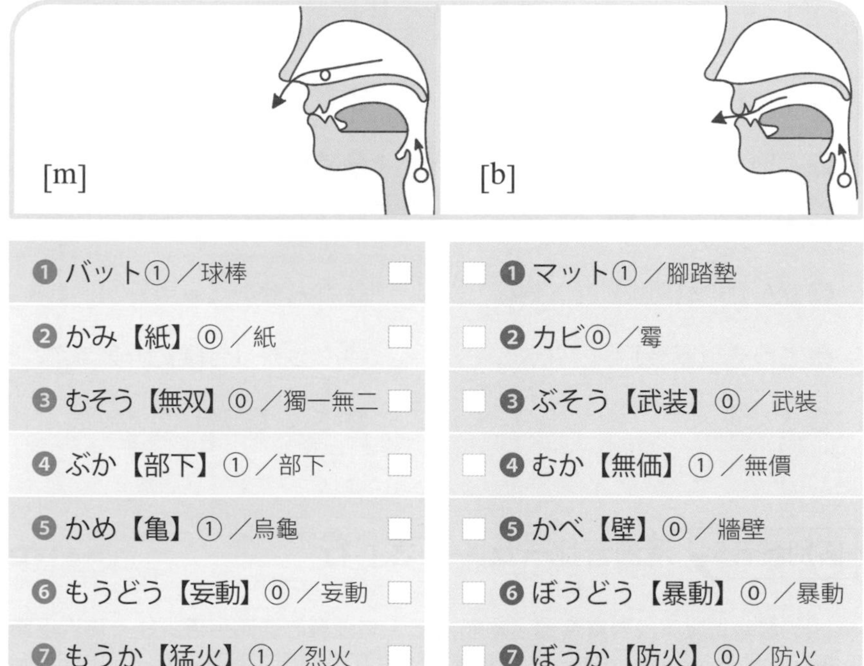

❶ バット① ／球棒 □	□ ❶ マット① ／腳踏墊
❷ かみ【紙】⓪ ／紙 □	□ ❷ カビ⓪ ／霉
❸ むそう【無双】⓪ ／獨一無二 □	□ ❸ ぶそう【武装】⓪ ／武裝
❹ ぶか【部下】① ／部下 □	□ ❹ むか【無価】① ／無價
❺ かめ【亀】① ／烏龜 □	□ ❺ かべ【壁】⓪ ／牆壁
❻ もうどう【妄動】⓪ ／妄動 □	□ ❻ ぼうどう【暴動】⓪ ／暴動
❼ もうか【猛火】① ／烈火 □	□ ❼ ぼうか【防火】⓪ ／防火

區別發音4 清濁音比一比—「か」行

track 0-4

▶「が、ぎ、ぐ、げ、ご」是子音[g]跟母音[ɑ、i、ɯ、e、o]拼起來的。[g]的發音是發音的方式，跟部位跟[k]一樣，不一樣的是要振動聲帶。

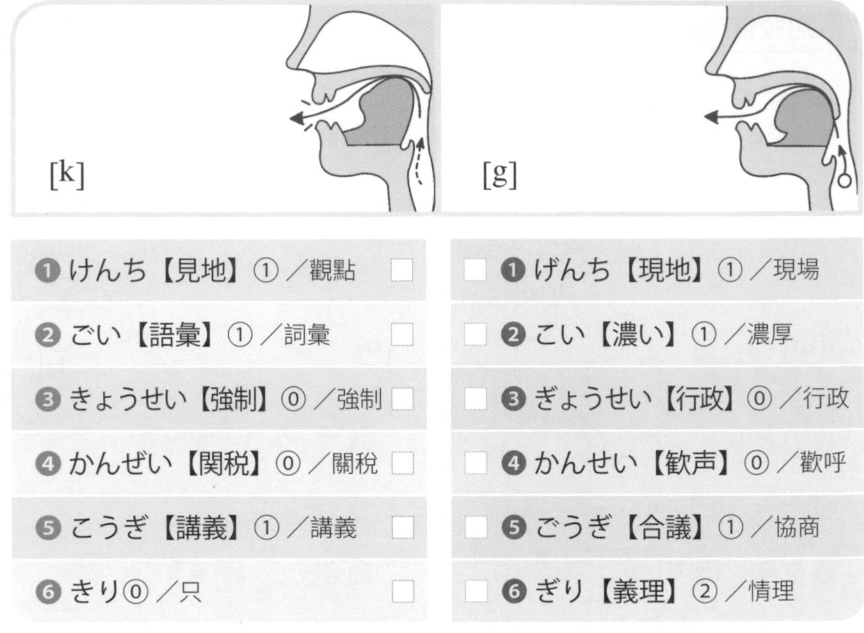

[k]	[g]
❶ けんち【見地】①／觀點 □	□ ❶ げんち【現地】①／現場
❷ ごい【語彙】①／詞彙 □	□ ❷ こい【濃い】①／濃厚
❸ きょうせい【強制】⓪／強制 □	□ ❸ ぎょうせい【行政】⓪／行政
❹ かんぜい【関税】⓪／關稅 □	□ ❹ かんせい【歓声】⓪／歡呼
❺ こうぎ【講義】①／講義 □	□ ❺ ごうぎ【合議】①／協商
❻ きり⓪／只 □	□ ❻ ぎり【義理】②／情理

區別發音5 清濁音比一比—「さ」行

track 0-5

▶ [s]的發音是上下齒對齊合攏，軟顎抬起，堵住鼻腔通路，舌尖往上接近上齒齦，中間要留一個小小的空隙，再讓氣流從那一個小空隙摩擦而出。不要振動聲帶喔！

▶「ざ、ず、ぜ、ぞ」是子音[dz]跟母音[ɑ、i、ɯ、e、o]拼起來的。[dz]的發音方式、部位跟[ts]一樣，不一樣的是要振動聲帶。「じ」是子音[dʒ]跟母音[i]拼起來的。[dʒ]的發音是舌葉抵住上齒齦，把氣流擋起來，然後稍微放開，讓氣流從縫隙中摩擦而出。要振動聲帶喔！

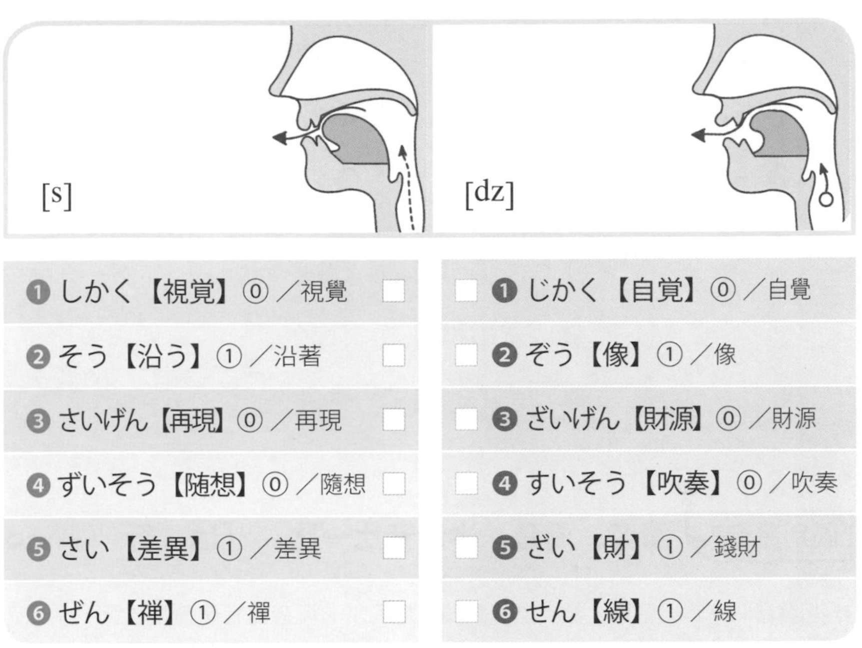

[s]		[dz]
❶ しかく【視覚】⓪／視覺	☐ ☐	❶ じかく【自覚】⓪／自覺
❷ そう【沿う】①／沿著	☐ ☐	❷ ぞう【像】①／像
❸ さいげん【再現】⓪／再現	☐ ☐	❸ ざいげん【財源】⓪／財源
❹ ずいそう【随想】⓪／隨想	☐ ☐	❹ すいそう【吹奏】⓪／吹奏
❺ さい【差異】①／差異	☐ ☐	❺ ざい【財】①／錢財
❻ ぜん【禅】①／禪	☐ ☐	❻ せん【線】①／線

區別發音6 清濁音比一比—「た」行

track 0-6

▶ [t]的發音是舌尖要頂在上齒根和齒齦之間，然後很快把它放開，讓氣流衝出。不要震動聲帶喔！

▶「だ、で、ど」是子音[d]跟母音[ɑ、e、o]拼起來的。[d]發音的方式、部位跟[t]一樣，不一樣的是要振動聲帶。「ぢ」的發音跟「じ」一樣。「づ」的發音跟「ず」一樣。

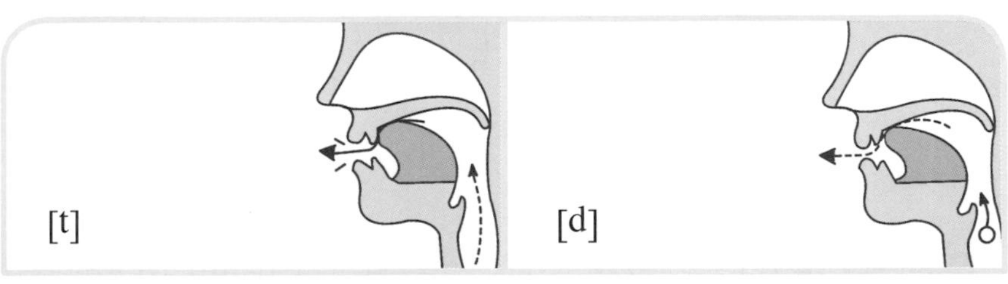

□ ❶なん【何】①／什麼	□ ❷とら【虎】⓪／老虎
□ ❶だん【団】①／團體	□ ❷どら【銅鑼】⓪／銅鑼
□ ❶らん【欄】①／欄	□ ❷のら【野良】⓪／原野

□ ❸じき【時期】①／期間

□ ❸にき【二期】①／二期

□ ❸りき【利器】①／利器

區別發音7 清音、濁音、半濁音比一比—「は」行 track 0-7

▶ [h]發音時，嘴要張開，讓氣流從聲門摩擦而出，發音器官要盡量放鬆，呼氣不要太強。

▶「ば、び、ぶ、べ、ぼ」是子音[b]跟母音[ɑ、i、ɯ、e、o]拼起來的。[b]的發音是緊緊的閉住兩唇，為了不讓氣流流往鼻腔，叫軟顎把鼻腔通道堵住，然後很快放開，讓氣流從兩唇衝出。要同時振動聲帶喔！

▶「ぱ、ぴ、ぷ、ぺ、ぽ」是子音[p]跟母音[ɑ、i、ɯ、e、o]拼起來的。[p]的發音部位跟[b]相同，不同的是不需要振動聲帶。發音時要乾脆。

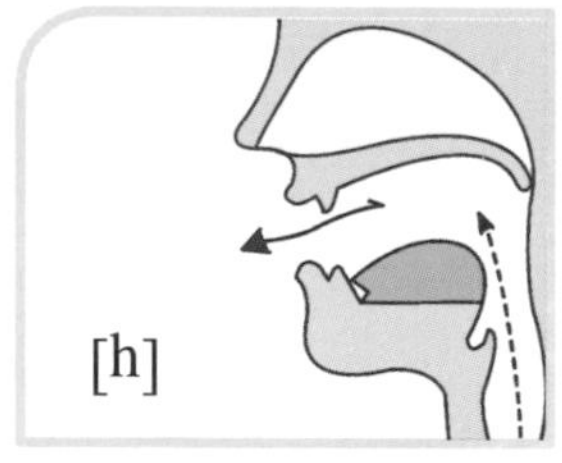

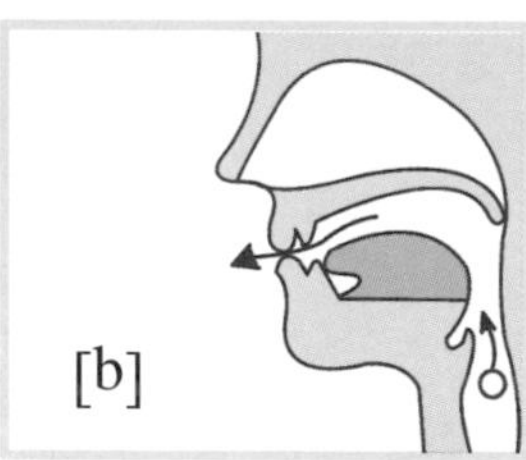

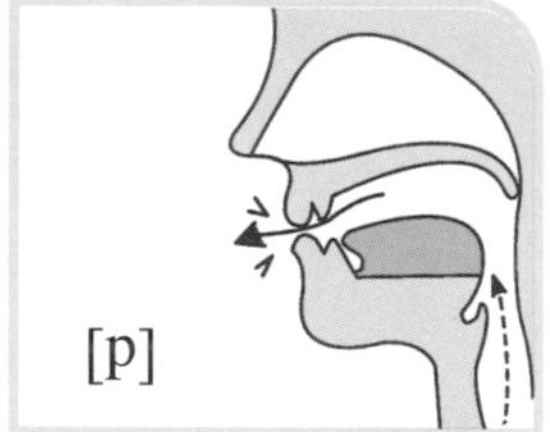

❶ペース①／速度 □	□ ❶ベース①／基礎
❷ほうし【奉仕】①／效力 □	□ ❷ぼうし【防止】⓪／防止

❸ はす【蓮】⓪／蓮 □	□ ❸ パス①／通過
❹ ひりょう【肥料】①／肥料 □	□ ❹ びりょう【微量】⓪／微量
❺ ばてる②／精疲力盡 □	□ ❺ はてる【果てる】②／至極
❻ ふりょく【浮力】①／浮力 □	□ ❻ ぶりょく【武力】①／武力
❼ ふらふら①／蹣跚 □	□ ❼ ぶらぶら①／搖晃

區別發音8 「や」、「ゆ」、「よ」

track 0-8

▶ や[jɑ]、ゆ[jɯ]、よ[jo]中的[j]是讓中舌面，跟在它正上方的硬口蓋接近，而發出的聲音。發音比母音短而輕。

[j]

▶ 母音あ[ɑ]是口腔自然地張大，舌頭放低稍微向後縮，舌頭跟下巴一起往下。發音時音色鮮明。兩者都要振動聲帶。

[ɑ]

▶ 母音的う[ɯ]是雙唇保持扁平，雙唇兩端左右往中央稍稍靠攏，後舌面隆起靠近軟顎。發音時音色鮮明。兩者都要振動聲帶。

[ɯ]

▶ 母音的お[o]是下巴還要往下，舌向後縮後舌面隆起，要圓唇。發音時音色鮮明。兩者都要振動聲帶。

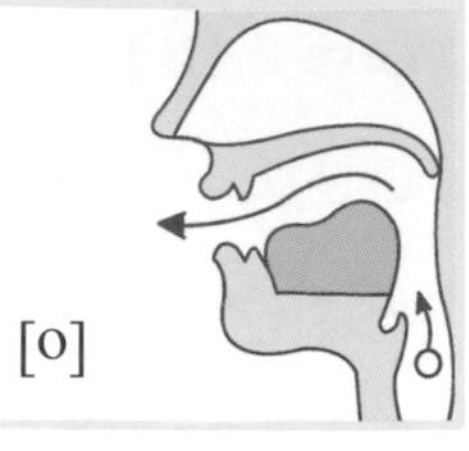

[o]

❶ やざ【矢座】⓪／天箭座 ☐	☐ ❶ あざ【痣】②／痣
❷ うず【渦】①／漩渦 ☐	☐ ❷ ゆず①／柚子
❸ ゆめ【夢】②／夢 ☐	☐ ❸ うめ【梅】⓪／梅子
❹ よそう【予想】⓪／預料 ☐	☐ ❹ おそう【襲う】⓪／侵襲
❺ おさん【お産】⓪／生產 ☐	☐ ❺ よさん【予算】⓪／預算

區別發音9 撥音、促音、長音、拗音、直音

track 0-9

▶ 音「ん」是[n]音，跟直音一樣的是都佔一拍，它的發音，會隨著後面發音的不同而受到影響。

▶ 促音「っ」要停頓一下，佔一拍直音跟促音的不同，是直音不需要停一拍。發促音時，嘴形要保持跟它後面的子音一樣，這樣持續停頓約一拍的時間，最後讓氣流衝出去，就行啦！

▶「い」段假名和小的「や、ゆ、よ」所拼起來的音叫拗音。拗音跟直音的不同，是拗音是由兩個假名拼成一拍，而直音是一個假名就佔一拍。

▶ 長音就是把假名的母音，拉長一拍唸。除了撥音「ん」跟促音「っ」以外，日語的每個假名都可以發成長音。長音的標示法是，あ段假名後加あ；い段假名後加い；う段假名後加う；え段假名後加い或え；お段假名後加お或う；外來語以「ー」表示。直音跟長音的不同是，直音不需要拉長一拍，而長音要拉長一拍。

❶ しさつ【視察】⓪／視察	❶ しんさつ【診察】⓪／診察
❷ はば【幅】⓪／幅度	❷ はっぱ【葉っぱ】⓪／葉子
❸ ちず【地図】①／地圖	❸ チーズ①／起司
❹ なっとう【納豆】③／納豆	❹ など【等】①／等
❺ そし【阻止】①／阻止	❺ そうし【創始】⓪／首創
❻ あし【足】②／腳	❻ あっし【圧死】⓪／壓死
❼ しゆう【私有】⓪／私有	❼ しゅう【衆】①／眾人

區別發音解答

1. ②①②①②①
2. ①②②①②②①
3. ①①②②②②②
4. ②①②②②①
5. ②②①②①②
6. ②③③
7. ①①②①①②②
8. ②①②②①
9. ②②②②②②②

準備日檢聽力，除了備齊充足的單字量外，懂得活用是加分重點。以下將單子依使用情境分類，以短句告訴您最常用的詞語組合，再加上生動圖解，一秒理解詞意，同時深深烙印腦海裡。

時間／時間

一気に（いっきに）

副 一口氣地

一気に飲み干す。（いっきにのみほす）

一口氣喝乾。

合間（あいま）

名（事物中間的）空隙，空閒時間；餘暇

仕事の合間に小説を書く。（しごと・あいま・しょうせつ・か）

利用工作空檔寫小說。

スムーズ【smooth】

名・形動 圓滑，順利；流暢

話がスムーズに進む。（はなし・すす）

協商順利進行。

じっくり

副 慢慢地，仔細地，不慌不忙

じっくり考える。（かんが）

仔細考慮。

時折（ときおり）

副 有時，偶爾

時折思い出す。（ときおりおもいだす）

偶爾想起。

目途・目処（めど・めど）

名 目標；眉目，頭緒

目途が立たない。（めど・た）

無法解決。

未だ（いまだ）

副（文）未，還（沒），尚未（後多接否定語）

いまだに終わらない。（お）

至今尚未結束。

かつて

副 曾經，以前；（後接否定語）至今（未曾），從來（沒有）

かつての名選手。（めいせんしゅ）

昔日著名的選手。

限りない
形 無限，無止盡；無窮無盡；無比，非常

限りない悲しみ。

無盡的悲痛。

薬缶
名 (銅、鋁製的)壺，水壺

やかんで湯を沸かす。

用壺燒水。

日取り
名 規定的日期；日程

日取りを決める。

決定日程。

住居／住房

屋敷
名 （房屋的）建築用地，宅地；宅邸，公館

お化け屋敷に入る。

進入鬼屋。

籠もる
自五 閉門不出；包含，含蓄；(煙氣等)停滯，充滿，（房間等）不通風

部屋にこもる。

閉門不出。

戸締まり
名 關門窗，鎖門

戸締りを忘れる。

忘記鎖門。

茶の間
名 茶室；（家裡的）餐廳

茶の間で食事をする。

在餐廳吃飯。

震える
自下一 顫抖，發抖，震動

手が震える。

手顫抖。

不在
名 不在，不在家

不在通知を受け取る。

收到郵件招領通知。

5
Step

食事／用餐

生臭い（なまぐさい）
㊌ 發出生魚或生肉的氣味；腥
生臭い匂いがする。
發出腥臭味。

噛み切る（かみきる）
他五 咬斷，咬破
肉を噛み切る。
咬斷肉。

腕前（うでまえ）
㊔ 能力，本事，才幹，手藝
腕前を披露する。
展現才能。

瑞瑞しい（みずみずしい）
㊌ 水嫩，嬌嫩；新鮮
みずみずしい果物が旬を迎えます。
新鮮的水果正當季好吃。

水気（みずけ）
㊔ 水分
水気をふき取る。
拭去水分。

衣服／衣服

ジャンパー【jumper】
㊔ 工作服，運動服；夾克，短上衣
ジャンパー姿で散歩する。
穿運動服散步。

だぶだぶ
副·自サ（衣服等）寬大，肥大；（人）肥胖，肌肉鬆弛；（液體）滿，盈
だぶだぶのズボンを買った。
買了一件寬鬆的褲子。

流行（りゅうこう）
㊔ 流行
流行を追う。
趕流行。

ぶかぶか

副·自サ （帽、褲）太大不合身；漂浮貌；（人）肥胖貌；（笛子、喇叭等）大吹特吹貌

ぶかぶかの靴を履く。

穿著太大的鞋子。

緩める

他下一 放鬆，使鬆懈；鬆弛；放慢速度

ベルトを緩める。

放鬆皮帶。

人体／人體

デブ

名 （俗）胖子，肥子

ずいぶんデブだな。

好一個大胖子啊。

小柄

名·形動 身體短小；（布料、裝飾等的）小花樣，小碎花

小柄な女性が好まれる。

小個子的女性比較受歡迎。

鍛える

他下一 鍛，錘鍊；鍛鍊

体を鍛える。

鍛鍊身體。

潤う

自五 潤濕；手頭寬裕；受惠，沾光

肌が潤う。

肌膚潤澤。

傾ける

他下一 使…傾斜，使…歪偏；飲（酒）等；傾注；傾，敗（家），使（國家）滅亡

耳を傾ける。

傾聽。

反らす

他五 向後仰，（把東西）弄彎

体をそらす。

身體向後仰。

にきび

㊔ 青春痘，粉刺

ニキビを潰（つぶ）す。

擠破青春痘。

初耳（はつみみ）

㊔ 初聞，初次聽到，前所未聞

その話（はなし）は初耳（はつみみ）だ。

第一次聽到這件事。

指差（ゆびさ）す

他五 （用手指）指

犯人（はんにん）を指差（ゆびさ）す。

指出犯人。

裸足（はだし）

㊔ 赤腳，赤足，光著腳；敵不過

裸足（はだし）で歩（ある）く。

赤腳走路。

身振（みぶ）り

㊔ （表示意志、感情的）姿態；（身體的）動作

身振（みぶ）り手振（てぶ）りで示（しめ）す。

比手劃腳地示意。

生理／生理（現象）

生（い）き甲斐（がい）

㊔ 生存的意義，生活的價值，活得起勁

生（い）き甲斐（がい）を持（も）つ。

有生活目標。

老（お）いる

自上一 老，上年紀；衰老；（雅）（季節）將盡

老（お）いた母（はは）。

年邁的母親。

果（は）てる

自下一 完畢，終，終；死 接尾 （接在特定動詞連用形後）達到極點

力（ちから）が朽（く）ち果（は）てる。

力量用盡。

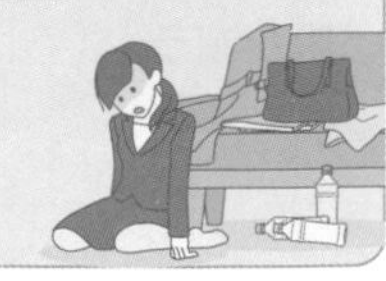

逞（たくま）しい

㊎ 身體結實，健壯的樣子，強壯；充滿力量的樣子，茁壯，旺盛，迅猛

たくましく成長（せいちょう）する。

茁壯地成長。

下痢（げり）

名·自サ （醫）瀉肚子，腹瀉

下痢（げり）**をする。**

腹瀉。

だるい

形 因生病或疲勞而身子沉重不想動；懶；酸

体（からだ）**がだるい。**

身體疲憊。

打撲（だぼく）

名·他サ 打，碰撞

手（て）**を打撲**（だぼく）**した。**

手部挫傷。

ふらふら

名·自サ·形動 蹣跚，搖晃；（心情）遊蕩不定，悠悠蕩蕩；恍惚，神不守己；蹓躂

体（からだ）**がふらふらする。**

身體搖搖晃晃。

介抱（かいほう）

名·他サ 護理，服侍，照顧（病人、老人等）

酔（よ）**っ払**（ぱら）**いを介抱**（かいほう）**する。**

照顧醉酒人士。

寒気（さむけ）

名 寒冷，風寒，發冷；憎惡，厭惡感，極不愉快感覺

寒気（さむけ）**がする。**

發冷。

捻挫（ねんざ）

名·他サ 扭傷、挫傷

足（あし）**を捻挫**（ねんざ）**する。**

扭傷腳。

ノイローゼ【（德）Neurose】

名 精神官能症，神經病；神經衰竭；神經崩潰

ノイローゼになる。

精神崩潰。

リハビリ【rehabilitation 之略】

名 （為使身障人士與長期休養者能回到正常生活與工作能力的）醫療照護，心理指導，職業訓練

彼（かれ）**は今**（いま）**リハビリ中**（ちゅう）**だ。**

他現在正復健中。

息苦（いきぐる）**しい**

形 呼吸困難；苦悶，令人窒息

息苦（いきぐる）**しく感**（かん）**じる。**

感到沈悶。

いびき

名 鼾聲

いびきをかく。

打呼。

人物／人物

あか　たにん
赤の他人
(連語) 毫無關係的人；陌生人

あか　たにん
赤の他人になる。
變為陌生人。

ひとかげ
人影
(名) 人影；人

ひとかげ
人影もまばらだ。
連人影也少見。

セレブ【celeb】
(名) 名人，名媛，著名人士

し せいかつ　あこが
セレブな私生活に憧れる。
嚮往貴婦般的私生活。

ファン【fan】
(名) 電扇，風扇；（運動，戲劇，電影等）影歌迷，愛好者

かんしゃ
ファンに感謝する。
感謝影（歌）迷。

くろうと
玄人
(名) 內行，專家

くろうと　うでまえ
玄人の腕前。
專家的本事。

エリート【（法）elite】
(名) 菁英，傑出人物

い しき　つよ
エリート意識が強い。
優越感特別強烈。

マニア【mania】
(名·造語) 狂熱，癖好；瘋子，愛好者，…迷，…癖

カメラマニア。
相機迷。

ぶ さい く
不細工
(名·形動) （技巧，動作）笨拙，不靈巧；難看，醜

ぶ さい く　かお　ゆが
不細工な顔が歪んでいる。
難看的臉扭曲著。

荒(あら)っぽい

㊊ 性情、語言行為等粗暴、粗野；對工作等粗糙、草率

行動(こうどう)が荒(あら)っぽい。

行動粗野。

おどおど

(副・自サ) 提心吊膽，忐忑不安

人前(ひとまえ)ではいつもおどおどしている。

在人面前總是提心吊膽。

気(き)が利(き)く

(慣) 機伶，敏慧

新人(しんじん)なのに気(き)が利(き)く。

雖是新人但做事機敏。

しっとり

(副・サ変) 寧靜，沈靜；濕潤，潤澤

しっとりした感(かん)じの女性(じょせい)の方(ほう)が良(よ)い。

我比較喜歡文靜的女子。

だらだら

(副・自サ) 滴滴答答地，冗長，磨磨蹭蹭的；斜度小而長

汗(あせ)がだらだらと流(なが)れる。

汗流夾背。

無礼(ぶれい)

(名・形動) 沒禮貌，不恭敬，失禮

無礼(ぶれい)な奴(やつ)に絡(から)まれる。

被無禮的傢伙糾纏住。

露骨(ろこつ)

(名・形動) 露骨，坦率，明顯；毫不客氣，毫無顧忌；赤裸裸

露骨(ろこつ)に悪口(わるくち)を言(い)う。

毫不留情的罵。

☑ 天体、気象／天體、氣象

渦(うず)

㊔ 漩渦，漩渦狀；混亂狀態，難以脫身的處境

渦(うず)を巻(ま)く。

打轉；呈現混亂狀態。

ともる

(自五) （燈火）亮，點著

明(あ)かりがともる。

燈亮了。

Step 5

霰（あられ）

㊔（較冰雹小的）霰；切成小碎塊的年糕

あられが降（ふ）る。

下冰霰。

稲光（いなびかり）

㊔ 閃電，閃光

稲光（いなびかり）がする。

出現閃電。

上昇（じょうしょう）

名·自サ 上升，上漲，提高

気温（きおん）が上昇（じょうしょう）する。

氣溫上昇。

よける

他下一 躲避；防備

雨（あめ）をよける。

避雨。

津波（つなみ）

㊔ 海嘯

津波（つなみ）が発生（はっせい）する。

發生海嘯。

土砂（どしゃ）

㊔ 土和沙，沙土

土砂災害（どしゃさいがい）が多発（たはつ）した。

經常發生山崩災難。

氾濫（はんらん）

名·自サ 氾濫；充斥，過多

川（かわ）が氾濫（はんらん）する。

河川氾濫。

漂う（ただよう）

自五 漂流，飄蕩；洋溢，充滿；露出

水面（すいめん）に花（はな）びらが漂（ただよ）う。

花瓣漂在水面上。

地理、場所／地理、地方

共存（きょうそん）・共存（きょうぞん）

名·自サ 共處，共存

自然（しぜん）と共存（きょうぞん）する。

與自然共存。

辿（たど）る

他五 沿路前進，邊走邊找；走難行的路，走艱難的路；追尋，追溯，探索；（事物向某方向）發展，走向

記憶（きおく）をたどる。

追尋記憶。

原（はら）っぱ

名 雜草叢生的曠野；空地

原（はら）っぱを駆（か）ける。

在曠野奔跑。

市（いち）

名 市場，集市；市街

蚤（のみ）の市（いち）を開（ひら）く。

舉辦跳蚤市場。

差（さ）し掛（か）かる

自五 來到，路過（某處），靠近；（日期等）臨近，逼近，緊迫；垂掛，籠罩在…之上

分岐点（ぶんきてん）に差（さ）し掛（か）かる。

來到分歧點。

土手（どて）

名 （防風、浪的）堤防

土手（どて）を築（きず）く。

築提防。

裏返（うらがえ）し

名 表裡相反，翻裡作面

裏返（うらがえ）しにして使（つか）う。

裡外顛倒使用。

はみ出（だ）す

自五 溢出；超出範圍

引（ひ）き出（だ）しからはみ出（だ）す。

滿出抽屜外。

身(み)の回(まわ)り

㊔ 身邊衣物（指衣履、攜帶品等）；日常生活；（工作或交際上）應由自己處裡的事情

身(み)の回(まわ)りを整頓(せいとん)する。

整頓日常生活。

込(こ)み上(あ)げる

(自下一) 往上湧，油然而生

涙(なみだ)がこみあげる。

淚水盈眶。

沿(そ)う

(自五) 沿著，順著；按照

方針(ほうしん)に沿(そ)う。

按照方針的指示。

縁(ふち)

㊔ 邊；緣；框

ハンカチの縁取(ふちど)りがピンク色(いろ)だった。

手帕的鑲邊是粉紅色的。

表向(おもてむ)き

(名·副) 表面（上），外表（上）

表向(おもてむ)きは知(し)らんぷりをする。

表面上裝作不知情。

てっぺん

㊔ 頂，頂峰；頭頂上；（事物的）最高峰，頂點

幸福(こうふく)のてっぺんにある。

在幸福的頂點。

目先(めさき)

㊔ 目前，眼前；當前，現在；遇見；外觀，外貌，當場的風趣

目先(めさき)の利益(りえき)にとらわれる。

只著重眼前利益。

施設、機関／設施、機關單位

土台（どだい）
名·副 （建）地基，底座；基礎；本來，根本，壓根兒

土台（どだい）を固（かた）める。

穩固基礎。

扱い（あつか）
名 使用，操作；接待，待遇；（當作…）對待；處理，調停

客（きゃく）の扱（あつか）いが丁寧（ていねい）だ。

待客周到。

アフターサービス【（和）after ＋ service】
名 售後服務

アフターサービスがいい。

售後服務良好。

セール【sale】
名 拍賣，大減價

閉店（へいてん）セールを開催（かいさい）する。

舉辦歇業大拍賣。

協会（きょうかい）
名 協會

協会（きょうかい）を設立（せつりつ）する。

成立協會。

交通／交通

遮る（さえぎ）
他五 遮擋，遮住，遮蔽；遮斷，遮攔，阻擋

日差（ひざ）しを遮（さえぎ）る。

遮住陽光。

経路（けいろ）
名 路徑，路線

経路（けいろ）を変（か）える。

改變路線。

シート【seat】
名 座位，議席；防水布

シートベルトを着用（ちゃくよう）しよう。

請繫上安全帶吧！

海路（かいろ）
名 海路

帰（かえ）りは海路（かいろ）をとる。

回程走海路。

つり革（かわ）

㊔（電車等的）吊環，吊帶

つり革（かわ）につかまる。

抓住吊環。

ロープウェー【ropeway】

㊔空中纜車，登山纜車

ロープウェーで山（やま）を登（のぼ）る。

搭乘空中纜車上山。

 芸術／藝術

油絵（あぶらえ）

㊔油畫

油絵（あぶらえ）を描（か）く。

畫油畫。

生（い）ける

他下一 把鮮花，樹枝等插到容器裡；種植物

花（はな）を生（い）ける。

插花。

粋（すい）

名·漢造 精粹，精華；通曉人情世故，圓通；瀟灑，風流；純粹

技術（ぎじゅつ）の粋（すい）を集（あつ）める。

集中技術的精華。

三味線（しゃみせん）

㊔三弦

三味線（しゃみせん）を弾（ひ）く。

彈三弦琴；說廢話來掩飾真心。

短歌（たんか）

㊔短歌（日本傳統和歌，由五七五七七形式組成，共三十一音）

短歌（たんか）を嗜（たしな）む。

喜愛短歌。

メロディー【melody】

㊔（樂）旋律，曲調；美麗的音樂

メロディーを奏（かな）でる。

演奏音樂。

きげき
喜劇
㊔ 喜劇，滑稽劇；滑稽的事情

よしもとしん きげき
吉本新喜劇。

吉本新喜劇。

きゃくほん
脚本
㊔（戲劇、電影、廣播等）劇本；腳本

きゃくほん　か
脚本を書く。

寫劇本。

しゅえん
主演
㊔·自サ 主演，主角

えいが　しゅえん
映画に主演する。

電影的主角。

だいほん
台本
㊔（電影，戲劇，廣播等）腳本，劇本

だいほん　ものごと　はこ
台本どおりに物事が運ぶ。

事情如劇本般的進展。

☑ 数量、図形、色彩／數量、圖形、色彩

じゃっかん
若干
㊔ 若干；少許，一些

じゃっかん ふ しん　てん
若干不審な点がある。

多少有些可疑的地方。

あんざん
暗算
㊔·他サ 心算

あんざん　にが て
暗算が苦手だ。

不善於心算。

いく た
幾多
㊓ 許多，多數

いく た　こんなん　の　こ
幾多の困難を乗り越える。

克服無數困難。

か そ
過疎
㊔（人口）過稀，過少

か そ げんしょう　お
過疎現象が起きている。

發生人口過稀現象。

ジャンボ【jumbo】

名·造 巨大的

ジャンボサイズを販売する（jumbo size）。

銷售超大尺寸。

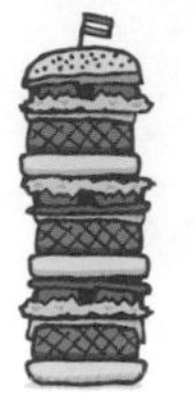

そこそこ

副·接尾 草草了事，慌慌張張；大約，左右

二十歳そこそこの青年。

20歲上下的青年。

目方（めかた）

名 重量，分量

目方を量る。

秤重。

手順（てじゅん）

名 （工作的）次序，步驟，程序

手順に従う。

按照順序。

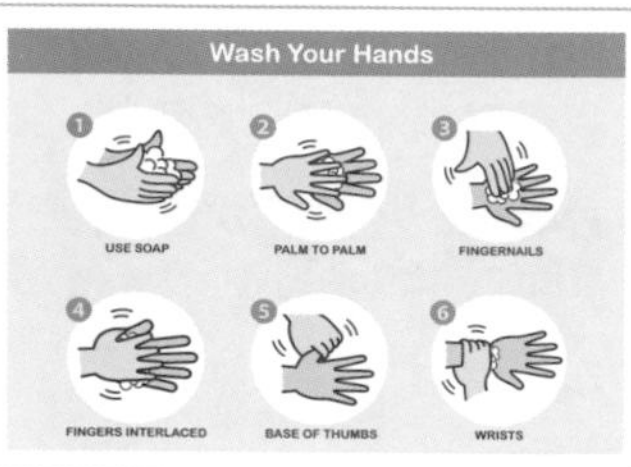

褪せる（あせる）

自下一 褪色，掉色

色が褪せる。

褪色。

染める（そめる）

他下一 染顏色；塗上（映上）顏色；（轉）沾染，著手

黒に染める。

染成黑色。

職業、仕事／職業、工作

斡旋（あっせん）

名·他サ 幫助；關照；居中調解，斡旋；介紹

就職の斡旋を頼む。

請求幫助找工作。

指図（さしず）

名·自サ 指示，吩咐，派遣，發號施令；指定，指明；圖面，設計圖

指図を受けない。

不接受命令。

庶務（しょむ）

㊔ 總務，庶務，雜物

庶務課が所管する。

總務課所管轄。

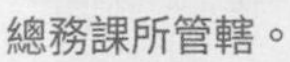

多忙（たぼう）

名·形動 百忙，繁忙，忙碌

多忙を極める。

繁忙至極。

配布（はいふ）

名·他サ 散發

資料を配布する。

分發資料。

ぶらぶら

副·自サ （懸空的東西）晃動，搖晃；蹓躂；沒工作；（病）拖長，纏綿

街をぶらぶらする。

在街上溜達。

任す（まかす）

他五 委託，託付

仕事を任す。

託付工作。

リストラ【restructuring 之略】

㊔ 重建，改組，調整；裁員

リストラで首になった。

在重建之中遭到裁員了。

奉仕（ほうし）

名·自サ （不計報酬而）效勞，服務；廉價賣貨

奉仕活動に専念する。

專心於服務活動。

給仕（きゅうじ）

名·自サ 伺候（吃飯）；服務生

ホテルの給仕。

旅館的服務生。

タレント【talent】

㊔（藝術，學術上的）才能；演出者，播音員；藝人

タレントが人気を博す。

藝人廣受歡迎。

すすぐ

(他五)（用水）刷，洗滌；漱口

口をすすぐ。

漱口。

出世

(名·自サ) 下凡；出家，入佛門；出生；出息，成功，發跡

出世を願う。

祈求出人頭地。

塵

(名) 灰塵，垃圾；微小，微不足道；少許，絲毫；世俗，塵世；污點，骯髒

ちりも積もれば山となる。

積少成多。

絡む

(自五) 纏在…上；糾纏，無理取鬧，找碴；密切相關，緊密糾纏

糸が絡む。

線纏繞在一起。

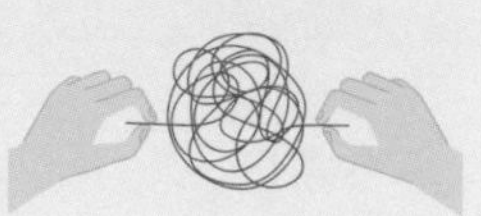

心理、感情／心理、感情

気兼ね

(名·自サ) 多心，客氣，拘束

隣近所に気兼ねする。

敦親睦鄰。

心強い

(形) 因為有可依靠的對象而感到安心；有信心，有把握

心強い話が嬉しい。

鼓舞人心的消息真叫人開心。

のどか

(形動) 安靜悠閒；舒適，閒適；天氣晴朗，氣溫適中；和煦

のどかな気分が満ちあふれている。

洋溢著悠閒寧靜的氣氛。

粘る

(自五) 黏；有耐性，堅持

最後まで粘る。

堅持到底。

ひたすら

(副) 只願，一味

ひたすら描き続ける。

一心一意作畫。

痛(いた)い目(め)

㊔ 痛苦的經驗

痛(いた)い目(め)に遭(あ)う。

難堪；倒楣。

甘(あま)える

自下一 撒嬌；利用…的機會，既然…就順從

お母(かあ)さんに甘(あま)える。

跟媽媽撒嬌。

台無(だいな)し

㊔ 弄壞，毀損，糟蹋，完蛋

計画(けいかく)が台無(だいな)しになる。

破壞了計畫。

むかつく

自五 噁心，反胃；生氣，發怒

彼(かれ)をみるとむかつく。

一看到他就生氣。

脆(もろ)い

㊎ 易碎的，容易壞的，脆的；容易動感情的，心軟，感情脆弱；容易屈服，軟弱，窩囊

涙(なみだ)にもろい人(ひと)。

心軟愛掉淚的人。

戸惑(とまど)う

自五 （夜裡醒來）迷迷糊糊，不辨方向；找不到門；不知所措，困惑

急(きゅう)に質問(しつもん)されて戸惑(とまど)う。

突然被問不知如何回答。

怒(いか)り

㊔ 憤怒，生氣

怒(いか)りがこみ上(あ)げる。

怒上心頭。

詰(なじ)る

他五 責備，責問

部下(ぶか)をなじる。

責備部下。

かんかん

副·形動 硬物相撞聲；火、陽光等炙熱強烈貌；大發脾氣

父(ちち)はかんかんになって怒(おこ)った。

父親批哩啪啦地大發雷霆。

はらはら

副·自サ （樹葉、眼淚、水滴等）飄落或是簌簌落下貌；非常擔心的樣子

はらはらドキドキする。

心頭噗通噗通地跳。

むねん【無念（むねん）】

名·形動 什麼也不想，無所牽掛；懊悔，悔恨，遺憾

無念（むねん）な死（し）に方（かた）。

遺憾的死法。

思考、言語／思考、語言

吟味（ぎんみ）

名·他サ （吟頌詩歌）仔細體會，玩味；（仔細）斟酌，考慮

食材（しょくざい）を吟味（ぎんみ）する。

仔細斟酌食材。

無断（むだん）

名 擅自，私自，事前未經允許，自作主張

無断欠勤（むだんけっきん）する。

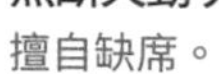

擅自缺席。

不審（ふしん）

名·形動 懷疑，疑惑；不清楚，可疑

不審（ふしん）な人物（じんぶつ）を見掛（みか）ける。

發現可疑人物。

専（もっぱ）ら

副 專門，主要，淨；（文）專擅，獨攬

専（もっぱ）ら練習（れんしゅう）に励（はげ）む。

專心致志努力練習。

仕切（しき）る

他五·自五 隔開，間隔開，區分開；結帳，清帳；完結，了結

カーテンで部屋（へや）を仕切（しき）る。

用窗簾把房間隔開。

メモ

6 Step 口語日語的變化公式

日檢聽力測驗中白話又生活化的口語表現，經常是考生們的一大罩門，因此事先熟悉口語日語，就能從容應試，奪得高分。以下就針對N1 程度為您統整常見的口語三大變化。

縮約形

では → じゃ

▶在口語中「では」幾乎都變成「じゃ」。「じゃ」是「では」的縮約形式，也就是縮短音節的形式，一般是用在口語上。多用在跟自己比較親密的人，輕鬆交談的時候。

口語中「では」會縮短為「じゃ」，「ては」則會變成「ちゃ」喔。

例 あの人（ひと）がどうなろうと知（し）ったことじゃない。

不管那個人會有什麼下場，都不干我的事。

ではないか → じゃん
不是嗎、啦、呀

▶[（動詞・形容詞・形容動詞）普通形＋じゃん]。「じゃん」是「ではないか」的縮約形，用來尋求對方同意自己的判斷，或用驚訝、感嘆的心情表達自己的吃驚。

「ではないか」也可以省略為「じゃないか」，而「じゃん」則是最口語的說法。

例 約束（やくそく）したじゃん。

不是已經說好了嗎？

てしまう → ちゃう；でしまう → じゃう
…完、…了

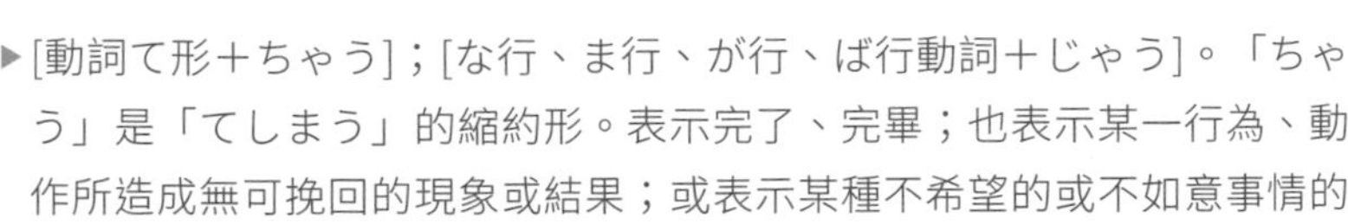

▶[動詞て形＋ちゃう]；[な行、ま行、が行、ば行動詞＋じゃう]。「ちゃう」是「てしまう」的縮約形。表示完了、完畢；也表示某一行為、動作所造成無可挽回的現象或結果；或表示某種不希望的或不如意事情的發生。

例 **金持ちには倹約家が多いのにひきかえ、貧乏人はお金があるとすぐ使っちゃう。**

有錢人多半都很節儉，相較之下，窮人一拿到錢就馬上花光了。

てしまえ → ちまえ
給我做了…

▶[動詞て形＋ちまえ]；[な行、ま行、が行、ば行＋じまえ]。「ちまえ」（てしまう的命令形）為「てしまえ」的口語縮約形。表示把前面的行為發揮到極點。語氣粗野，一般用在男性吵架時。

例 **いたぞ。やっちまえ！**

在這裡！給我上！

てはいけない → ちゃいけない；ではいけない → じゃいけない
不要…、不許…

▶[動詞て形＋ちゃいけない／じゃいけない]。「ちゃいけない」為「てはいけない」的口語縮約形，「じゃいけない」為「ではいけない」的口語縮約形。表示根據某種理由、規則，禁止對方做某事，有提醒對方注意、不喜歡該行為而不同意的語氣。

例「花を採るべからず」と書いてあるが、実も採っちゃいけない。

雖然上面寫的是「禁止摘花」，但是包括果實也不可以摘。

なくてはいけない →
なくちゃいけない、なくちや
不能不…、不許不…；必須…

▶ [動詞否定形（去い）；（形容動詞詞幹・名詞）で；形容詞く形＋なくちゃ（じゃ）いけない、なくちや]。「なくちゃいけない」為「なくてはいけない」的口語縮約形。表示規定對方要做某事，具有提醒對方注意，並有義務做該行為的語氣。多用在個別的事情，對某個人上。

例 **このポンコツときたら、また修理に出さなくちゃ。**

說到這部爛車真是氣死人了，又得送去修理了。

なければならない
→ なきゃならない、なきゃ
不能不…、不許不…；必須…

▶ [動詞否定形（去い）；（形容動詞詞幹・名詞）で；形容詞く形＋なきゃならない、なきゃ]為「なければならない」的口語縮約形。表示無論是自己或對方，從社會常識或事情的性質來看，不那樣做就不合理，有義務要那樣做。

「なくちゃ」和「なきゃ」的意思幾乎相同，不過前者是因某個條件或規定不做不行，後者則是以義務和客觀常識來看不做不行。

例 **部下達の手前、なんとかミスを取り繕わなきゃいけない。と思いつつ、今日もできなかった。**

因為他們是我的下屬，所以一定要想辦法亡羊補牢。

音變形

は → って

▶這裡的「って」是由「は」音變而來的口語用法。

例 **森村(もりむら)って、顔(かお)はなかなかハンサムなものの、ちょっと痩(や)せすぎだ。**

森村的長相雖然十分英俊，可就是瘦了一點。

とは → って
是…

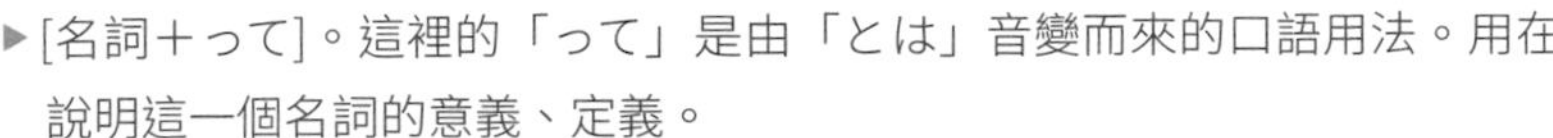

▶[名詞＋って]。這裡的「って」是由「とは」音變而來的口語用法。用在說明這一個名詞的意義、定義。

例 **ねえ、「クラウド」って何(なに)。ネットの用語(ようご)みたいだけど。**

我問你，什麼叫「雲端」啊？聽說那是一種網路術語哦？

というのは → って
所謂…就是…

▶[（動詞・形容詞・名詞）普通形＋って]。這裡的「って」是由「というのは」音變而來的口語形。表示針對提出的話題，進行說明意義或定義。

例 **幸(しあわ)せって、今目(いまめ)の前(まえ)にあるものに感謝(かんしゃ)できることかな。**

我想，所謂的幸福，就是能由衷感激眼前的事物吧！

という → って
…所謂…、叫做…

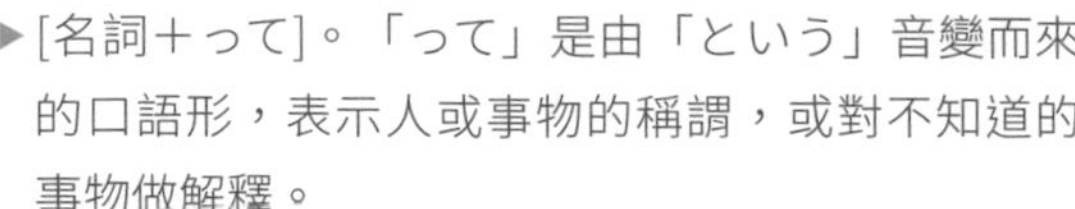
▶[名詞＋って]。「って」是由「という」音變而來的口語形，表示人或事物的稱謂，或對不知道的事物做解釋。

另外「名詞＋っていう」也是相同的意思和用法。

例 **俳句(はいく)って文学(ぶんがく)は、日本(にほん)の風土(ふうど)が日本人(にほんじん)の美意識(びいしき)と相(あい)まって生(う)み出(だ)した。**

所謂的俳句文學，是在日本的風土與日本人的美學意識兩相結合之下孕育出來的。

と言(い)った → って
說…、聽說…

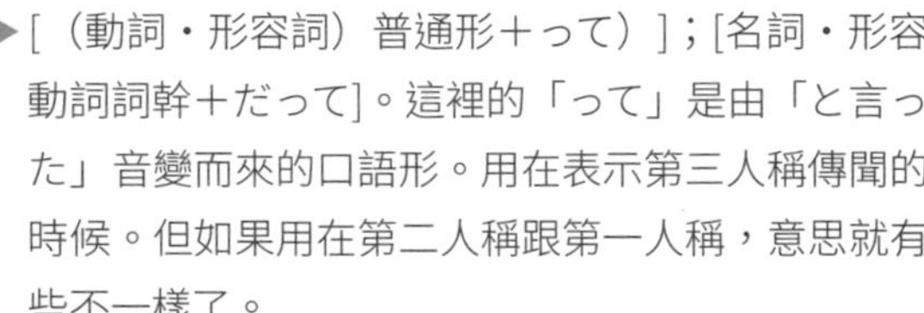
▶[（動詞・形容詞）普通形＋って）]；[名詞・形容動詞詞幹＋だって]。這裡的「って」是由「と言った」音變而來的口語形。用在表示第三人稱傳聞的時候。但如果用在第二人稱跟第一人稱，意思就有些不一樣了。

例 **昔(むかし)は、「男子厨房(だんしちゅうぼう)に入(はい)るべからず」って。**

有句老話是「君子遠庖廚」。

傳達第三人稱的老師說的話。

例 **「犯人(はんにん)が保釈(ほしゃく)されたんだって。」「『地獄(じごく)の沙汰(さた)も金次第(かねしだい)』ってことだよ。」**

「什麼？凶手交保了？」「這就是所謂的『有錢能使鬼推磨』啊！」

第二人稱有反問、質疑的意思。

例 **来なくていいって！**

我就說不用來了嘛！

第一人稱有因對方不瞭解自己的心情，而帶著不耐煩生氣的情緒。

と聞いた → って
(某某) 說…、聽說…

▶ [（動詞・形容詞）普通形＋って）]；[名詞・形容動詞詞幹＋だって]。這裡的「って」是由「と聞いた」音變而來的口語形。用在告訴對方自己所聽到的。

例 **彼女はただ気立てがいいのみならず、社交的で話しやすいだって。**

據說她不僅脾氣好，也善於社交，跟任何人都可以聊得來。

例 **この小説は、読む人を泣かせずにはおかないだって。**

讀這部小說的人沒有一個不哭的。

と → って

▶ [（動詞・形容詞）普通形＋って（言います）]；[名詞・形容動詞詞幹＋だって（言います）]。表示引用。「と言います、と思います、と聞きます」等的「と」，口語常會音變成「って」，口語甚至會把「言います、思います、聞きます」等省去。只接只說「って」。

例 **あんな人と結婚させられるぐらいなら、死んだ方がましだって（言った）。**

她說假如逼她和那種人結婚的話，不如去死還來得乾脆。

例 あの新聞は、どうも左派寄りのきらいがあるって（聞いた）。

聽（朋友）那家報紙似乎有偏左派的傾向。

例 好きな人と結婚できて、幸せな限りだって（思った）。

果然還是覺得能和心愛的人結婚，是無上的幸福。

は何？ → って
…是什麼

▸這裡的「って」是由「は何、は何ですか」音變而來的口語形。用在詢問對方某事物是什麼的表現。

例「WFH」って。

什麼是 WFH ？

ということだ → って
據說、聽說

▸[動詞普通形＋って]；[形容動詞・名詞＋だって]。這裡的「って」是由「ということだ」音變而來的口語形。表示傳聞。是引用傳達別人的話，這些話常常是自己直接聽到的。

例 課長は、日帰りで出張に行ってきたって。

聽說課長出差，當天就回來。

ても → たって
即使…也…、雖說…但是…

▶[動詞た形・形容詞く形＋たって]。「たって」就是「ても」的口語音變形。表示假定的條件。後接跟前面不合的事，後面的成立，不受前面的約束。

「だって」也經常會出現在句首，後面搭配「もん」，表示「可是、但是…嘛！」的意思。

例 **N１に合格(ごうかく)したとは言(い)ったって、やはりまだネイティブには及(およ)ばない。**

雖說已經通過日檢 N1 級測驗了，畢竟還是無法像本國人那樣道地。

でも → だって
（名詞）即使…也…；（疑問詞）…都…

▶[名詞・形容動詞詞幹＋だって]。「だって」是「でも」的口語音變形。表示假定逆接。就是後面的成立，不受前面的約束；[疑問詞＋だって]。表示全都這樣，或是全都不是這樣的意思。

例 **家族(かぞく)に食(た)べさせるべく、嫌(いや)な仕事(しごと)だって続(つづ)けている。**

為了維持一家人的生計，就算是討厭的工作也必須做下去。

撥音化

加入「ん」

▶加入撥音「ん」有加入感情強調的作用，也是口語的表現方法。如下：

Step 6

1

あまり → あんまり

(不) 怎樣

おなじ → おんなじ

相同，一樣

そのまま → そのまんま

照原樣

みな → みんな

大家；全都

2

例 寝(ね)る間際(まぎわ)には、あんまり食(た)べない方(ほう)がいいですよ。

睡前不要吃太多比較好喔！

例 男(おとこ)だろうと女(おんな)だろうと、人(ひと)として大切(たいせつ)なことはおんなじだ。

不管是男人還是女人，人生中重要的事都是相同的。

ら行 → ん

▶[動詞て形・形容詞くて＋なんない]；[形容詞動＋でなんない]。口語中也常把「ら行」的「ら、り、る、れ、ろ」變成「ん」。如：「やるの → やんの」；「わからない → わかんない」；「お帰りなさい → お帰んなさい」；「信じられない → 信じらんない」。後３個有可愛的感覺，雖然男女都可以用，但比較適用女性跟小孩。

對日本人而言，「ん」要比「ら行」的發音容易喔。

▶另外，口語中「な、に」也會變成「ん」。

1

あるの → あんの

例 どこにあんの／哪裡有呢？

するの → すんの

例 何(なに)すんの／你幹嘛啊！

するな → すんな

例 ケンカすんな／不要吵架！

それで → そんで

例 そんで行(い)っちゃった／因此，我就這樣出發了。

それじゃ → そんじゃ

例 そんじゃさようなら、またね／那麼拜囉！回頭見啦！

らない → んない

例 わかんない／不知道。

られない → らんない

例 見てらんない／看不下去。

あなた → あんた

例 あんたなくしては、生きていけません。／失去了你，我也活不下去。

になる → んなる

例 嫌んなっちゃった／反感了。

2

例 彼のことは、忘れようにも忘れらんない。

對他，我就算想忘也忘不了。

例 住宅ローンだの子供の学費だので、いくら働いてもお金がたまらんない。

又是房貸又是小孩的學費，不管再怎麼工作就是存不了錢。

の → ん

▶ 口語時，如果前接最後一個字是「る」的動詞，「る」常變成「ん」，而且，在[t]、[d]、 [tS]、 [r]、 [n]前的「の」在口語上有發成「ん」的傾向。另外，[動詞普通形＋んだ]。這是用在表示說明情況或強調必然的結果，是強調客觀事實的句尾表達形式。「んだ」是「のだ」的口語撥音變形式。

のうち → んち

例 君んち／你家。

這是「某人的家」口語的常見說法，助詞「の」變成「ん」，「家（うち）」變成「ち」。

例 子供がかわいければこそ、叱ったんだ。

正因為疼愛孩子，才愈應該訓斥他。

例 見た目はひどい傷なんですが、不思議なことに痛くもなんともないんです。

看起來雖然傷得很重，但神奇的是，也不會覺得痛還是什麼的。

ない → ん

▶「ない」說文言一點是「ぬ」（nu），在口語時脫落了母音「u」，所以變成「ん」（n），也因為是文言，所以說起來比較硬，一般是中年以上的男性使用。

例 台風が来ようが来るまいが、出勤しなければならん。

不管颱風來不來，都得要上班。

例 とっさの思いつきといえども、これはなかなかいけるかもしれんよ。

雖說是靈機一動，或許挺有可能行得通。

JLPT • Listening
日本語能力試驗　試題開始

測驗前，請模擬演練，參考試前說明。
測驗時間 60 分鐘！

解答用紙

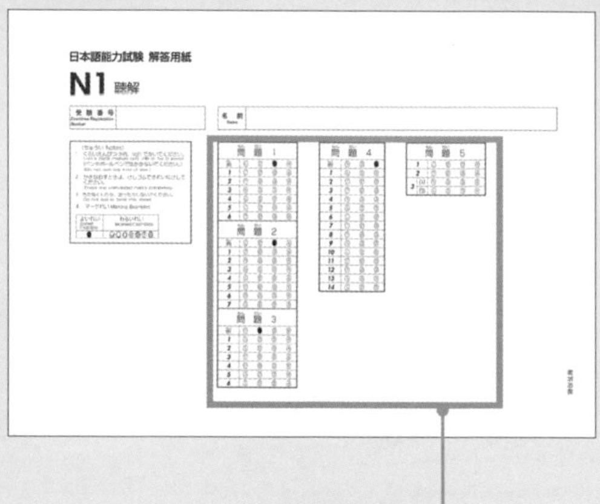

日本語能力試験 解答用紙

N1 聴解

問題 1				
例	①	②	●	④
1	①	②	③	④
2	①	②	③	④
3	①	②	③	④
4	①	②	③	④
5	①	②	③	④
6	①	②	③	④

問題 2				
例	①	②	●	④
1	①	②	③	④
2	①	②	③	④
3	①	②	③	④
4	①	②	③	④
5	①	②	③	④
6	①	②	③	④
7	①	②	③	④

問題 3				
例	①	●	③	④
1	①	②	③	④
2	①	②	③	④
3	①	②	③	④
4	①	②	③	④
5	①	②	③	④
6	①	②	③	④

問題 4			
例	①	②	●
1	①	②	③
2	①	②	③
3	①	②	③
4	①	②	③
5	①	②	③
6	①	②	③
7	①	②	③
8	①	②	③
9	①	②	③
10	①	②	③
11	①	②	③
12	①	②	③
13	①	②	③
14	①	②	③

問題 5					
1		①	②	③	④
2		①	②	③	④
3	(1)	①	②	③	④
	(2)	①	②	③	④

Listening 問題用紙

N1

聴解

（60 分）

注　　意
Notes

1. 試験が始まるまで、この問題用紙を開けないでください。
Do not open this question booklet until the test begins.

2. この問題用紙を持って帰ることはできません。
Do not take this question booklet with you after the test.

3. 受験番号と名前を下の欄に、受験票と同じように書いてください。
Write your examinee registration number and name clearly in each box below as written on your test voucher.

4. この問題用紙は、全部で____ページあります。
This question booklet has __ pages.

5. この問題用紙にメモをとってもいいです。
You may make notes in this question booklet.

受験番号　Examinee Registration Number	

名　前　Name	

N1 聽力模擬考題 問題1

課題理解

共18題

track 1-01

錯題數：

問題1では、まず質問を聞いてください。それから話を聞いて、問題用紙の1から4の中から、最もよいものを一つ選んでください。

例

track 1-02

1 タクシーに乗る
2 飲み物を買う
3 パーティに行く
4 ケーキを作る

答え
①②③④

1番

track 1-03

1 破れてしまった制服を縫う
2 ポスターを作る
3 親に制服リサイクルの趣旨を説明する
4 子どもたちにリサイクルについて説明をする

答え
①②③④

2番

track 1-04

1 自分に自信を持つこと
2 絶対にミスをしないこと
3 丁寧な仕事をすること
4 仲間との協調性を大切にすること

答え
①②③④

3番

track 1-05

1 近い場所の予約をする
2 日帰りの旅行に申し込む
3 息子に帰国後のスケジュールを聞く
4 妻に息子の予定を聞く

答え
①②③④

4番

track 1-06

1 デパートに行く
2 洗濯物を片付ける
3 父親を駅に送る
4 ガソリンスタンドに行く

答え
①②③④

5番

track 1-07

1 商品開発ができる仕事を探す
2 営業の仕事がしたいと上司に返事をする
3 食品関係の仕事を探す
4 マーケティングの仕事を探す

答え
①②③④

6番

track 1-08

1 地震の被害について論文を書く
2 地震の被害についてアンケート調査をする
3 地震で大きい被害が出た場所に行く
4 知人に調査への協力を頼む

答え
①②③④

1 もんだい　翻譯與解題　例

問題１では、まず質問を聞いてください。それから話を聞いて、問題用紙の１から４の中から、最も良いものを一つ選んでください。

單字

とにかく（總之；不管怎麼樣）

日文對話與問題

男の人と女の人が話をしています。二人はこれから何をしますか。

M：ごめんごめん。もうみんな、始めてるよね。

F：（少し怒って）もう。きっとおなかすかせて待ってるよ。飲み物がなくちゃ乾杯できないじゃない。私たちが買って行くことになってたのに。①

M：電車が止まっちゃって隣の駅からタクシーだったんだよ。なんか、人身事故だって。

F：ああ、そうだったんだ。また寝坊でもしたんじゃないかと思ったよ。

M：ええっ。それはないよ。朝は早く起きて、見てよ、これ。

F：すごい。佐藤君、ケーキなんて作れたんだ。

M：まあね。とにかく急ごう。あのスーパーならいろいろありそうだよ。②

二人はこれからまず何をしますか。

1　タクシーに乗る

2　飲み物を買う

3　パーティに行く

4　ーキを作る

第一大題。請先聽每小題的題目，接著聽完對話，再從答案卷上的選項１到４當中，選出最佳答案。

對話與問題中譯 **答案：2**

男士和女士正在談話。請問他們接下來要做什麼呢？

M：抱歉抱歉，大家已經開始了吧？
F：（有點生氣）真是的，大家一定都餓著肚子等我們去啦！沒有飲料要怎麼乾杯呀？我們可是負責買飲料的吔！
M：我搭的那班電車中途停駛，只好從前一站搭計程車趕過來。聽說發生了落軌意外。
F：哦，原來是這樣喔，我還以為你又睡過頭了。
M：什麼？我才沒有睡過頭咧！一大早就起床了，妳看這個就知道了啊。
F：佐藤，你太厲害了，居然還會做蛋糕！
M：好說好說。總之，我們快點去買吧，那家超市的品項應該很齊全喔。

請問他們接下來要做的第一件事是什麼呢？

1 搭計程車
2 買飲料
3 去派對
4 做蛋糕

解題攻略

關鍵句 ①②

女士說兩人要負責買飲料，大家都在等著。男士從最後說的話可知他們要去超市買飲料。

選項

選項一和四是男子做的事，選項三應該是先買飲料再去派對。

再聽一次對話內容

單字

思い出（回憶）
破れた（破，撕破）
乱暴（粗魯，粗暴）
見本（例子，樣本）
ポスター【poster】（海報）
縫う（縫，縫紉）
趣旨（宗旨）

日文對話與問題

中学校で、男の人と女の人が話しています。二人はこれから何をしますか。

F：男の子の制服は集まらないですね。

M：ええ。みなさん、制服は思い出があるから、とっておきたいんでしょうか。

F：それもあるけど、破れたり、しみになったりしていて、こんなの出しても…って思ってる人も多いかもしれませんよ。

M：そうですね。うちの子も結構乱暴に着ていたから、卒業した後、リサイクルに出すのはちょっとなあ…*。

F：新入生は別としても、持っている制服のサイズが小さくなってしまって、という人は、とにかく大きいのがほしいんですよ。うちの息子もそうでした。ですから、多少破れたりしていても。あ、じゃあ、今年は見本をのせたポスターを学校に貼ってみましょうか。こんなのでもOKですってイラストや写真入りで。① で、子どもたちからも親に言ってもらいましょう。

M：ああ、いいですね。そうしましょう。

二人はこれから何をしますか。

1　破れてしまった制服を縫う
2　ポスターを作る
3　親に制服リサイクルの趣旨を説明する
4　子どもたちにリサイクルについて説明をする

對話與問題中譯　　答案：2

男士和女士正在中學裡交談。請問他們兩人接下來要做什麼呢？

F：男生制服都收集不到呀。
M：就是說啊。會不會大家都想把制服留下來做紀念呢？
F：那也是原因之一，但或許有很多人覺得制服上有破洞和汙漬，不好意思捐出來吧。
M：說得也是。我家小孩穿制服時也同樣不珍惜，畢業了以後，不太好意思送過來回收利用……*。
F：新生除外，有些人目前的制服尺寸已經太小了，很希望拿到比較大件的，我家兒子就是這樣。所以，稍微有點破損的也無所謂。啊，對了，不如今年放上樣本做成海報，張貼在學校試試看吧？在海報加上像這樣的制服也 OK 的插圖或照片。然後，也請孩子們回去轉告家長。
M：喔，這主意很好，就這麼做吧！

請問他們兩人接下來要做什麼呢？

1　縫補破損的制服
2　製作海報
3　向家長說明回收制服的宗旨
4　向學童們說明回收

解題攻略

關鍵句 ①

對於男士建議製作海報張貼在學校的意見，女士也表示贊成。

＊ちょっとなあ＝不太好意思（有些猶豫的意思。）

再聽一次對話內容

單字

気が緩む（鬆懈）
過信（過於相信）
協調性（合作協調）

日文對話與問題

会社で男の人と女の人が話しています。女の人は男の人にどんなことに気をつけるように言いましたか。

M：昨日は申し訳ありませんでした。

F：注文部数のミス*をするなんて、田中君らしくないね。どうしたの。

M：契約が取れたことで、気が緩んでいたのかもしれません。

F：確かに、この契約を取ってきたときはさすが田中君だと思ったわ。だけど、細かい部分にこそ、その人の仕事の姿勢が問われるっていうことを忘れちゃ困るよ。そのためには何より、すべて自分でできるって思わないこと。①

M：はい、以後絶対にこんなことは…。

F：みんな失敗はするの。絶対、ということはないんだから。だからこそ、チームワークを大事にして、一にも確認二にも確認。絶対一人でやれるなんて、自分を過信してはダメよ。②

M：はい。わかりました。…本当に申し訳ありませんでした。

女の人は男の人にどんなことに気をつけるように言いましたか。

1 自分に自信を持つこと
2 絶対にミスをしないこと
3 丁寧な仕事をすること
4 仲間との協調性を大切にすること

對話與問題中譯　　答案：4

男士和女士正在公司裡談話。請問女士訓誡男士要注意什麼事呢？

M：昨天的事實在非常抱歉。
F：把訂單的數目下錯了*，真不像田中你會犯的失誤，怎麼了嗎？
M：可能因為搶下合約，精神鬆懈了。
F：的確，當我聽到搶到這件合約的時候，心想真不愧是田中！不過，千萬不能忘記，從細節才能看處一個人的工作態度喔！最重要的是不要只想著憑一己之力達到十全十美。
M：好的，我絕對不會再犯這種錯誤了……。
F：每個人都會遇到失敗。沒有什麼事是百分之百保證的。正因為如此，更要重視團隊合作，確認再確認。千萬不要過度自信，認定絕對可以一個人完成喔！
M：好的，我明白了。……真的非常抱歉。

請問女士訓誡男士要注意什麼事呢？

1　對自己有信心
2　絕對不犯錯
3　工作應該更細心一點
4　重視和同事的合作協調

解題攻略

關鍵句 ①②

女士正在訓誡男士，不要認為自己一個人就能做到十全十美，要重視團隊合作，也就是說，要重視和旁人的合作協調。

選項

關於選項 1 和選項 3，對話中都沒有提到。

選項 2，女士提到每個人都會遇到失敗，不可能完全不犯錯。

＊ミス＝錯誤（出差錯。ミステイク【mistake】的略稱。）

再聽一次對話內容

3番

單字

パンフレット【pamphlet】（小冊子）

留学先（留學地點）

一泊（住一晚）

日帰り（當天來回）

日文對話與問題

旅行会社で男の人が店員と話しています。男の人はこれからどうしますか。

F：行き先はどの辺りをお考えですか。ご参考までに、こちらは九州、北海道のパンフレットです。それとこちらは伊豆、箱根ですね。…ご家族、３名様*でよろしかったでしょうか。

M：ええ。息子が留学先から一時帰国するんで、何年かぶりに家族で温泉でも行きたいと思って…。新幹線で、京都辺りとか。

F：大学生のお子さんで、一時帰国ということですと、お忙しいかもしれませんね。①

M：ええ。たったの一週間なんです。そうか。確かにいろいろあるだろうしなあ。②

F：それでしたら、近いところでの一泊や、日帰りも検討された方がいいかもしれませんね。あるいは、ご本人に予定を確認されてからでも、今の時期は大丈夫か③と。

M：そうですね。うーん、喜ばせようと思ったんだけど、ちょっと早すぎたか。まあ、その方が無難だな。じゃ、そうします。④

男の人はこれからどうしますか。

1 近い場所の予約をする

2 日帰りの旅行に申し込む

3 息子に帰国後のスケジュールを聞く

4 妻に息子の予定を聞く

對話與問題中譯　答案：3

男士和店員正在旅行社裡討論。請問男士接下來要做什麼呢？

F：請問您想去哪一帶呢？先提供幾個方案給您參考，這是九州及北海道的ＤＭ，還有，這是伊豆和箱根的。……請問是否全家總共三位*要去玩呢？

M：對。兒子在國外留學，過陣子會回國一趟，一家人已經好幾年沒一起旅遊了，我想帶他們去泡泡溫泉……，比如搭新幹線到京都一帶也不錯。

F：如果是上大學的公子暫時回國一趟，或許會很忙喔。

M：是啊，只回來一星期而已。有道理，恐怕有很多事要忙。

F：那樣的話，也許可以考慮到近一點的地方住一晚，還是當天來回。又或者先和令公子本人確認有無其他安排之後再來預約也不遲。目前不是旅遊旺季，應該沒有問題。

M：妳說的有道理。唔，本來想給他一個驚喜，看來是我太衝動了。嗯，照妳講的比較妥當。那，就這樣吧。

請問男士接下來要做什麼呢？

1　預約近一點的地方
2　報名一日遊的旅行
3　詢問兒子回國後的行程安排
4　向妻子詢問兒子的預定行程

解題攻略

關鍵句 ①②

暫時回國的兒子恐怕會很忙。

關鍵句 ③④

店員提議，等確認了兒子回國後的安排再決定比較好，男士同意了這個提議。

＊三名様＝三位客人（店員尊稱客人的用語，在這裡是用於對顧客家人的尊敬語。）

再聽一次對話內容

翻譯與解題 4番

單字

ガソリン【gasoline】（汽油）
後回し（推遲）
悪いけど（不好意思）

日文對話與問題

父親が娘と話しています。娘はこれから何をしますか。

M：ちょっと出かけてくるよ。

F：いってらっしゃい。あ、お父さん、車使っていい？ そろそろ新しい毛布がほしいから、デパートに行ってくる。①

M：最近寒くなってきたからね。いいけどガソリンはたいして入っていないよ。②

F：ああ、じゃ、入れとく。

M：そうか。すぐ出かけるのか？

F：うん。今、洗濯物を片付けてるところだったけど、後回しにしてもいいし。③

M：ああ、じゃあ、ちょうどよかった。悪いけど駅まで頼むよ。④ バスは今の時間なかなか来ないからな。

F：珍しいね。お父さん、バスで行くつもりだったの？いいわよ。ガソリンスタンドのカード貸して。デパートの近くで入れるから。

M：ああ。これだよ。

娘はこれから何をしますか。

1 デパートに行く
2 洗濯物を片付ける
3 父親を駅に送る
4 ガソリンスタンドに行く

對話與問題中譯 **答案：3**

爸爸和女兒正在聊天。請問女兒接下來要做什麼呢？

M：我出去一下囉！
F：路上小心。啊，爸爸，車子可以給我用嗎？差不多該買件新毛毯了，我想去百貨公司一趟。
M：嗯，最近開始轉涼了。車給妳用，不過沒剩多少油囉！
F：喔，我會去加油。
M：那好。妳馬上要出門嗎？
F：嗯，我正在疊洗好的衣服，等下回來再做也可以。
M：喔，那剛好，就麻煩妳載我去車站吧。這時候等巴士要等好久。
F：真難得，爸爸本來打算搭巴士去哦？沒問題呀。加油卡借我，我去百貨公司附近加油。
M：喏，給妳。

請問女兒接下來要做什麼呢？

1　去百貨公司
2　整理洗好的衣物
3　送爸爸去車站
4　去加油站

解題攻略

關鍵句 ①②

去百貨公司前必須先去加油站。

關鍵句 ③

女士決定先去加油站，回來後再整理洗好的衣服。

關鍵句 ④

去加油站的途中順便送爸爸去車站。

因此，接下來要做的事，「父親を駅に送る」為正確答案。

再聽一次對話內容

單字

営業マン（業務員）
実験（實驗）
部署（工作崗位；安排）
開発（開發）
マーケティング【marketing】（市場行銷）

日文對話與問題

大学で、卒業生と学生が話しています。男の人はこれから何をしますか。

F：私、どんな仕事がしたいのか、自分でもわからなくなってきて。先輩、営業の仕事って、どうですか。

M：僕はまさか自分が営業マンになるなんて思わなかったよ。大学では、ずっと実験ばかりだったから。

F：そうですよね。どんな仕事をさせられるかはわからないですよね。必ずしも希望通りにはならないし。

M：うん。最初は毎日辛かったけど、一年たって今の仕事もおもしろいって思えるようになったよ。[①] それに、消費者が何を求めているかを知らないで商品開発をしても、自己満足に終わるしね。もう少しすると、課長に、来年どんな部署で働きたいか希望を聞かれるんだけど、このまま営業をやらせてほしいって返事しようと思ってる。[②]

F：へえ。自分の知らなかった自分に気づくって、なんかいいですね。私も新しい自分の力に気づけるかな。

男の人はこれから何をしますか。

1　商品開発ができる仕事を探す
2　営業の仕事がしたいと上司に返事をする
3　食品関係の仕事を探す
4　マーケティング*の仕事を探す

對話與問題中譯　　答案：2

畢業生和大學生正在校園裡交談。請問男士接下來要做什麼呢？

F：我也不曉得自己想做什麼樣的工作。學長，您從事業務工作，有什麼感想呢？

M：我也沒想過自己會變成業務員啊。畢竟上大學時，我一直待在實驗室裡。

F：就是說呀。人生根本無法預測日後會走哪一行，不一定能夠依照原本的期望去做。

M：嗯，一開始每天都很痛苦，過了一年以後，覺得現在的工作蠻有意思的。而且假如在研發產品的過程並不知道消費者的需求，做出來的產品只不過是自我滿足罷了。再過一陣子，科長會問大家明年是否想換到其他部門工作，我打算告訴他就照現在這樣留在業務部裡。

F：是哦？能夠自我發現到連自己也不知道的另一面，好像蠻不錯的。不曉得我能不能也像這樣發覺自己具備的能力呢？

請問男士接下來要做什麼呢？

1　找可以從事產品研發的工作
2　告訴上司自己想從事業務的工作
3　找和食品相關的工作
4　找市場行銷*的工作

解題攻略

關鍵句①

做了一年後，漸漸覺得業務的工作很有意思。

關鍵句②

男士打算告訴科長就照現在這樣留在業務部裡工作。

選項

選項1，商品研發是男士原本想從事的工作，但現在男士認為如果不知道消費者的需求，那麼做出來的產品就只是自我滿足罷了。

選項3和選項4，對話中沒有提到想找新工作。

＊マーケティング【marketing】＝市場行銷（從事製造、銷售與市場調查的活動。）

再聽一次對話內容

1 もんだい 翻譯與解題 6番

單字

まだまだ（還，尚）
疑問（疑問）
知れ渡る（廣為周知，普遍知道）
足を運ぶ（前往造訪）
現地（現場）
歩き回る（到處走，走訪）

日文對話與問題

先生と学生が話しています。学生は連休に何をしますか。

F：地震の被害について①、いろいろな本を読んでいるみたいですね。

M：はい。まだまだ足りないと思いますが。

F：ただ、あなたのレポートを読んでいると、自分の目で確かめたのかなって疑問に思うことがあるんです。たとえばこの部分だけど、調査は信用できるもの？

M：ええと、2012 年に建築会社が行った調査です。

F：そうですね。この会社はどんな目的でこの調査をしたと思いますか？また、この結果が一般に知れ渡ることで、誰が利益を得ますか。

M：ええと…。

F：あと、参考図書として書かれている本ですが、原文を読んでいますか？

M：いえ、それはインターネットで…。

F：同じテーマについてどんな研究があるかを知ることはもちろん大事ですが、来週はせっかくの連休なんだから、現地に足を運んでみてはどうでしょう。②

M：わかりました。さっそくあちらにいる知人に連絡をとってみます。いい論文を書きたいので、この連休は現地で、自分の目で見て、自分の足で歩き回ります。③

F：直接だれかと話すことで新しい視点が持てるかもしれませんね。

学生は連休に何をしますか。

1 地震の被害について論文を書く
2 地震の被害についてアンケート調査をする
3 地震で大きい被害が出た場所に行く
4 知人に調査への協力を頼む

對話與問題中譯 答案：3

老師和學生正在討論，請問學生在連假期間要做什麼呢？

F：你似乎正在讀不少關於地震受災的書喔。
M：是的，但我覺得應該再多讀一些。
F：不過，我看完你的報告之後產生一個疑問：這些是否是自己親眼證實的資料？例如你引用的這個部分，那份調查資料可信度高嗎？
M：我看看，這是 2012 年某家建築公司進行的調查報告。
F：是呀，你認為這家公司是基於什麼樣的目的而做了這項調查呢？還有，當這個結果廣為周知之後，是誰能夠得到利益呢？
M：呃……。
F：還有，這上面寫的參考書目，你讀的是原文嗎？
M：不，那是從網路上……。
F：了解同樣的主題已經做過什麼樣的研究固然重要，下星期恰好是連續假期，你有沒有考慮到親自到當地看一看呢？
M：我明白了，等一下就和住那裡的朋友聯絡。我希望能寫出一篇內容翔實的論文，會利用這次的連假到當地用自己的眼睛詳細觀察，用自己的雙腳實地走訪。
F：或許和當地人直接交談，可以帶來新的觀點喔。

請問學生在連假期間要做什麼呢？

1 寫關於地震受災的論文
2 針對地震受災做問卷調查
3 去因地震而受到嚴重災害的地方
4 請朋友協助調查

解題攻略

關鍵句 ①

學生撰寫了關於地震受災的報告。

關鍵句 ②③

老師建議學生利用連假期間親自走訪當地、親眼觀察。

選項

選項１，寫論文並非連假要做的事。

選項２，對話中沒有提到問卷調查。

選項４，雖說要聯絡朋友，但並沒有說要拜託對方協助調查，並且聯絡朋友也不是連假才要做的事。

再聽一次對話內容

7番

track 1-09

1 イラストの修整(しゅうせい)をする

2 イラストを課長(かちょう)に送(おく)る

3 会議(かいぎ)の報告書(ほうこくしょ)を部長(ぶちょう)に送(おく)る

4 香港(ほんこん)に出発(しゅっぱつ)する

答え
①②③④

8番

track 1-10

1 昼(ひる)ご飯(はん)を食(た)べる

2 電車(でんしゃ)に乗(の)って市内(しない)に行(い)く

3 博物館(はくぶつかん)に行(い)く

4 ラーメン屋(や)を探(さが)す

答え
①②③④

9番

track 1-11

1 男(おとこ)の人(ひと)が失礼(しつれい)だから

2 引(ひ)っ越(こ)し料金(りょうきん)が高(たか)いから

3 希望(きぼう)の時間(じかん)に予約(よやく)できないから

4 男(おとこ)の人(ひと)がうそをついたから

答え
①②③④

10番

track 1-12

1 傘を買う
2 図書館へ行く
3 女子学生を待つ
4 女子学生に傘を借りる

答え
①②③④

11番

track 1-13

1 薬を飲みながらしばらく様子をみる
2 薬を飲んでから検査を受ける
3 すぐ総合病院に行く
4 仕事を休んで禁酒、禁煙する

答え
①②③④

12番

track 1-14

1 スキー靴と靴下
2 手袋と靴下
3 靴下とスキーパンツ
4 帽子とスキーパンツ

答え
①②③④

單字

引き継ぐ（移交；繼承）
修整（修飾）
具体的（具體的）

日文對話與問題

会社で男の人と女の人が話しています。男の人は今日、何をしなければなりませんか。

M：坂上部長、明日から、よろしくお願いいたします。

F：香港への出張、一週間でしたね。開成物産の件は大丈夫ですか。

M：はい。山崎課長に引き継いであります。イラストの修整だけは私がチェックしたいので、明日データを送ってもらうことになっているんですが。①

F：それが終わったら印刷ですね。

M：はい。こちらが見本です。まだなのはイラストの部分だけです。

F：わかりました。それと、昨日の会議の報告書はいつになりますか。具体的な意見も出ていましたから、なるべく詳しく書いてほしいんですが。

M：はい、承知しました。作成中なので、でき次第今日のうちにメールでお送りしておきます。②

F：わかりました。じゃ、私はこれで出てしまいますが、香港からいい話を持って帰ってきてください。

M：はい。新しい契約がとれるようにがんばります。

男の人は今日、何をしなければなりませんか。

1 イラストの修整をする
2 イラストを課長に送る
3 会議の報告書を部長に送る
4 香港に出発する

對話與問題中譯 **答案：3**

男士和女士正在公司裡談話。請問男士今天必須做什麼事才行呢？

M：坂上經理，從明天起，這邊的工作就麻煩您了。

F：我知道，你要去香港出差一個星期。開成物產那個案子沒問題吧？

M：沒問題，後續已經移交給山崎科長了。只剩下配圖的修圖仍然由我核對，對方明天會把檔案傳過來。

F：核對無誤之後就可以送印了吧？

M：對。這是校樣，只剩下配圖的部分還沒定稿。

F：知道了。另外，昨天開會的會議紀錄什麼時候可以完成？會中提到了一些具體的意見，希望能夠盡量詳細記錄下來。

M：好的，我知道。會議紀錄還在寫，完成以後會在今天之內電子郵件寄給您。

F：好。那麼，我現在要出門，希望你能從香港帶回好消息！

M：了解，我會努力拿下新合約的。

請問男士今天必須做什麼事才行呢？

1 修圖
2 把圖片移交給科長
3 把會議紀錄寄給經理
4 出發去香港

解題攻略

關鍵句 ①

明天才會收到配圖的修圖檔案。

關鍵句 ②

昨天開會的會議紀錄還在寫，完成以後會在今天之內傳送給經理。

選項

選項 1 和選項 2，明天男士才會收到檔案，所以今天無法修圖，也沒辦法把檔案傳給經理。

選項 4，男士是明天出發去香港出差一個星期。

再聽一次對話內容

8番

單字

遠回り（繞道）

展示（展示，展出）

日文對話與問題

男の人と女の人が旅行の計画を立てています。空港に着いたら、まず最初に何をしますか。

F：空港の周りは特に何もないみたいね。

M：そうなんだよ。着くのは 11 時半だけど、空港ですぐ昼ご飯を食べるより、せっかくだから市内に行って地元のものを食べたいよね。①

F：そうね。電車で市内まで行って、そこからバスに乗る予定だから、じゃあ、バスに乗る前にでも食べようよ。

M：ちょっと遠回りになるけど、博物館があるよ。7 世紀ごろ外国から日本に贈られた物が展示されてるんだって。

F：あ、教科書で見たことある。鏡とか、刀とか…。絶対に見たい。市内の見学は後でもいいよ。

M：だけど空港から博物館まで 1 時間以上かかるよ。昼ご飯はやっぱり…。②

F：そうね。空港に着き次第、すませよう。③腹が減っては戦ができぬ*っていうしね。それから動こうよ。でも、やっぱり一番の楽しみはおいしいラーメン屋を探すことだよね。

M：うん。夜、行こう。絶対。

空港に着いたら、まず最初に何をしますか。

1 昼ご飯を食べる

2 電車に乗って市内に行く

3 博物館に行く

4 ラーメン屋を探す

對話與問題中譯　　答案：1

男士和女士正在規劃旅行。請問他們抵達機場後，首先要做什麼事呢？

F：機場附近好像沒什麼特別值得看的景點。
M：就是說啊。到那邊是十一點半，與其直接在機場吃午飯，不如把握時間進市區吃當地菜。
F：也對。原先規劃搭電車進市區，然後轉乘巴士。那，我們上巴士之前吃吧。
M：雖然要繞點路，但是可以去參觀博物館喔。那裡正在展示大約七世紀左右外國致贈日本的器物。
F：啊，我在教科書上看過！有鏡子和刀具之類的……，我一定要看！參觀市區的行程可以往後挪也沒關係。
M：不過從機場到博物館要花一個多小時喔，我看午飯還是……。
F：也好，到了機場就先吃，餓著肚子可沒辦法打仗呢*。吃完以後再走吧。不過，我最期待的還是去找好吃的拉麵店！
M：嗯，晚上去吧，非去不可！

請問他們抵達機場後，首先要做什麼事呢？

1　吃午飯
2　搭電車去市內
3　去博物館
4　找拉麵店

解題攻略

關鍵句 ①

兩人起初商量不在機場吃午餐，而是到市區再吃。

關鍵句 ②③

接著兩人決定參觀市區前先去參觀博物館，但是到博物館要花一個多小時，所以兩人還是決定一到機場就吃午餐。

選項

選項2，對話提到參觀市區的行程可以挪到博物館之後。

選項3，兩人決定在機場吃過午餐後再前往博物館。

選項4，找好吃的拉麵店是晚上的事。

＊腹が減っては戦ができぬ＝餓著肚子可沒辦法打仗（這是一句諺語，意思是肚子餓的話就無法完成要緊的事，所以做事之前要先填飽肚子。）

再聽一次對話內容

9番

單字

断り（拒絕）
引っ越し（搬家）
申し訳ございません（非常抱歉）
見積もり（估價）
時間帯（某個特定時段）
他社（其他公司）

日文對話與問題

引っ越し会社の人と女の人が電話で話しています。女の人はなぜ断りましたか。

M：お引越しの予定はいつですか。

F：3月29日です。

M：何時ごろがご希望ですか。

F：午前10時にはここを出られるようにしたいんです。

M：ああ、もう午前中の予約はいっぱいですね。①申し訳ございません。ええと、その日は早くても5時になってしまいます。それでよければ料金の方はサービスさせていただきますが。

F：5時ということは、引っ越し先に着くのは…。②

M：8時ごろになりますね。③

F：夜になってしまうんですね。あっちに行ってから片付けだと、ちょっと…。④

M：一度、荷物の方を見せていただいたほうがいいと思うんですが。よろしければ今から伺うことはできますよ。もちろん、無料で見積もりを出させていただきます。その時に、引っ越しで使う箱なんかもお持ちしますよ。

F：でも、時間帯が合わないので。⑤

M：こんな時期ですから、他社さんも無理だと思いますよ。見積もりだけでもいかがですか。

F：本当に結構です。⑥じゃあ。

女の人はなぜ断りましたか。

1 男の人が失礼だから

2 引っ越し料金が高いから

3 希望の時間に予約できないから

4 男の人がうそをついたから

對話與問題中譯 **答案：3**

搬家公司的員工正在和女士通電話。請問女士為什麼拒絕了呢？

M：請問您預計哪一天搬家呢？
F：3月29日。
M：請問您希望大約幾點搬呢？
F：我希望上午十點從這裡出發。
M：啊，非常抱歉，上午時段已經有其他客戶預約了。我查一下……那天最早只能和您約五點，如果可以的話，會算您便宜一點。
F：五點的話，到新家的時間是……。
M：大約八點左右。
F：那就是晚上了。搬到那邊以後還要整理，恐怕……。
M：我想先到府上一趟，看一下有多少家具和行李要搬比較好。如果您目前有空，我現在就可以過去拜訪，當然是免費估價，也會順便把搬家時要用的打包箱送過去喔。
F：可是，搬家的時段我不方便。
M：最近是搬家的旺季，我想其他搬家公司應該也都滿檔了，還是去為您先估個價好嗎？
F：真的不用了，謝謝。

請問女士為什麼拒絕了呢？

1 因為男士很沒禮貌
2 因為搬家費用太貴
3 因為無法預約想要的時間
4 因為男士說謊

解題攻略

關鍵句 ①

上午時段的預約已經額滿了。

關鍵句 ②③④

五點離開舊家的話，到新家的時間大約是晚上八點，恐怕整理不完。

關鍵句 ⑤⑥

因為時間喬不攏，也就是說，無法預約想要的時段，所以女士拒絕了。

女士沒有提到關於其他選項的內容。

再聽一次對話內容

單字

参った（為難，傷腦筋）

夕立（雷陣雨）

お返し（答謝，還人情）

日文對話與問題

女の学生が男の学生と話しています。男の学生はこれからどうしますか。

F：降ってきたね。

M：今日は午後からだって言っていたのに。参ったな。

F：傘持ってないの？

M：うん。でもいいよ。夕立みたいだから、きっとしばらくしたらやむだろうし。

F：私のを貸しましょうか。①私はどうせ次も授業だし。あなたは今日アルバイトでしょ。

M：いや、いい、いい。図書館にでも行ってる。バイトは、大急ぎで行かなきゃならないってことはないし。ただ悪いけど、もし次の授業が終わってもまだ降ってたら、駅まで傘に入れてってくれない？②正門のところで待ってるから。傘、買いたいんだけど、今、バイトの給料日前でさ…。

F：だから、いいって。私はその次も授業なんだから。③

M：あ、そうなの？

F：いいよ。この前ノート借りたから、そのお返し*。④

M：えっ、そう？悪いね。

男の学生はこれからどうしますか。

1 傘を買う　　**2** 図書館へ行く

3 女子学生を待つ　　**4** 女子学生に傘を借りる

對話與問題中譯　　**答案：4**

女學生正在和男學生交談。請問男學生接下來會怎麼做呢？

F：下雨了唷！
M：氣象報告不是說今天下午才會下雨嗎？傷腦筋了。
F：你沒帶傘？
M：嗯。沒關係啦，看起來像雷陣雨，應該等一下就停了。
F：我的傘借你吧，反正我接下來還是在這裡上課。你今天不是要去打工嗎？
M：喔，不用不用，我去圖書館好了，打工那邊不必趕著去也無所謂。不好意思，妳待會兒下課以後萬一雨還沒停，可以讓我跟妳一起撐到車站嗎？我會在學校大門等妳。我想買把傘，可是打工的薪水要過幾天才領得到……。
F：就說我的傘借你嘛！我下一堂還有課啊。
M：喔，可以嗎？
F：可以啦，上次你借我筆記，當作還人情*囉。
M：嗄，是哦？那不好意思囉。

請問男學生接下來會怎麼做呢？

1　買傘
2　去圖書館
3　等女學生
4　向女學生借傘

解題攻略

關鍵句①

女學生提議借傘給男學生。

關鍵句②

男學生拒絕了女學生的提議，並且說希望可以跟女學生一起撐傘到車站。

關鍵句③④

女學生回答自己下一堂還有課，而且也當作償還先前借筆記的人情，所以女學生還是將傘借給了男學生。

選項

選項1，男學生提到沒有錢買傘。

選項2指的是男學生原本提到的，在女學生上課時，男學生會在圖書館等她。

選項3，女學生下一堂還有課。

＊お返し＝還人情（從對方那裡得到恩惠後的回報。）

再聽一次對話內容

11番

單字

なんだか（總覺得）
血液検査（驗血）
レントゲン【(德) Rontgen】（X光）
禁煙（禁菸）
禁酒（禁酒）

日文對話與問題

病院で、医者と患者が話しています。患者はこれから何をしますか。

F：今日はどうされましたか。

M：先日の風邪は治ったみたいなんですが、なんだか食欲がなくてちょっと胸も痛むような気がして…。

F：ちょっと胸の音をきいてみましょう。…うん。じゃあ口を開けて、あーって言ってみてください。口を大きく開けて。

M：あー。

F：結構です。…こちらで出した薬は全部飲みましたね。

M：はい。

F：風邪が治りきっていないみたいですね。ご心配なら詳しい検査ができる総合病院に紹介状を書きましょうか？①血液検査なり、レントゲン撮影なり、受けた方が安心なら。

M：検査は受けないとまずいですか？仕事、休まなきゃなんないですよね。②

F：いや、今、仕事に行っているぐらいなら、少し薬を飲んで様子を見てからでも遅くないとは思います。③でも治るまではお酒は控えてください。仕事は休むまでもないでしょう。ただ、胃の具合いかんによらず*、禁煙はしましょう。

M：はい、がんばります。

患者はこれから何をしますか。

1 薬を飲みながらしばらく様子をみる
2 薬を飲んでから検査を受ける
3 すぐ総合病院に行く
4 仕事を休んで禁酒、禁煙する

對話與問題中譯　　答案：**1**

醫師和病患正在醫院裡談話。請問病患接下來會怎麼做呢？

F：請問是哪裡不舒服嗎？
M：前陣子的感冒似乎已經好了，可是總覺得沒什麼食慾，胸口也隱隱作痛……。
F：我幫您聽一下心音，……嗯。接下來請張開嘴巴說「啊——」，把嘴巴張大一點。
M：啊——。
F：好了。……上次幫您開的藥已經全部吃完了吧？
M：吃完了。
F：感冒好像還沒有痊癒。您擔心的話，要不要轉介綜合醫院做進一步的檢查？如果您覺得去抽個血、照張 X 光比較安心，我可以幫您寫轉診單。
M：情況已經糟到非去做檢查不可了嗎？這麼一來就必須要請假。
F：不用，既然現在還能照常上班，我想可以暫時吃藥繼續觀察，如果沒有改善，再去也不遲。但是在痊癒之前請盡量不要喝酒。目前應該用不著向公司請假。不過，無論*胃部不舒服的狀況有沒有緩解，還是請您不要抽菸。
M：好的，我會努力遵照醫師說的去做。

請問病患接下來會怎麼做呢？

1　繼續吃藥觀察情況
2　吃藥後再接受檢查
3　馬上去綜合醫院
4　向公司請假，禁菸禁酒

＊～いかんによらず＝無論～（不管～如何。「胃の具合いかんによらず」是“不管胃部的症狀是否緩解”的意思。）

再聽一次對話內容

解題攻略

關鍵句 ①

醫生提到要轉介病患到綜合醫院。

關鍵句 ②

病患提到要做檢查就必須得向公司請假，這樣不方便。

關鍵句 ③

醫生建議先吃藥繼續觀察，如果沒有改善再去做檢查。

選項

選項 2，並沒有決定吃藥後就去做檢查。而是吃藥繼續觀察，如果沒有改善再去做檢查。

選項 4，醫生提到用不著向公司請假，但是請不要喝酒、抽菸。

12番

單字

スキー【ski】（滑雪）

セール【sale】（特價）

履（は）く（穿）

毛糸（けいと）（毛線）

転（ころ）ぶ（跌倒）

日文對話與問題

男（おとこ）の人（ひと）と女（おんな）の人（ひと）がスポーツ用品店（ようひんてん）で話（はな）しています。女（おんな）の人（ひと）は何（なに）を買（か）いますか。

F：何（なに）を買（か）えばいいかな。

M：スキーの道具（どうぐ）と、スキー靴（ぐつ）はあっちで借（か）りる①として、着（き）るものはどうする？安（やす）いの買（か）っとく？

F：うーん、もう二度（にど）としたくないって思（おも）うかもしれないし、ちょっと考（かんが）える。妹（いもうと）の借（か）りてもいいし。②でも、靴下（くつした）はいるよね。③

M：そうだね。手袋（てぶくろ）はぬれちゃうし、靴下（くつした）も、一応（いちおう）セール品（ひんか）買っといたら。

F：ああ、手袋（てぶくろ）は妹（いもうと）の借（か）りてく＊。④靴下（くつした）は普段（ふだん）も履（は）けそうだから買（か）う。⑤ああ、あと、帽子（ぼうし）はいるかな。

M：毛糸（けいと）のでもなんでもいいんだけどね。脱（ぬ）げさえしなければ。

F：じゃ、いいや。家（いえ）になんかありそうだから。⑥そのかわりスキーパンツぐらいはここで買（か）っとくよ。⑦何回（なんかい）も転（ころ）びそうだし。

M：確（たし）かに、初心者（しょしんしゃ）はいっぱい転（ころ）ぶよ。じゃあ、今（いま）は、…。

女（おんな）の人（ひと）は何（なに）を買（か）いますか。

1 スキー靴（ぐつ）と靴下（くつした）

2 手袋（てぶくろ）と靴下（くつした）

3 靴下（くつした）とスキーパンツ

4 帽子（ぼうし）とスキーパンツ

對話與問題中譯 **答案：3**

男士和女士正在運動用品店裡討論。請問女士要買什麼東西呢？

F：我該買什麼才好呢？
M：滑雪的裝備和滑雪靴都可以在那邊租用，身上穿的呢？要不要買便宜一點的？
F：這個嘛，說不定滑過以後再也不想去第二次了，我還在猶豫。也可以借我妹的來穿。不過，至少需要準備襪子吧。
M：是啊。手套會弄濕，還有襪子也買特價品就可以了。
F：喔，手套會向我妹借*。襪子應該平常也有機會穿，那就買吧。對了，帽子需要嗎？
M：毛帽或其他材質的帽子統統可以。只要夠緊，不會掉下來就好。
F：那就不買了，家裡應該有。不過，我要在這裡買滑雪褲。我猜大概會摔好幾次。
M：沒錯，初學者會一直跌倒。那，現在要買的是……。

請問女士要買什麼東西呢？

1 滑雪靴和襪子
2 手套和襪子
3 襪子和滑雪褲
4 帽子和滑雪褲

解題攻略

關鍵句 ①

滑雪的裝備和滑雪靴：在滑雪場租借。

關鍵句 ②

滑雪裝：還在猶豫該怎麼辦。也可以借妹妹的來穿。

關鍵句 ③⑤

襪子：原則上先購買。對話中提到應該平常也有機會穿。

關鍵句 ④

手套：向妹妹借。

關鍵句 ⑥⑦

帽子：家裡應該有。

滑雪褲：決定在這家店買。

因此，要買的有襪子和滑雪褲。

＊借りてく＝去借（是「借りていく」的省略説法。常用於口語説法。）

再聽一次對話內容

13番

track 1-15

1 薄地(うすじ)のジャケットを買(か)う

2 今日中(きょうじゅう)に資料(しりょう)の印刷(いんさつ)をする

3 富士工業(ふじこうぎょう)に請求書(せいきゅうしょ)を送(おく)る

4 企画書(きかくしょ)を書(か)いて松井設計(まついせっけい)に出(だ)す

答え
①②③④

14番

track 1-16

1 やきそば

2 ラーメン

3 カレー

4 お弁当(べんとう)

答え
①②③④

15番

track 1-17

1 洋服(ようふく)

2 帽子(ぼうし)

3 靴(くつ)

4 靴下(くつした)

答え
①②③④

16番

track 1-18

1 本社へ行く

2 薬局へ行く

3 会社の１階にある医院へ行く

4 自宅の近くの内科へ行く

答え
①②③④

17番

track 1-19

1 茶

2 赤

3 黄色

4 紺

答え
①②③④

18番

track 1-20

1 病院へ行って薬をもらう

2 デスクワークを減らす

3 スポーツクラブへ行く

4 家から駅までバスに乗るのをやめて歩く

答え
①②③④

單字

身軽（輕便；輕鬆）

かさばる（體積大；重；貴）

生地（質地）

たまる（積壓）

日文對話與問題

会社で、男の人と女の人が出張について話しています。女の人は男の人に何を頼まれましたか。

F：出発、明日でしたっけ。準備は終わりましたか。

M：はい、ほんの３日なので身軽にします。さっき印刷を頼んだ資料を持って行くから、それがかさばるぐらいかな。着るものも夏物でいいし。ジャケットはどうしようかな。

F：マレーシアはどこでもエアコンがきいているから、薄い生地のジャケットは役に立ちますよ。飛行機の中も寒いし。室内で会議の時にもいりますから。

M：薄地のやつは持ってないな。どこかで買って行きます。あ、明後日、請求書を富士工業に送っといてください。① もう変更はないですから。

F：はい。わかりました。田島建設との連絡やら、松井設計に出す企画書やら、いろいろたまってるみたいですけど、何かやっておきましょうか。

M：あ、それはいいです。僕があっちからできるんで。

F：わかりました。

女の人は男の人に何を頼まれましたか。

1 薄地のジャケットを買う

2 今日中に資料の印刷をする

3 富士工業に請求書を送る

4 企画書を書いて松井設計に出す

對話與問題中譯 答案：3

男士和女士正在公司裡討論出差的事。請問男士請女士幫忙了什麼事呢？

F：我記得你明天出發吧，行李打包好了嗎？
M：是明天沒錯。只去三天，沒什麼行李。剛才麻煩妳印的資料要帶去，頂多這一樣比較佔位置而已。衣物也帶夏天的就好，只是不知道該不該帶件外套。
F：馬來西亞到處都把冷氣溫度調得很低，所以最好帶件薄外套喔。飛機上也很冷，而且在室內開會時同樣派得上用場。
M：我沒有薄外套，買一件帶去吧。對了，後天麻煩把請款單送到富士工業，已經定案了。
F：好，我知道了。你是不是還得和田島建設聯絡、做松井設計的企劃書等等，這些還沒處理完的工作，需要我幫忙嗎？
M：喔，不用，我在國外處理就行了。
F：好的。

請問男士請女士幫忙了什麼事呢？

1 買薄外套
2 在今天內印好資料
3 把請款單送到富士工業
4 寫好企劃書並移交松井設計

解題攻略

關鍵句①

男士請女士幫忙的是，後天把請款單送到富士工業。

選項

選項１，男士提到要去買一件薄外套。

選項２，女士已經把資料印好了。

選項４，男士說企劃書在國外處理就行了。

再聽一次對話內容

14 番

單字

やきそば（炒麵）

ジャガイモ（馬鈴薯）

ニンジン（胡蘿蔔）

玉ねぎ（洋蔥）

ぜいたく（奢侈）

日文對話與問題

家で父親と娘が話しています。二人はこれから何を食べますか。

M：ああ、お腹すいたなあ。お母さん、まだ帰ってきそうにないから、なんか食べよう。

F：ええっ、お父さんが作るの？何を？

M：まあ、ラーメンかやきそばぐらいかな。

F：夕ご飯にラーメンって、どうかなあ。私、作るよ、カレーかなんか。ジャガイモ、ニンジン…あれ、玉ねぎがない。それにお肉も…これしかない。

M：それじゃ無理だな。お弁当でも買ってこようか。

F：…あれ、テーブルの上にお母さんのメモがある。カレーが冷凍してあります…って。①

M：なんだ。

F：よかったねー。助かった。雨も降ってきたし、コンビニまで歩くと結構あるから。

M：ひさしぶりに弁当も食べたかったけど。ま、いいや。さっそく食べよう。②

F：お父さん、ぜいたくー。

二人はこれから何を食べますか。

1 やきそば

2 ラーメン

3 カレー

4 お弁当

對話與問題中譯　　答案：3

爸爸和女兒正在家裡交談。請問他們兩人接下來要吃什麼呢？

M：哎，肚子好餓啊。媽媽好像沒那麼快回來，我們先吃點東西吧。
F：嗄，爸爸煮哦？要煮什麼？
M：這個嘛，我也只會煮拉麵或炒麵之類的吧。
F：晚餐吃拉麵，不太好吧。我來做咖哩飯好了。馬鈴薯、紅蘿蔔……咦，沒有洋蔥！肉呢……也只剩這一點點了。
M：那就沒辦法做了。我去買便當吧？
F：……咦，桌上有媽媽留的字條——煮好的咖哩在冷凍室裡。
M：原來已經煮好了哦！
F：太好了，不用那麼麻煩了！外面開始下雨，要到便利超商還得走上好長一段路。
M：本來還想難得趁這個機會嚐嚐便當。沒關係，這樣也好，我們趕快來吃吧！
F：爸爸太不懂得省錢了啦！

請問他們兩人接下來要吃什麼呢？

1　炒麵
2　拉麵
3　咖哩
4　便當

解題攻略

關鍵句 ①②

爸爸和女兒看了媽媽的留的字條後，決定要吃冰箱冷凍庫裡的咖哩。

選項

選項1、2、3，雖然父親起先建議下廚炒麵、煮拉麵，或者去買便當，但看到媽媽留的字條後，決定要吃冰箱冷凍庫裡的咖哩。

再聽一次對話內容

1 もんだい　翻譯與解題　15番

單字

姪（姪女，外甥女）
早めに（盡早）
裸足（赤腳）
裏返す（翻過來）

日文對話與問題

デパートのベビー用品売り場で、男の人と店員が話しています。男の人は何を買いますか。

F：いらっしゃいませ。贈り物でしょうか。

M：ええ。姪が昨日生まれたばかりで…。お祝いなんですけど、どんなのがいいのかなと思って。おもちゃじゃちょっと早いし、洋服の方がいいかなあ。

F：そうでございますね。早いことはないですけれど、お洋服は、いくらあっても困られることはないと思います。

M：そうですね。今すぐ使ってほしいし。

F：お帽子と靴下、あと靴は、こちらにあります。これからどんどん出かけられるでしょうから、帽子は早めに用意された方がいいですね、①暑くなりますし。お母さまによっては靴下は履かせたくないという方もいらっしゃるので。

M：ええ。足は裸足が一番ですからね。あ、これ、かわいいですね。

F：ああ、こちらとても人気があるんですよ。このままだとクマさんのお耳で、裏返すとウサギさんになるんです。②

M：へえ。いいな。じゃ、これを包んでください。③

男の人は何を買いますか。

1　洋服　　**2**　帽子　　**3**　靴　　**4**　靴下

對話與問題中譯 **答案：2**

男士正在百貨公司的嬰兒用品專櫃和店員討論。請問男士買的是什麼呢？

F：歡迎光臨！請問要送人的嗎？
M：對，姪子昨天剛出生……。我想送個賀禮，不知道該買什麼才好。送玩具好像有點早，是不是衣服比較好呢？
F：您說得是。其實，送什麼都不嫌早，不過衣服再多也不嫌多喔。
M：是啊，我希望給他現在就用得到的東西。
F：帽子、襪子和鞋子都在這邊。接下來會有很多機會出門，而且天氣漸漸變熱，不妨提早準備帽子。至於襪子，有些媽媽盡量不讓寶寶穿。
M：對，光著腳丫最好了。啊，這個好可愛喔！
F：很可愛吧，這是暢銷款。現在這樣露出的是熊耳朵，內面翻出來則變成兔耳朵。
M：是哦，這個好！那，請幫我把這個包起來。

請問男士買的是什麼呢？

1 洋裝
2 帽子
3 鞋子
4 襪子

解題攻略

關鍵句 ①②③

店員展示了帽子、襪子和鞋子給男士看後，推薦了其中的帽子。男士看了可愛的帽子，也決定要購買帽子了。

選項

選項４，店員說有些媽媽盡量不讓寶寶穿襪子。

再聽一次對話內容

16番

單字

参った（為難，傷腦筋）

計る（測量）

内科（內科）

本社（總公司）

薬局（藥局）

自宅（自家）

日文對話與問題

会社で男の人と女の人が話しています。男の人はこれからどこへ行きますか。

M：ゴホゴホ。（咳の音）

F：大丈夫ですか？

M：なんか寒いと思ったら、喉も痛くなってきた。参ったな。

F：今日は早めに帰られた方がいいですよ。

M：いや、6時から本社で例の会議なんだ。まだ3時か…ちょっと、薬買ってくるよ。①

F：熱もありそうですね。1階の医院で診てもらった方がよくないですか。

M：そこまではしなくても。まあ、一応体温は計ってみよう。…ピピッ、ピピッ。ああ、結構あるな。

F：無理なさらない方がいいですよ。

M：どうせ行くなら、帰りに家の近くの内科へ行くよ。夜9時まで受け付けてるんだ。じゃ、ちょっと出て来るから頼むよ。

男の人はこれからどこへ行きますか。

1 本社へ行く

2 薬局へ行く

3 会社の1階にある医院へ行く

4 自宅の近くの内科へ行く

對話與問題中譯　　答案：2

男士和女士正在公司裡交談。請問男士接下來要去哪裡呢？

M：咳咳（咳嗽聲）。
F：你還好嗎？
M：有點畏寒，喉嚨也開始痛了。傷腦筋了。
F：你今天還是早點下班回家吧。
M：不行，六點要到總公司開那場會議，現在才三點喔……我先去買個藥。
F：你好像發燒了。到一樓的診所看一下比較好吧？
M：應該用不著看醫生，不過，先量個體溫也好。……嗶嗶、嗶嗶。哇，溫度蠻高的吔！
F：還是不要逞強吧。
M：既然得看醫生，我回去的路上再順便到家附近的內科吧，那裡開到晚上九點。那，我出去一下，這邊麻煩妳了。

請問男士接下來要去哪裡呢？

1　去總公司
2　去藥局
3　去一樓的醫院
4　去自家附近的內科

解題攻略

關鍵句 ①

總公司的會議從六點開始，所以男士說要先去買藥。

選項

選項１，會議六點開始，現在才三點，所以男士說要先去藥局，再去總公司。

選項３和選項４，因為男士說還用不著急著去一樓的醫院看病，下班後回去的路上再順便到家附近的內科就行了。

再聽一次對話內容

17番

單字

見た目（看起來，外觀）

圧迫感（壓迫感）

縁（邊框）

レンズ【lens】（鏡片）

兼用（一物兩用，兼用）

っぽい（感覺像）

日文對話與問題

メガネ店で店員と男の人が話しています。男の人はどの色の眼鏡を買いますか。

Ｆ：どのような眼鏡をお探しですか。

Ｍ：軽いのを探してるんです。今まで縁が太いものを使っていて、見た目に圧迫感があったんで。こんどは縁なしか、あっても薄い、明るい色にしたい*んです。

Ｆ：とすると、こちらはどうでしょう。縁とレンズの厚みに差がないし、しかも特殊な材質を使っているので自由に曲がるんです。

Ｍ：ああ、いいですね。圧迫感がない。

Ｆ：色は、赤、茶、紺、ピンク、それに黄色とグレーの模様入り①、などがあるんですが、全部透明で、とても薄い色です。

Ｍ：迷うなあ。

Ｆ：こちらに鏡がございます。肌の色に合わせて選ぶ、相手に与えたい印象に合わせて選ぶなど、いろんな方法があります。男女兼用なので、どの色もお召しにはなれますが、やはりピンクと赤は女性の方が良いようですね。②

Ｍ：そうでしょうね。ただ、今までは濃い黒縁で、ちょっと厳しいような印象だったから、もっと明るくてソフトな印象にしたいんです。やはり、無地の方がいいけど、紺だと学生っぽいし。③ただ、女性っぽくなっても変だし…④よし、これにします。

男の人はどの色の眼鏡を買いますか。

1　茶　　**2**　赤

3　黄色　　**4**　紺

對話與問題中譯　　答案：1

店員和男士正在眼鏡行裡討論。請問男士買的是什麼顏色的眼鏡呢？

F：請問您想找什麼樣的眼鏡呢？

M：我想找看起來不要那麼厚重的。之前都戴粗框眼鏡，看起來有種壓迫感。這次想換無框的，或者就算有框也是亮色系的細邊*。

F：這樣的話，這支框您喜歡嗎？鏡框和鏡片厚度相同，而且使用的是特殊材質，可以自由彎折。

M：喔，這個好，沒有壓迫感！

F：顏色有紅、褐、深藍、粉紅，還有黃色和灰色花紋相間的這幾款，全都是非常淡的透明色。

M：該選哪一支才好呢？

F：這裡有鏡子。選擇的方式有很多種，可以依照您的膚色挑選，或是根據想給別人什麼印象來挑選等等。這一款男女適用，什麼顏色都可以配戴，不過粉紅和紅色或許比較適合女性。

M：我想也是。不過，以前都戴深黑框，給人有點嚴肅的感覺，這次想換成比較開朗柔和的感覺。我看還是挑素色比較好，但是深藍的太學生氣，而女性化的又有點怪……好，我挑這支。

請問男士買的是什麼顏色的眼鏡呢？

1　褐色　　2　紅色

3　黃色　　4　深藍色

解題攻略

關鍵句 ①②③④

先整理出男士想要的眼鏡。

紅色、粉紅色：適合女性

褐色

深藍色：太學生氣

花紋相間：還是挑素色比較好

因此，男士買了褐色的眼鏡。

＊縁なしか、あっても薄い、明るい色＝無框的，或者就算有框也是亮色系的細邊（意思是無框、或是亮色細框。）

再聽一次對話內容

單字

あくび（哈欠）

さっそく（馬上）

デスクワーク【deskwork】（事務工作）

日文對話與問題

男の人と女の人が家で話をしています。男の人は今朝から何を始めますか。

M：ごちそうさま。

F：あれ、もう食べないの？

M：最近あまり食欲がなくて。夜もよく眠れないし。あー（あくびの音）、眠いなあ。

F：座ってばかりの仕事だとそうなるんだって、テレビで言ってたよ。それに、寝る直前までパソコンとかスマートフォンを見ていても眠りにくくなるとか。

M：パソコンやスマートフォンの画面から出る光のせいだと言うんだろう。そうは言ってもなあ。

F：じゃ、スポーツクラブに入る？あと、ちょっと走ってみたら？

M：えっ、急に走ったりしたらまずいんじゃない？それに、そんな時間ないよ。病院に行ってみようかな。

F：バスをやめてみるとか、ひと駅前で降りて歩くとかは？①病院に行けば薬をもらうぐらいしかないだろうけど、その前に体を動かしてみた方がいいような気がする。

M：うん。それもそうだね。よし、今朝からさっそくやってみよう。②そうすると、…おっ、もう出かけた方がいいな。

男の人は今朝から何をしますか。

1 病院へ行って薬をもらう

2 デスクワークを減らす

3 スポーツクラブへ行く

4 家から駅までバスに乗るのをやめて歩く

對話與問題中譯　　答案：**4**

男士和女士正在家裡聊天。請問男士從今天早上開始要做什麼呢？

M：我吃飽了。
F：咦，不吃了？
M：最近沒什麼食慾，晚上也睡不好。哈嗚（呵欠聲），好睏喔。
F：電視上說，一整天都坐著工作就會這樣。還有，直到睡覺前一刻還在看電腦或看手機，也會導致不容易入睡。
M：那些專家說原因出在電腦和手機的螢幕發出的光線吧？話是這麼說，可是也沒法不看啊。
F：那，要不要上健身房？還有，稍微跑跑步？
M：嗄，之前沒練就突然跑步不是對身體不好嗎？而且我也沒那麼多時間。是不是該去一趟醫院呢？
F：不然就別搭公車，或是提前一站下車？我覺得上醫院頂多也只能拿藥回來吃，不如先試著動一動比較好。
M：嗯，妳說得有道理。好，立刻從今天早上開始行動。這樣的話……啊，我得趕快出門了！

請問男士從今天早上開始要做什麼呢？

1　去醫院領藥
2　減少事務工作
3　上健身房
4　不搭公車，而是走路去車站

解題攻略

關鍵句 ①②

聽了女士的建議後，男士說要從今天早上開始試著走路到車站。

再聽一次對話內容

N1 聽力模擬考題 問題2

ポイント理解

共21題

track 2-01 錯題數：

問題2では、まず質問を聞いてください。そのあと、問題用紙のせんたくしを読んでください。読む時間があります。それから話を聞いて、問題用紙の1から4の中から最もよいものを一つ選んでください。

例

track 2-02

1 パソコンを使い過ぎたから
2 コーヒーを飲みすぎたから
3 部長の話が長かったから
4 会議室の椅子が柔らかすぎるから

答え
①②③④

1番

track 2-03

1 相手の男の人に対して申し訳ない
2 杉本さん一人でこの仕事ができるか心配
3 杉本さんに仕事をさせるのはかわいそうだ
4 相手の男の人に不信感を持っている

答え
①②③④

2番

track 2-04

1 夫が帰るのを待っている

2 息子が帰るのを待っている

3 管理会社の人が来るのを待っている

4 お客が来るのを待っている

答え
①②③④

3番

track 2-05

1 友達の夫

2 昔の同僚

3 昔の恋人

4 大学の先輩

答え
①②③④

4番

track 2-06

1 料理(りょうり)がまずかったこと
2 料理(りょうり)を間違(まちが)えていたこと
3 態度(たいど)が悪(わる)い店員(てんいん)がいたこと
4 料理(りょうり)が来(く)るのが遅(おそ)かったこと

答え
①②③④

5番

track 2-07

1 コンビニ
2 美容院(びよういん)
3 喫茶店(きっさてん)
4 学習塾(がくしゅうじゅく)

答え
①②③④

6番

track 2-08

1 目的地まで歩く

2 反対側のバスに乗る

3 地下鉄の駅まで歩く

4 タクシーを呼ぶ

答え

①②③④

7番

track 2-09

1 女子学生の本を借りたい

2 女子学生が参考にしたページのコピーを見せてほしい

3 女子学生にレポートを書いてほしい

4 女子学生の出したレポートを読ませてほしい

答え

①②③④

2 もんだい　翻譯與解題　例

問題２では、まず質問を聞いてください。そのあと、問題用紙のせんたくしを読んでください。読む時間があります。それから話を聞いて、問題用紙の１から４の中から最もよいものを一つ選んでください。

單字

凝る（酸痛）
過ぎ（超過；過度）
～毎（每）
調子（情況，狀況）

日文對話與問題

男の人と女の人が話しています。男の人はどうして肩がこったと言っていますか。

M：ああ、肩がこった。

F：パソコン、使いすぎなんじゃないの？

M：今日は２時間もやってないよ。30分ごとにコーヒー飲んでるし。

F：ええ？何杯飲んだの？

M：これで４杯めかな。眼鏡だって新しいのに変えてから調子いいんだ。ただ、さっきまで会議だったんだけど、部長の話が長くてきつかったよ。コーヒーのおかげで目が覚めたけど。あの会議室は椅子がだめだね。①

F：そうなのよ。私もあそこで会議をした後、必ず背中や肩が痛くなるの。椅子は柔らかければいいというわけじゃないね。②

M：そうそう。だから会議の後は、みんな肩がこるんだよ。

男の人はどうして肩がこったと言っていますか。

1　パソコンを使い過ぎたから
2　コーヒーを飲みすぎたから
3　部長の話が長かったから
4　会議室の椅子が柔らかすぎるから

第二大題。請先聽每小題的題目，再看答案卷上的選項。此時會提供一段閱讀時間。接著聽完對話，再從答案卷上的選項１到４當中，選出最佳答案。

對話與問題中譯 答案：**4**

男士和女士正在聊天。請問男士為什麼說自己肩膀酸痛呢？

M：唉，肩膀酸痛。
F：是不是電腦用太久了？
M：今天還用不到兩小時吧！而且每半小時就去喝一杯咖啡。
F：什麼？你喝幾杯了？
M：這是第四杯吧。還有，自從換了一副新眼鏡以後，不必往前湊就看得很清楚。不過，我才剛開完會，經理講了很久，聽得很累。幸好喝了咖啡，還能保持清醒。那間會議室裡的椅子坐起來很難受。
F：就是說啊。我也一樣，每次在那裡開完會後，不是背痛就是肩痛。椅子並不是柔軟，坐起來就舒服。
M：對啊對啊，所以開完會以後，大家都肩膀酸痛呢！

請問男士為什麼說自己肩膀酸痛呢？

1　電腦用太久
2　喝過多的咖啡
3　經理話講太久
4　會議室的椅子太柔軟

解題攻略

關鍵句 ①②

男士說會議室的椅子很難坐，女士也附和說自己坐了以後會肩膀痠痛，並說椅子不是柔軟，坐起來就舒服。

選項

選項一和選項三都被男士否決掉了，而咖啡也不是造成肩頸痠痛的原因。

再聽一次對話內容

2 もんだい　翻譯與解題　1番

單字

もともと（原本）
言い出す（說出口）
担当（負責）
先方（對方）
取り引き（交易）
不信感（不信任感）

日文對話與問題

会社で男の人と女の人が話しています。女の人はどんな気持ちですか。

F：あの、これでよかったんでしょうか。① もともとは私が言い出したことなんですが。

M：杉本さんのこと？

F：ええ。確かに彼女は、知識はありますが、経験が少ないので全部まかせてよかったのかと思って。②

M：確か、杉本さんは入社1年目ですよね。③

F：はい。そうですが、まだ一人で担当したことはなかったと思います。④

M：何か今までに大きいミスでもしたことがあるんですか？それとも本人がいやがっていたとか？

F：そういうわけではないんですが、先方は昔から取り引きしていただいている会社ですし。

M：じゃ、これからも僕がたびたび状況を聞くようにするよ。何かあったらすぐ手が打てるように。

F：そうですか…。今からだれか彼女と一緒に担当をさせるのは…無理ですよね。

女の人はどんな気持ちですか。

1　相手の男の人に対して申し訳ない
2　杉本さん一人でこの仕事ができるか心配
3　杉本さんに仕事をさせるのはかわいそうだ
4　相手の男の人に不信感を持っている

對話與問題中譯　　答案：2

男士和女士正在公司裡討論，請問女士的心情如何呢？

F：請問，這樣安排真的可以嗎？雖然一開始是我提議的。

M：妳是指杉本小姐嗎？

F：是。她的確擁有豐富的專業知識，但是經驗還不夠，我不確定是否應該讓她獨當一面。

M：我記得杉本小姐進公司還不到一年吧？

F：是的，未滿一年，而且還不曾單獨負責客戶。

M：她進公司以後，曾經犯過嚴重的失誤嗎？還是她本人說不想接下這項工作？

F：倒沒有您說的情況，但畢竟對方公司是和我們往來已久的老客戶。

M：那，以後我盡量多關心有無異狀吧。萬一發生什麼狀況，也好即時補救。

F：這樣嗎……。事到如今再多指派一個人和她搭檔負責……大概沒辦法這樣安排了吧？

請問女士的心情如何呢？

1　對談話對象的男士感到抱歉
2　對於杉本小姐是否能獨自勝任這份工作感到擔心
3　覺得被交付工作的杉本小姐很可憐
4　對談話對象的男士抱持著不信任感

解題攻略

關鍵句 ①②③④

女士正在擔心，把這份工作全交給進入公司未滿一年、還沒單獨負責過客戶的杉本小姐是否妥當。

選項

選項１和選項４，女士並沒有對男士抱持任何情緒。

選項３女士並沒有認為杉本小姐可憐。

再聽一次對話內容

翻譯與解題 2番

單字

管理会社（管理公司）

なんとか（無論如何；想辦法）

主人（丈夫）

つながる（連接）

日文對話與問題

道で男の人と女の人が話しています。女の人は何を待っていますか。

M：ああ、長谷川さん。どうしたんですか。

F：ええ、主人が家のカギを持って出てしまって。しかたないからマンションの管理会社に頼んだんですよ。そしたら鍵屋さんが来てくれるっていうんで…。でも、カギを換えるとなるとお値段が馬鹿にならない*から、なんとか主人が先にもどってくれないかって思って待っているんだけど。①

M：それは困りましたね。息子さんの携帯には連絡したんですか。

F：ええ。でもメールもつながらなくて。もしかして、充電が切れているんじゃないかと思うんです。ああ、もうすぐお客さんも来るし、困った…。

女の人は何を待っていますか。

1 夫が帰るのを待っている

2 息子が帰るのを待っている

3 管理会社の人が来るのを待っている

4 お客が来るのを待っている

對話與問題中譯 答案：1

男士和女士正在路邊交談。請問女士正在等什麼呢？

M：咦，長谷川太太，怎麼了嗎？
F：是呀，我先生把家裡的鑰匙帶走了，我沒辦法進門，只好找大廈的管理公司求救，結果他們說會派鎖匠過來……。可是，如果把整副鎖換掉，一定要花上一大筆錢*，我想還是站在這裡等等看，說不定先生會比鎖匠更早到家。
M：那真是急死人了。打過您兒子的手機了嗎？
F：打過了，可是連簡訊都沒辦法聯絡上。我猜他的手機可能沒電了。唉，客人馬上要來了，實在傷腦筋……。

請問女士正在等什麼呢？

1 等待丈夫回來
2 等待兒子回來
3 等待管理公司的人過來
4 等待客人過來

解題攻略

關鍵句 ①

雖然安排了鎖匠過來換鎖，但女士心裡真正希望的，還是丈夫趕快回來開門。

選項

選項２，雖然打過兒子的電話，但並沒有在等他回來。

選項３，管理公司並沒有要過來。

選項４，還沒辦法開門進去家裡之前，如果客人來了會很傷腦筋，所以並沒有在等客人。

＊馬鹿にならない＝不容小覷（無法輕視。例句：私立の学校は、入学金だけでも馬鹿にならない／私立學校光是學費就不容小覷。）

再聽一次對話內容

3番

單字

偶然（偶然）

おかげさまで（托您的福）

とんでもない（哪裡的話）

日文對話與問題

電車の中で男の人と女の人が話しています。男の人は、女の人にとってどんな関係の人ですか。

M：こんなところでお会いするなんて、すごい偶然ですね。

F：ええ。結婚式以来ですね。あゆみ、あ、奥さんは元気ですか。①

M：おかげさまで。今また、バスケットボールを始めたんですよ。

F：へえ…。小田さんも続けてらっしゃるんですか。

M：ええ。高校に入ってからですから、もう10年以上やってますね。大学でもずっとやってました。で、今は会社のチームで。

F：ああ、じゃ、高校の大会で初めてお会いした頃は、まだ始めたばかりだったんですね。②

M：そうですよ。だから、まだ下手くそだったでしょ。

F：いえ、いえ、とんでもない。あゆみと、かっこいいね、って話してたんですよ。③バスケットボールって楽しいですよね。私も地元のチームで３年前までやってたんですけど、もうすぐ二人目で…。

M：それはおめでとうございます。にぎやかになりますね。

F：あ、私、ここで失礼します。あゆみによろしく伝えてください。

男の人は、女の人にとってどんな関係の人ですか。

1　友達の夫

2　昔の同僚

3　昔の恋人

4　大学の先輩

對話與問題中譯 **答案：1**

男士和女士正在電車裡聊天。請問對女士而言，男士具有什麼樣的身分呢？

M：真巧，沒想到會在這種地方碰到面！
F：是呀，上次見面是在婚禮上吧？亞由美，呃，您太太好嗎？
M：託您的福。現在她又開始打籃球了喔。
F：是哦……。小田先生您也繼續打球嗎？
M：是啊。從上高中開始到現在，已經打球超過十年了，大學時代也沒有中斷。然後，現在又加入公司的球隊了。
F：哦，這麼說，我在高中那場大賽第一次見到您的時候，才剛開始打球吧？
M：是啊。所以囉，我那時候打得很差吧？
F：不不不，您太客氣了。我那時還跟亞由美講過，您在球場上好帥喔。打籃球真的很開心，我到三年前還參加地方上的球隊，但是老二快生了，只好……。
M：恭喜恭喜！家裡愈來愈熱鬧囉！
F：啊，我先走一步，請代向亞由美問候一聲。

請問對女士而言，男士具有什麼樣的身分呢？

1　朋友的丈夫
2　以前的同事
3　以前的情人
4　大學的學長

解題攻略

關鍵句 ①②③

「あゆみ、あ、奥さんは元気ですか／亞由美，呃，您太太好嗎」由這句話可知，女士和亞由美是朋友。兩人高中時在籃球大賽中認識男士，之後，男士和亞由美結婚了。

也就是說，男士是女士的好友亞由美的丈夫。

選項

選項 2 和選項 4，因為對話中提到女士和男士是在高中的大賽第一次相遇，因此兩人的關係並非以前的同事或學長學妹。

選項 3，雖然女士提到在高中的大賽中見到男士時，和亞由美說了「かっこいい／好帥」，但兩人並不是情侶。

再聽一次對話內容

2 もんだい　翻譯與解題　4番

單字

混む（擁擠，混亂）

仕方ない（沒辦法，不得已）

催促（催促）

不愛想（不親切）

さっぱり（完全，徹底）

後ほど（一會兒後）

日文對話與問題

店員と客が話しています。客はなぜ残念だと言っていますか。

F：あの、あと何分ぐらいかかりますか。

M：はい、ただいま…。大変お待たせいたしました。こちら、春野菜と季節の魚のてんぷらでございます。

F：え？春野菜のてんぷらと季節の刺身をお願いしたんだけど。ああ、でも、まあいいです。

M：大変申し訳ありません。ただいま…。

F：もう時間がないんで、そのままでいいですよ。

M：申し訳ありません。

F：こんなに混んでいるから、待たされるのは仕方ないけど、さっき催促したら別の店員さんに、お待ちください、と不愛想に言われただけで、どうなってるのかさっぱりわからなくて。ここはサービスがいいと思っていたのに残念でした。①

M：そうでございましたか。大変失礼をいたしました。後ほど、きびしく注意いたします。申し訳ありません。

客は何が一番残念だと言っていますか。

1　料理がまずかったこと

2　料理を間違えていたこと

3　態度が悪い店員がいたこと

4　料理が来るのが遅かったこと

對話與問題中譯 答案：3

店員和顧客正在交談。請問顧客為什麼說可惜呢？

F：請問一下，還要等大約幾分鐘呢？
M：立刻就為您上菜……。讓您久等了，這是酥炸春季蔬菜及當季鮮魚。
F：咦？我點的是酥炸春季蔬菜和當季生魚片。啊，不過，就吃這道沒關係。
M：非常抱歉，馬上為您換菜……。
F：我時間有點趕，這樣就好了。
M：很抱歉。
F：客人這麼多，難免需要等菜，可是我剛才問另一個店員能不能快點上菜，結果他臭著臉只扔下一句請等一下，讓人一頭霧水。我本來以為這裡的服務很周到，太遺憾了。
M：居然有這樣的事！實在萬分抱歉。我等一下一定會嚴格訓誡員工，真的很抱歉。

請問顧客說什麼是最可惜的？

1 料理很難吃
2 送錯料理
3 有態度惡劣的店員
4 送菜太慢

解題攻略

關鍵句①

客人原本以為這家店服務周到，結果店員接待的態度冷淡，所以客人說「残念でした／太遺憾了」。

選項

選項1，客人沒有提到料理好不好吃。

選項2，對於上錯菜，客人說「まあいいです／沒關係」。

選項4，客人說難免需要等菜。

再聽一次對話內容

單字

ごと（連同）
移転（遷移，搬家）

日文對話與問題

靴屋で男の人と女の人が話しています。女の人は何を探していますか。

F：あのう、ちょっとうかがいたいんですが。

M：はい、いらっしゃいませ。

F：こちらの隣にコンビニがあったと思うんですけど、なくなってしまったんですか。

M：ええ、あったんですが、去年、ビルごと*なくなっちゃったんですよ。

F：その店の３階に学習塾や喫茶店や、美容院があったと思いますが、どちらかへ移転されたんでしょうか。

M：ビルに入っていた店は、経営者の方も結構みなさんお年だったんで、やめちゃったんじゃないかなあ。…学習塾とか、写真屋さんとかね。

F：そうですか。せっかく久しぶりに髪、切ってもらおうと思って来たのに。①

M：２階の喫茶店もおいしかったから、よくみなさん、どこ行っちゃったんですか、なんて聞きにいらっしゃるんですけどね。

F：ほんと。あそこのコーヒー、おいしかったですよね。…すみません。ありがとうございました。

女の人はどこに行くつもりでしたか。

1 コンビニ　**2** 美容院
3 喫茶店　**4** 学習塾

對話與問題中譯　　答案：2

男士和女士正在鞋店裡交談。請問女士正在找什麼呢？

F：不好意思，我想請問一件事。
M：歡迎光臨！您請說。
F：我記得隔壁本來有一家超商，已經結束營業了嗎？
M：是啊，原本有，但是去年整棟樓*都拆除了。
F：那家超商的三樓有才藝班、咖啡廳和髮廊，請問搬到哪裡了呢？
M：之前開在那棟樓裡的店家，因為老闆年紀都相當大了，我想大概已經把店收了吧，……例如才藝班和相館那幾家。
F：這樣喔。好久沒來這裡剪頭髮了，今天是特地來一趟的。
M：二樓那家咖啡廳的餐點也很好吃，常常都有人來問搬到哪裡去了。
F：對對對，那裡的咖啡真的非常香醇！……不好意思，謝謝您。

請問女士原本打算去哪裡？

1　便利商店
2　髮廊
3　咖啡廳
4　補習班

解題攻略

關鍵句 ①

鞋店的男士說，有超商的那棟大樓已經被拆除了，原本開在三樓的才藝班和髮廊也都收了。女士聽了之後說她是特地來這裡剪頭髮的。

選項

選項1、3、4，超商、咖啡廳、才藝班原本都開在那棟大樓裡，但都只是男士和女士的敘述而已，並非女士原本要去的地方。

＊ビルごと＝整棟樓（大樓的全部。「ごと／連同」是指包含自身在內的全部。例句：それ、お皿ごと持ってきて／把那個盤子整個端過來。）

再聽一次對話內容

2 もんだい　翻譯與解題　6番

單字

反対側（對面，對向）

遠回り（繞路）

日文對話與問題

男の人と女の人がバス停で話しています。男の人はこれからどうしますか。

M：バス、もう行っちゃったんでしょうか。

F：ええ。私３分ほど前に来たんですけど、ちょうど出たところでしたよ。

M：次のバスまでまだだいぶありますね。反対側に行く方は、どんどん来てるけど、あっちの駅に行くとかなり遠回りだし。

F：ええ。歩いた方が早いかもしれませんね。駅までだったら。

M：私は、その先まで行くので…困ったな。タクシーもなかなか来ないみたいだし。①

F：まあ、少し歩けば地下鉄の駅もありますけどね。タクシーは、ここで待ってても全然来ないですよ。②

M：そうなんですか。しょうがないから電話で頼もう。③…あ、駅まで一緒に乗っていらっしゃいますか。

F：あ、私はいいです。急いでいないので。

男の人はこれからどうしますか。

1　目的地まで歩く

2　反対側のバスに乗る

3　地下鉄の駅まで歩く

4　タクシーを呼ぶ

對話與問題中譯　　答案：4

男士和女士正在巴士站牌處交談。請問男士接下來要做什麼呢？

M：請問巴士已經開走了嗎？
F：對，我大概三分鐘前來的，剛好目送巴士開走。
M：下一班車還要等很久吧。對向的巴士一班接一班來，但是如果到那邊搭，會繞一大圈才到車站。
F：是呀，要到車站的話，說不定走過去還比較快。
M：我要去的地方比車站還遠……傷腦筋了。這裡好像也很難攔得到計程車。
F：不過，稍微走一段路，就可以到地鐵站了。在這裡等計程車是絕對等不到的。
M：原來如此。沒辦法了，我打電話叫車吧。啊，您要不要一起搭到車站呢？
F：喔，我不趕時間，沒關係。

請問男士接下來要做什麼呢？

1　走去目的地
2　搭對向的巴士
3　走去車站
4　叫計程車

解題攻略

關鍵句 ①②③

聽到女士說在巴士站牌等計程車是絕對等不到的，男士於是決定打電話叫計程車。

選項

選項1，男士要去的地方比車站遠，要走過去有點勉強。

選項2，如果搭對向的巴士，會繞一大圈。

選項3，對話中提到走一段路就可以到地鐵站，但男士並沒有說要走去那裡。

再聽一次對話內容

單字

ありがたい（感謝，感激）

実をいえば（老實說）

さすが（到底是；不愧是；仍然）

まったく（真是的；完全）

日文對話與問題

男子学生と女子学生が大学で話しています。男子学生は女子学生に何を頼みましたか。

M：北川さん、もうレポート終わった？

F：とっくに。

M：あのさ、どんな資料を使った？

F：だいたいが学校の図書館のだけど。

M：そうか。そのコピーを、とってあるところだけでいいから、見せてくれない。①

F：いいけど、何で。自分で本読まないの？

M：今からじゃ、どのページを読んだらいいかわからないし、だいいち、どの本を読んだらいいかもわからないんだよ。

F：つまり、何を読めばいいか知りたいのね。私が参考にしたものだけでいいの？

M：そうなんだよ。それを見せてもらえたらすごくありがたい。実をいえば、出したレポートを見せてほしいんだけど、それはさすがに…頼めないよね？

F：まったく。あたりまえでしょ。でも、参考文献のコピーを見せるって、そんなことしていいのかなあ。②

男子学生は女子学生に何を頼みましたか。

1 女子学生の本を借りたい

2 女子学生が参考にしたページのコピーを見せてほしい

3 女子学生にレポートを書いてほしい

4 女子学生の出したレポートを読ませてほしい

對話與問題中譯　　答案：**2**

男學生和女學生正在校園裡交談。請問男學生拜託了女學生什麼事呢？

M：北川同學，報告已經寫完了？
F：早就寫好了。
M：我想問一下，妳用了哪些資料？
F：大部分都是從學校的圖書館查到的。
M：是哦。妳影印下來的那些資料就好，可以借我看嗎？
F：可以是可以，為什麼要向我借？你自己不從書裡找嗎？
M：現在才開始找，根本不知道該從哪一頁讀起，再說，我連該讀哪一本書都不曉得啊。
F：也就是說，你想知道該讀什麼才好，對吧。只看我查的參考資料就夠了？
M：妳說得沒錯。如果願意借我那些資料，真是感激不盡！老實說，我更想向妳借已經寫好的那份報告，不過這個請求……好像太過分了吧？
F：真是的，那還用說！話說回來，我到底該不該借你看參考文獻的影本呢？

請問男學生拜託了女學生什麼事呢？

1　想借女學生的書
2　想看女學生影印下來參考用的那些資料
3　希望女學生寫報告
4　想借女學生已經寫好的報告

解題攻略

關鍵句 ①②

男學生提到「そのコピー／那些資料」，也就是說，男學生想拜託女學生借他作報告時用到的資料影本。女學生正在猶豫自己是否該答應這個要求。

選項

男學生並沒有拜託選項1和選項3的內容。

選項4，男學生說「さすがに…頼めない／好像太過分了吧」，女學生回答「あたりまえでしょ／那還用說」。

再聽一次對話內容

8番

track 2-10

1 元同僚(もとどうりょう)が活躍(かつやく)していたから

2 期待(きたい)していた契約(けいやく)ができないことがわかったから

3 元同僚(もとどうりょう)に失礼(しつれい)なことを言(い)われたから

4 契約(けいやく)したかった会社(かいしゃ)の担当者(たんとうしゃ)に会(あ)えなかったから

答え
① ② ③ ④

9番

track 2-11

1 時代(じだい)ものに感動(かんどう)した

2 悲(かな)しい話(はなし)ばかりだった

3 よく理解(りかい)できたのでおもしろかった

4 内容(ないよう)がよくわからなかった

答え
① ② ③ ④

10番

track 2-12

1 帰(かえ)りの電車(でんしゃ)がなくなりそうだから

2 出張(しゅっちょう)が増(ふ)えるから

3 仕事(しごと)が増(ふ)えるから

4 男(おとこ)の人(ひと)がまじめに仕事(しごと)をしないから

答え
① ② ③ ④

11番

track 2-13

1 京都（きょうと）
2 鎌倉（かまくら）
3 日光（にっこう）
4 広島（ひろしま）

答え
①②③④

12番

track 2-14

1 宴会（えんかい）に行（い）けなかったから
2 早（はや）く酔（よ）っぱらったから
3 宴会（えんかい）の途中（とちゅう）で帰（かえ）ったから
4 料理（りょうり）がおいしい店（みせ）を選（えら）んだから

答え
①②③④

13番

track 2-15

1 どんな場所（ばしょ）でも早（はや）く話（はな）せるようにすること
2 ふだんから人（ひと）と多（おお）く接（せっ）するように心（こころ）がけること
3 パソコンのソフトを使（つか）いこなすこと
4 説明（せつめい）する準備（じゅんび）と練習（れんしゅう）を十分行（じゅうぶんおこな）うこと

答え
①②③④

14番

track 2-16

1 日本語学校（にほんごがっこう）の欠席（けっせき）が多（おお）かったから
2 志望理由（しぼうりゆう）がはっきりしないから
3 学校（がっこう）のことをよく知（し）らなかったから
4 緊張（きんちょう）しすぎていたから

答え
①②③④

2 もんだい　翻譯與解題　8番

單字
展示（展示）
ほっと（放心）
介護（照護）
てっきり（肯定）
活躍（活躍）

日文對話與問題

会社で男の人と女の人が話しています。男の人はどうしてがっかりしているのですか。

M：ああ、まいった。

F：どうしたんですか。

M：さっき、木島くんに会ったんだよ。

F：えっ、元、うちの会社にいた木島さんですか？

M：うん。産業ロボット展で展示を見ていたんだ。元気そうで、ほっとしたんだけどさ。今、大学院で介護ロボットの開発をしてるんだって。

F：よかったじゃないですか。

M：グローバルクリックサービスの矢田さんもいて、木島くんの先輩だっていうから、紹介してもらったんだ。でも、グローバルクリックはその時、木島くんの見ていたロボットを売っている会社と契約してしまったみたいで。①

F：ええっ、うちとグローバルクリックサービスとの契約は、てっきりもう決まったものだと思っていたのに。②

男の人はどうしてがっかりしているのですか。

1　元同僚が活躍していたから

2　期待していた契約ができないことがわかったから

3　元同僚に失礼なことを言われたから

4　契約したかった会社の担当者に会えなかったから

對話與問題中譯 答案：2

男士和女士正在公司裡聊天。請問男士沮喪的原因是什麼呢？

M：唉，這下麻煩了。
F：怎麼了？
M：剛才見到木島先生了。
F：哦？你說的是之前在我們公司上班的那位木島先生嗎？
M：嗯。我是在產業機器人展覽會上，遇到他正在觀賞展示商品。他看起來神采奕奕，讓人放心不少。他說目前在大學的研究所裡研發照護機器人。
F：那不是很好嗎？
M：Global Click Service 的矢田先生也在場，說是木島先生的學長，於是請他介紹我們認識了。問題是，Global Click 那時候似乎剛剛與木島先生正在看的那家機器人公司簽約了。
F：什麼！我還以為我們公司和 Global Click Service 早就談妥要簽約了呀！

請問男士沮喪的原因是什麼呢？

1 因為前同事的活躍
2 因為得知了想簽的契約簽不成了
3 因為被前同事說了無禮的話
4 因為無法見到想合作的公司負責人

解題攻略

關鍵句 ①②

男士原本以為公司和 Global Click 已經談妥要簽約，卻發現對方和其他公司簽約了。男士正因此感到沮喪。

選項

選項１，男士提到前同事木島先生神采奕奕，讓人放心不少。

對話中沒有提到選項３的內容。

選項４，男士提到已經請木島先生介紹Global Click的矢田先生給他認識了。

再聽一次對話內容

單字

- 歌舞伎（歌舞伎）
- 殿様（老爺）
- 仕える（服侍）
- 女中（侍女）
- 武士（武士）
- 庶民（老百姓）

日文對話與問題

歌舞伎を見た後で女の人と男の人が話をしています。男の人は今日の歌舞伎についてどう思っていますか。

F：今日の歌舞伎は、悲しい話だったよね。でも、殿様に仕える女中の役をやっていた役者さん、あんなにきれいで、声まで女そのもので、私、泣きそうになっちゃった。

M：歌舞伎、高校生の時に初めて観て以来 20 年ぶりだったよ。あれ、悲しい話だったの？①

F：今日のは、一つ目が、武士の兄弟が敵として戦ったことを書いた時代もの、二つ目が踊りなんかが中心の所作もの、三つ目が庶民の身近な世界を演じた世話もので、私が感動したものは時代もの。

M：踊り中心のものはなんだかわかんなかったけど、三つ目は動きがあっておもしろかったな。②

F：え？三つ目は、遊んでばかりいた不良息子が、家を追い出されて、借金がもとで人を殺しちゃう話で、殺人現場で油まみれになったっていう話だよ。③

M：うわあ、残酷な話だね。そのストーリー、最初から知っていれば面白かっただろうなあ。④

F：ということは、一番人気のある最初のは？

M：ああ、もちろん、さっぱりだったよ。⑤

男の人は今日の歌舞伎についてどう思っていますか。

1　時代ものに感動した

2　悲しい話ばかりだった

3　よく理解できたのでおもしろかった

4　内容がよくわからなかった

對話與問題中譯　　答案：4

女士和男士於觀賞完歌舞伎表演之後正在聊天。請問男士對於今天的歌舞伎表演有什麼看法呢？

F：今天的歌舞伎是一齣悲劇哪。不過，飾演服侍老爺的那個侍女，長得那麼美，連聲音都和女人一模一樣，看得我差點流下眼淚了。

M：我第一次看歌舞伎時時還是高中生，今天是相隔二十年後的再度觀賞。那是個悲傷的故事嗎？

F：今天的第一幕是描寫身為武士的兄弟分屬敵對陣營而相互廝殺的歷史劇，第二幕是以跳舞為主軸的舞蹈劇，第三幕是演繹庶民日常生活的世態劇，令我深受感動的是歷史劇。

M：以跳舞為主軸的那部分實在看不懂，不過第三幕的動作比較多，很有意思喔。

F：什麼？第三幕的故事是敘述有個遊手好閒的不肖兒子被逐出家門，由於欠債而殺了人，後來還在兇殺案的現場全身淋滿了油的故事吔！

M：天啊，好殘忍的故事呀！要是我從一開始就知道故事內容，應該會看得津津有味吧。

F：這麼說，最受歡迎的第一幕……？

M：對啊，我自然看得一頭霧水嘍。

請問男士對於今天的歌舞伎表演有什麼看法呢？

1　被歷史劇感動了
2　全是悲傷的故事
3　因為能夠理解內容，所以覺得有趣
4　不太懂故事的內容

解題攻略

關鍵句 ①②③④⑤

男士從第一幕到第三幕，全部的故事都無法理解，無法好好和女士討論。因為無論哪個故事他都看不懂。

再聽一次對話內容

單字

転勤（轉職）

厄介（麻煩，為難）

責任感（責任感）

機（機會）

めんどうくさい（麻煩）

さっさと（迅速地）

日文對話與問題

道を歩きながら男の人と女の人が話しています。女の人が困っている理由は何ですか。

M：今日はお疲れさまでした。あれ？杉田さん、時間、大丈夫だったんですか？

F：ええ、今日の会議は今進めている企画の話が出たので、途中で帰りにくくて。でも、なんとか間に合うと思います。だめならタクシーで帰りますし。

M：まあ、杉田さんの担当部分については別に今日決めなくてもよかったんだけど。それより、川島さんの転勤で、しばらく杉田さんが二人分の仕事をしなきゃいけなくなるみたいですね。

F：そうなんですよ。それでちょっと困ってるんです。出張が増えるのが厄介*かなって。①今の企画に集中したかったんで。仕事が増えるのはしょうがないとしても、②新人の竹下さんに全部まかせてしまうことになるのもどうかと思うので。

M：へえ。責任感が強いんですね。僕ならこれを機に、あのめんどうくさい企画からさっさと逃げちゃいますけど。

F：そうできたらいいんですけど。とにかく、困りましたよ。

女の人が困っている理由は何ですか。

1 帰りの電車がなくなりそうだから

2 出張が増えるから

3 仕事が増えるから

4 男の人がまじめに仕事をしないから

對話與問題中譯 **答案：2**

男士和女士在路上邊走邊聊天。請問女士煩惱的理由是什麼呢？

M：杉田小姐，您今天辛苦了。咦？時間上沒問題嗎？

F：是呀，今天的會議提到了目前正在進行的企劃案，不好意思中途離席。我想，應該勉強趕得上。萬一來不及，就搭計程車回去。

M：其實，杉田小姐您負責的部分根本不必急著在今天做出決議嘛。對了，川島小姐調職以後，您恐怕暫時不得不一個人做兩人份的工作了吧。

F：就是說呀，實在有些吃力。出差的次數增加了，有點困擾*，因為我想專注在目前的企劃案上。工作變多也是沒辦法的事，總不能全部交給剛進來的竹下先生去做。

M：哦，您真有責任感。換作是我，一定趕快趁機把那個棘手的企劃案往外推掉。

F：要是能那麼做該有多好。總之，真讓人煩惱呀。

請問女士煩惱的理由是什麼呢？

1 因為似乎沒有能回家的電車了
2 因為出差增加了
3 因為工作增加了
4 因為男士不認真工作

解題攻略

關鍵句 ①②

女士提到工作變多也是沒辦法的事，但出差的次數增加就有點困擾了。

選項

選項1，女士提到應該趕得上。萬一來不及，就搭計程車回去。

選項3，對於工作變多，女士認為是「しょうがない／沒辦法的事」。

選項4，女士完全沒有提及男士的工作態度。

＊厄介＝麻煩（費事、繁瑣的樣子。）

再聽一次對話內容

單字

代表的（有代表性的）
観光地（觀光地）
建物（建築物）

日文對話與問題

学校で男の教師と女の教師が日本語学校の卒業旅行について話しています。行き先はどこになりましたか。

F：旅行費用は合わせて２万円だから、そんなに遠くは行けないですね。

M：去年は温泉に行ったみたいですけど、あまり旅行したこともない人も多いことだし、この際、日本の代表的な観光地にしませんか？

F：観光地ですか。歴史的な建物と景色なら京都、日光、鎌倉かな。あとは広島。自然や温泉なら北海道や富士山か…あ、鎌倉は春に日帰りで行きましたっけ*。①

M：ええ。行ってない所にしましょう。② ただ広島と京都はちょっと遠い③かなあ。交通費だけで２万円以上かかるし。

F：じゃ北海道も問題外ですね。④ 歴史の勉強もいいけど、ただ、勉強ばっかりしてないで自然も楽しんでほしいんです。日本ならではの美しい景色を見て。

M：じゃあ、そんなに遠くなくて、景色が楽しめて歴史的な建物も見られる所にしましょう。

行き先はどこになりましたか。

1　京都　　2　鎌倉
3　日光　　4　広島

對話與問題中譯 答案：3

日語學校的男老師和女老師正在學校裡討論畢業旅行。請問最後決定去哪裡呢？

F：旅行費用總共只有兩萬圓，沒辦法去太遠的地方了。

M：去年好像去過溫泉鄉了。有不少學員沒什麼機會旅行，要不要利用這趟出遊，帶他們去具有日本特色的觀光名勝呢？

F：你是說觀光名勝嗎？要看歷史悠久的建築物，可以去京都、日光和鎌倉，還有廣島。如果想看自然景觀和泡溫泉，就是北海道或富士山……。啊，春季一日遊去過鎌倉了吧*？

M：是啊，這回挑沒去過的地方吧。不過，廣島和京都有點遠，單是交通費就超過兩萬圓了。

F：那麼，北海道也不考慮了。旅行時順便學習歷史雖然很好，但我希望不要光是學習，也能讓大家享受自然風光，欣賞日本特有的美麗景色。

M：那麼，我們選個距離近一點，既能欣賞景色又可以觀賞歷史建物的地方吧。

請問最後決定去哪裡呢？

1 京都
2 鎌倉
3 日光
4 廣島

解題攻略

關鍵句 ①②③④

女老師提出的觀光地點，因為以下理由所以不合適。

鎌倉：因為春季一日遊去過了，所以不想再去。

廣島、京都、北海道：太遠了。

因此，日光是不錯的選擇。

*行きましたっけ＝去過了吧（去過了嗎。「～たっけ／～吧」是向對方確認不確定的事情時的說法。）

再聽一次對話內容

單字

ギリギリ（極限）

酔っぱらう（酒醉）

叱る（責備）

宴会（宴會）

日文對話與問題

会社で男の人と女の人が話しています。男の人はどうして謝っているのですか。

F：おはようございます。

M：あ、平野さん、おはようございます。昨日はすみませんでした。僕、早く失礼してしまって。①

F：え？ああ、いいんですよ。電車に間に合いましたか。

M：なんとか。うち遠いんで、実はギリギリでした。部長が結構酔っぱらってたんで、平野さんと横山さん、大変だったんじゃないかって。

F：ああ、気にしなくていいですよ。部長がもう一軒、もう一軒って言うからしかたなくカラオケに行ったんですけど、そこで部長ぐっすり寝ちゃって。結局、横山さんがタクシーで送って行ったんです。で、かなり遅くなって奥さんに叱られたって。

M：えー、大変だったんですね。いろいろとすみません。②

F：ただ、おいしいお店だったから食べてばかりでカロリーオーバーですよ。せっかくダイエットしてたのに。

M：ハハハ。そんなふうに見えないから、大丈夫ですよ。

男の人はどうして謝っているのですか。

1 宴会に行けなかったから

2 早く酔っぱらったから

3 宴会の途中で帰ったから

4 料理がおいしい店を選んだから

對話與問題中譯 **答案：3**

男士和女士正在公司裡聊天。請問男士為什麼一直道歉呢？

F：早安。

M：啊，平野小姐，早安。昨天不好意思，我先離開了。

F：嗯？喔，沒關係。趕上電車了嗎？

M：還好趕上了。我家太遠，差一點就沒搭到車了。經理已經喝得很醉，我擔心平野小姐和橫山先生恐怕招架不住。

F：哦，不必放在心上啦。經理一直嚷嚷著再續攤、再續攤，我們只好陪他去唱卡拉ＯＫ，沒想到經理在那裡呼呼大睡，結果橫山先生只好攔計程車送經理回去了。聽說由於太晚回家，還被太太訓了一頓。

M：是哦，辛苦兩位，給你們添麻煩了。

F：唯一傷腦筋的是，那家店的餐點很好吃，讓人捨不得放下筷子，卡路里破錶，害我減重破功了。

M：哈哈哈，妳看起來很苗條，不必減重嘛。

請問男士為什麼一直道歉呢？

1 因為他沒去宴會
2 因為他很快就醉了
3 因為他在宴會中途就回去了
4 因為他選了餐點很好吃的店

解題攻略

關鍵句 ①②

男士家住太遠，所以在宴會中途先離場了。之後經理喝得很醉，給女士添麻煩了，因此男士對女士說。「すみません／不好意思」以表示歉意。

選項

選項１，男士參加了宴會，只是比大家更早離場。

選項２，在宴會中喝得爛醉的是經理。

選項４，女士雖提到「おいしい店だった／那家店的餐點很好吃」，但這並非男士道歉的理由。

再聽一次對話內容

單字

消極的（消極的）

部署（工作崗位）

プレゼン【presentation】（簡報，提案）

原点（原點，出發點）

繰り返す（反覆）

日文對話與問題

男の人が講演会で話しています。人前で話すときに、この人が一番気をつけていることは何ですか。

M：学生時代の私は消極的で、あまり話さない学生だったんです。卒業してコンピューター関連の会社に勤めても、人と接することは少なかったです。一日中コンピューターに向かっていましたから。しかし、営業の部署に回されたことをきっかけに、人と接することを余儀なくされました*。話さなければ、説明しなければ始まらない。しかし、私は、これがプレゼンの原点だと思います。エレベーターで相手先の社長に会って30秒で世間話をする、いわばこれもプレゼンです。説明をよく聞いてもらうためには、相手が何に関心があるのか調べ、その人に向けた説明を準備し、練習しておかなければなりません。私は毎日必死で自分の会社や商品について学び、説明の練習を繰り返しました。①今、プレゼンのためのソフトがいろいろありますが、パソコンで資料を作ることに時間をかけすぎるのはどうかと思います。これは準備にかけられる時間全体の２割程度と考えていればいいのではないでしょうか。

人前で話すときに、この人が一番気をつけていることは何ですか。

1 どんな場所でも早く話せるようにすること

2 ふだんから人と多く接するように心がけること

3 パソコンのソフトを使いこなすこと

4 説明する準備と練習を十分行うこと

對話與問題中譯　　答案：4

男士正在演講。請問他認為在面對人群說話時，最需要注意的關鍵是什麼呢？

M：我在學生時代個性消極，是個不太說話的學生。畢業後進入電腦相關產業，一整天都面對電腦工作，沒什麼機會與人接觸。但是，自從被調到業務部門之後，就不得不*與人接觸，總不能閉嘴不開口、不說明介紹。然而，我認為那就是簡報的起點。在電梯裡遇見客戶公司的總經理與他閒聊 30 秒，這也是簡報的一種。為了讓對方願意聆聽自己的介紹，必須調查對方關心的話題，為對方量身打造一套介紹內容，也必須事先練習才行。我每天都拚命學習自家公司與產品的相關資訊，反覆練習如何介紹。現在已經有各式各樣專供簡報用的軟體，但我覺得大家似乎花太多時間在電腦上製作資料了。或許準備電腦資料只該佔全部準備工作的兩成時間就夠了。

請問他認為在面對人群說話時，最需要注意的關鍵是什麼呢？

1　無論在什麼場合都能快速與人對談
2　平時就留心盡量接觸人群
3　對電腦軟體的運用自如
4　確實準備與練習要說明的事物

解題攻略

關鍵句 ①

男士提到為了讓對方願意聆聽自己的說明，必須學習自家公司產品的相關資訊，反覆練習如何介紹。

選項

演講中並沒有提到選項 1 的內容。

選項 2，盡量接觸人群並非男士強調的重點。

選項 3，男士認為花太多時間在電腦上製作資料並無益處。

＊～を余儀なくされる＝不得不～(被迫必須～。)

再聽一次對話內容

2 もんだい　翻譯與解題　14番

單字

志望（志願）
映像（影像）
緊張（緊張）
ともかく（總之）
見送る（放過；目送）

日文對話與問題

専門学校で、面接官が入学試験を受けた留学生について話しています。この学生が不合格になる理由は何ですか。

F：今の受験生はどうでしょう。

M：ええ。日本語は頑張って勉強していたようです。志望の理由も、将来、母国の子どもたちの生活をもとにした楽しいアニメを作りたい、と明確です。

F：素晴らしい夢ですね。ただ、日本語学校の時、欠席が多かったようです。①体が弱いのかな。

M：アルバイトをたくさんしているのかもしれません。ちょっと疲れた感じでしたから。

F：母国でも日本のアニメをよく見て勉強していたようだけど、せっかく入学しても、休んでばかりというのはお話になりませんから。②

M：ええ、そういうのが一番まずいんです。それと、この学校のことをあまりよく分かっていないような印象でしたね。うちは映像学科はあるけど、映画学科というのはないのに。

F：まあ、それは緊張のせいでまちがえたのかもしれませんから。しかし、ともかく、この学生については見送りましょう*。

この学生が不合格になる理由は何ですか。

1　日本語学校の欠席が多かったから
2　志望理由がはっきりしないから
3　学校のことをよく知らなかったから
4　緊張しすぎていたから

對話與問題中譯　　答案：1

專修學校的面試官們正在校內討論參加完入學考試的留學生。請問沒有錄取這位學生的理由是什麼呢？

F：今天這位應考生您覺得如何？
M：嗯，他很努力學習了日文，報考的動機也相當明確，希望以後能夠創作出以祖國兒童的生活為素材的有趣動漫。
F：這個夢想很了不起。但是，他在日語學校的那段時間似乎經常缺課，是不是身體不好呢？
M：看起來有點疲憊，或許是兼差工作太多了。
F：他在自己的國家經常透過看日本動漫來學習，好不容易進入日語學校了，卻常常請假，這樣等於本末倒置。
M：是啊，這點最不妥。還有，他給我的感覺是並沒有深入了解本校。我們是影像學科，而不是電影學科呀！
F：算了，可能只是緊張而一時口誤罷了。不過，總而言之，這位學生就不錄取*了。

請問沒有錄取這位學生的理由是什麼呢？

1　因為他在日語學校經常缺課
2　因為他的報考動機不明確
3　因為他不太了解這所學校
4　因為他太緊張了

解題攻略

關鍵句 ①②

面試官對於這位學生就讀日語學校時經常缺課而感到疑憂，正在猶豫是否錄取這位學生。

選項

選項2，男面試官提到該學生報考的動機相當明確。

選項3和選項4，女面試官提到沒有深入了解本校可能只是緊張而一時口誤，因此太緊張並非不錄取的理由。

＊見送る＝觀望（不決定、保持原樣。例句：社員に採用するのを見送る／暫時不錄取員工。）

再聽一次對話內容

15番

track 2-17

1 高齢者が子どもを嫌いな理由

2 保育園建築計画への反対が起きる社会について

3 母親の自転車事故が多い理由について

4 保育園は本当に不足しているかどうか

答え

①②③④

16番

track 2-18

1 使っていない机の上のものを棚に移動する

2 パソコンを修理する

3 資料の入った棚を移動する

4 新しい企画の仕事を終わらせる

答え

①②③④

17番

track 2-19

1 高層ビル

2 橋

3 公園

4 海

答え

①②③④

18番

track 2-20

1 買い物に行ってアルバイトに行く
2 買い物に行って歯医者に行く
3 引っ越しの準備をしてアルバイトに行く
4 引っ越しの準備をして歯医者に行く

答え
①②③④

19番

track 2-21

1 資料の翻訳
2 パンフレットの書き直し
3 新製品を持ってくること
4 新製品の撮影

答え
①②③④

20番

track 2-22

1 牧場
2 動物園
3 スキー
4 美術館

答え
①②③④

21番

track 2-23

1 アンケートの回答数が少なかったこと
2 回答者に名前を書いてもらわなかったこと
3 調査のデータにミスがあったこと
4 アンケートの内容が不適切だったこと

答え
①②③④

2 もんだい　翻譯與解題　15番

單字

建設予定地（建築預定地）

反対運動（抗議活動）

深刻（嚴重）

住民（居民）

夏祭り（夏季園遊會）

高齢者（高齢者）

日文對話與問題

学生と先生が学生の書いたレポートを見ながら話しています。先生は学生に、何を考えてほしいと言っていますか。

F：田中君、このレポートについてなんだけど、保育園の建設予定地で住民の反対運動があったことについて書いてありますね。

M：はい。今、保育園に入ることができない待機児童*の問題は深刻で、一つでも多くの保育園ができることはいいことです。一人でも多くの母親が働けるわけですから。

F：はい。

M：しかし、住民には、なぜこの場所なのか、ということが納得できないのだと思います。静かで落ち着いた住宅地が、保育園ができると、運動会やら、夏祭りやら、いろいろありますから。それである地域では、高齢者による保育園建設への反対運動が起きました。

F：それで、解決方法として、母親たちの意識を変えることが大事だと思ったのですね。

M：はい。お母さんたちが自転車を停めて子どもを放っておしゃべりしていたりとか、朝、ものすごい勢いで自転車を走らせたりするのをやめないといけない、つまり安全についての意識を徹底しなければならないと思いました。

F：確かに、それも大事ですね。しかし、なぜお母さんたちはそんなことをしているんでしょうか。別の地域ではそれほどまでに激しい反対運動は起きていませんね。①

M：はあ…。

F：そもそも、その事態を生んだ社会の事情から考えないと。②

先生は学生に、何を考えるように言っていますか。

1　高齢者が子どもを嫌いな理由

2　保育園建築計画への反対が起きる社会について

3　母親の自転車事故が多い理由について

4　保育園は本当に不足しているかどうか

對話與問題中譯　　答案：2

學生和老師一邊看著學生寫的報告一邊討論。請問老師希望學生應該思考什麼呢？

F：田中同學，這份報告寫的是有關托兒所建築預定地的居民展開的反對運動吧。

M：是的。目前無法進入就讀托兒所的候補兒童*問題相當嚴重，哪怕能夠多一間托兒所，都可以多幫助一位媽媽外出工作。

F：對。

M：可是，居民卻無法認同為何非把托兒所蓋在當地不可。原本寧靜的住宅區，一旦開設托兒所，就會經常舉辦運動會、夏季園遊會等等喧鬧的活動，因此某個地區的高齡居民發起了反對建蓋托兒所的運動。

F：所以，你認為重要的解決之道，在於改變那些媽媽的意識。

M：是的。我認為必須徹底提高那些媽媽的交通安全意識，讓她們不可以隨意停下自行車把小孩扔在一旁不管而自顧自湊在一起聊天，也不可以大清早飛快地騎著自行車在路上橫衝直撞。

F：那確實很重要，不過，為什麼那些媽媽會有那樣的行為呢？而且，其他地區並沒有發生那麼激烈的反對運動喔。

M：呃……。

F：你應該從為何導致那種狀況發生的社會因素開始思考才對。

請問老師希望學生應該思考什麼呢？

1　年長者討厭小孩子的理由
2　發生反對建蓋托兒所的計畫的社會因素
3　媽媽們經常發生自行車交通事故的理由
4　托兒所是否真的不夠

解題攻略

關鍵句①

「反對運動」指的是反對建蓋托兒所的運動。

關鍵句②

老師提點學生，應該從為何導致激烈的反對運動發生的社會因素開始思考。

選項

選項1和選項3的內容對話中沒有提到，選項4也並非老師希望學生思考的事。

＊待機兒童＝候補兒童（等待進入托兒所的兒童。）

再聽一次對話內容

單字

配置（配置）

確かに（確實，的確）

日差し（陽光照射）

スムーズ【smooth】（流暢）

捗る（進展，推展）

日文對話與問題

会社で男の人と女の人が部屋の整理について話しています。男の人はまず何をしますか。

M：配置をどう変えましょうか。

F：入口のすぐ近くが受付になっていて、その近くに事務の机があるのはいいと思うんです。ただ、机は四つあるけど、実際に使っているのはそのうちの二つです。あとの二つは物を置くだけになっています。置いている物を棚に入れて、机を二つ処分すると、かなりスペースができるんじゃないですか。①

M：確かに。

F：ええ。それと、紙の資料に日差しが当たらないように、この棚を奥の方に移して、データ化できるものはしていきましょう。② 私、実は少しずつ始めているんですよ。

M：そうですか。じゃ、机からやります。スペースができれば、部屋の中での人の流れがスムーズになりますからね。③

F：そうですね。そうすれば新しい企画の仕事も捗りますよ。よし、さっそく始めましょう。

男の人はまず何をしますか。

1 使っていない机の上のものを棚に移動する

2 パソコンを修理する

3 資料の入った棚を移動する

4 新しい企画の仕事を終わらせる

對話與問題中譯 答案：1

男士和女士正在公司裡談論房間的整理。請問男士首先要做什麼呢？

M：擺設要改成什麼樣呢？
F：我希望一進門就是櫃臺，接著旁邊是辦公桌。不過，桌子雖然有四張，但目前實際使用的只有其中兩張，另外兩張只用來放東西。如果把桌上的那些東西擺進櫃子，然後丟掉兩張桌子，空間應該可以變得相當寬敞吧。
M：的確。
F：就是說呀。還有，再將櫃子移到裡面，避免裡面的紙本資料受到日曬，至於能夠以電子檔儲存的資料就予以數位化。事實上，我已經開始逐步進行了。
M：這樣啊。那麼，先從桌子著手吧。只要騰出空間來，房間的動線就會流暢許多。
F：我也這麼認為。如此一來，新的企劃案也得以順利推展了。好，馬上動手吧！

請問男士首先要做什麼呢？

1 將桌面上沒有用到的物品移到櫃子裡
2 修理電腦
3 移動放置資料的櫃子
4 把新的企劃案完成

解題攻略

關鍵句 ①②③

女士提議，在四張桌子中丟掉兩張，另外，把桌上的那些東西擺進櫃子，再將櫃子移到裡面。

男士贊成女士的提議。

選項

選項2和選項4的內容對話中沒有提到。

選項3，對話中提到先將放在兩張桌子上的東西收進櫃子，再把櫃子移到裡面。

再聽一次對話內容

2 もんだい　翻譯與解題　17 番

單字

都心（市中心）

スリル【thrill】（刺激）

日文對話與問題

ビルの外を見ながら、男の人と女の人が話しています。二人は何を見ていますか。

M：あれができたのって、今からもう 20 年前なんだよね。

F：そうね。ライトアップされるとほんとにきれい。でも、夜は歩けないんでしょう。

M：たしか、夏は 9 時までじゃなかったかな。晴れた日は本当にきれいだよ。東京タワーや、都心のこの辺や、反対側は千葉の房総半島まで見えるんだ。

F：確か高速道路が通ってるんだよね。電車や車では何度か通ったことがあるけど、歩いたことはないな。①

M：じゃ、今度歩いてみようよ。長さは 1.7 キロぐらいだよ。無料だし、なかなか景色がいいんだ。

F：へえ。もっと長いかと思ってた。海の上だから風が強い日はちょっとこわそう。② スリル*があるね。自転車やバイクで通る人もいるのかな。

M：たしか、自転車はだめなんじゃなかったかな。それに景色がいいから、ゆっくり歩くのがいちばんだよ。③

二人はビルから何を見ていますか。

1　高層ビル　　2　橋

3　公園　　4　海

對話與問題中譯　　答案：2

男士和女士從大樓裡一邊看著外面一邊交談。請問他們兩人正在看什麼呢？

M：那裡竣工已經是二十年前的事了吧。
F：是呀，打上燈光時真的好美！不過，晚上不能走過去吧？
M：我記得夏天好像開放到九點的樣子。天氣晴朗時景色真的很漂亮，可以望見東京鐵塔和市中心這一代，另一側甚至可以遠眺千葉縣的房總半島呢。
F：如果沒記錯，它屬於高速公路的其中一個路段吧。我曾搭電車和汽車從那上面經過幾趟，但還不曾步行過。
M：那，下回走一趟吧，總長大約一點七公里。反正免費，而且風景相當壯觀。
F：是哦，我還以為更長呢。但是它橫跨海面，遇到風大的日子好像有點可怕，一定很刺激*。不知道有沒有人在上面騎自行車或摩托車呢？
M：印象中好像禁止自行車通行。而且景色那麼美，慢慢走過去才是最好的欣賞方式呢。

請問他們兩人正從大樓向外看著什麼呢？

1　高樓
2　橋
3　公園
4　海

解題攻略

關鍵句 ①②③

兩人正在看跨海大橋。

選項

選項1，從「高速道路が通っている／屬於高速公路的其中一個路段」、「海の上／橫跨海面」、「ゆっくり歩く／慢慢走過去」可知，兩人正在看的並不是高樓。

選項3，因為對話中提到「電車や車では通ったことがある／曾搭電車和汽車從那上面經過」，所以不是公園。

＊スリル＝驚險刺激（因恐懼而膽顫心驚的感覺。）

再聽一次對話內容

單字

ぼちぼち（一點一點慢慢）
痛み止め（止痛）
腫れる（腫）

日文對話與問題

母親と息子が話しています。息子は今日、何をしますか。

F：引っ越しの準備、進んでる？荷造りとか、掃除とか。もう大学生なんだから自分でやってよ。

M：うん。ぼちぼち*。バイト、夕方からだからそれまでやるよ。①

F：そう。じゃ、がんばって。お母さん、ちょっと買い物に行ってくるね。

M：あ、痛み止めの薬ない？ちょっと歯が痛くて。

F：虫歯なら薬なんて飲んだってだめよ。さっさと歯医者に行きなさい。

M：さっき電話したんだけどさ、今日はもう予約がいっぱいなんだって。だから明日にした。② 薬ないんだったら買ってきてよ。

F：薬はあるけど、別の歯医者に行ったら？ほっぺた、けっこう腫れてるよ。

M：うーん、いや、なんとかがんばる。今日でバイト最後なんだ。③ で、薬、どこ？

F：キッチンの棚の２段目の引き出し。

M：了解。

息子は今日、何をしますか。

1 買い物に行ってアルバイトに行く
2 買い物に行って歯医者に行く
3 引っ越しの準備をしてアルバイトに行く
4 引っ越しの準備をして歯医者に行く

對話與問題中譯　　答案：3

媽媽和兒子正在談話。請問兒子今天要做什麼呢？

F：搬家的事在準備了嗎？例如打包行李和清掃之類的。已經是大學生了，這些統統要自己來喔！

M：嗯，一點一點慢慢做*。傍晚才去打工，會一直整理到出門前。

F：很好。那就加油囉。媽媽出去買個東西。

M：啊，家裡有沒有止痛藥？我牙齒有點痛。

F：如果是蛀牙，光靠吃藥怎麼行！快去找牙醫！

M：剛才打過電話，說今天已經額滿，不接受掛號了，只好先預約明天的診。如果家裡沒有止痛藥就幫我買回來吧。

F：藥是有，可是你要不要去找其他牙醫？臉頰蠻腫的喔。

M：嗯……算了，我忍到明天吧。今天打工是最後一次了。那，藥在那裡？

F：廚房櫃子的第二層抽屜。

M：知道了。

請問兒子今天要做什麼呢？

1　去買東西後再去打工
2　去買東西後再去看牙醫
3　準備搬家的東西後再去打工
4　準備搬家的東西後再去看牙醫

解題攻略

關鍵句 ①③

兒子提到今天傍晚是最後一次打工，所以決定不請假。去打工前，他要準備搬家的行李。

關鍵句 ②

牙科今天已經額滿不能約診，所以預定明天再去。

選項

選項1，要去買東西的是媽媽。

選項2和選項4，兒子沒有要去買東西，而且明天才要去看牙醫。

＊ぼちぼち＝慢慢地（一點一點慢慢地做的樣子。）

再聽一次對話內容

19番

單字

炊飯器（煮飯鍋）

色違い（顏色不一樣，不同色）

足りない（不夠，不足）

工場（工廠）

日文對話與問題

会社で、男の人と女の人が話をしています。女の人は男の人に何を頼みましたか。

M：山口さん、新しい炊飯器のパンフレットですけど、日本語のチェックは全部終わりました。

F：ああ、助かった。どうもありがとうございます。あとは翻訳ですね。そっちは？

M：ああ、翻訳者からはすぐ届きますが、パンプレットはこれです。

F：そうですね…いいんですけど、もう少し写真が入っていたほうがわかりやすいんじゃないかしら。

M：ただ、もういいのがないんですよ。工場からいくつか送ってきたんですけど。

F：色違いの製品がのっていないし、これではちょっと足りないですね。①

M：確かに。じゃ、これから僕が工場に行って写真撮ってきます。②

F：急いだほうがいいですね。

女の人は男の人に何を頼みましたか。

1 資料の翻訳

2 パンフレットの書き直し

3 新製品を持ってくること

4 新製品の撮影

對話與問題中譯　　答案：**4**

男士和女士正在公司裡討論。請問女士交付給男士的任務是什麼呢？

M：山口小姐，新型煮飯鍋的ＤＭ，日文的文案我已經全部檢查完畢了。

F：喔，太好了，真的謝謝你！接下來就等翻譯了。那部分呢？

M：喔，譯者說等一下就會傳過來。ＤＭ在這裡。

F：讓我看看……還蠻不錯的，不過再多放幾張照片，是不是更加簡單明瞭呢？

M：可是，雖然工廠傳了幾張照片過來，但已經沒有好看的照片可用了。

F：上面沒放產品的不同顏色，畫面光是這樣似乎有點單薄。

M：您說得對。那麼，我現在就去工廠拍照。

F：越快越好喔！

請問女士交付給男士的任務是什麼呢？

1　翻譯資料
2　重寫 DM
3　帶新產品過去
4　拍攝新產品

解題攻略

關鍵句 ①②

女士提到新型煮飯鍋的 DM 中的照片不夠。男士聽了之後，回答說他現在就去工廠拍照。

選項

選項１，譯者說等一下就會把譯文傳過來。

選項２，日文的文案已經全部檢查完了，因此並不需要重寫。

選項３，對話中沒有提到要帶新產品過去。

再聽一次對話內容

單字

牧場（牧場）

搾り（擠）

日文對話與問題

ホテルで男の人が受付の人と話をしています。男の人は今からどこに子どもを連れていきますか。

M：この近くでおもしろいところはありますか。早めに着いたんで、ちょっと子どもと時間をつぶしたいんですけど。

F：この近くは、景色がいいので歩くだけでも気持ちがいいんですが、…30分ほど歩くと牧場があって、搾りたての牛乳が飲めます。アイスクリームもおいしいですよ。

M：いいですね。ただ、歩くのは疲れるかな。明日は朝からスキーなので。

F：お子さんが喜びそうな所ですと、ここから車で20分ほどのところに小さい動物園があってウサギを抱っこできます。あと、虎の赤ちゃんが先週から公開されているんですよ。

M：楽しそうですね。他にありますか。

F：あとはやはりここから20分ほど歩くんですが、市民美術館があります。子どもさんが自由に絵を描けるコーナーもあるそうです。

M：それもいいですね。うーん、いろいろあって迷うなあ。動物園もいいし。

F：よろしければタクシーを呼びましょうか？動物園まで。

M：いえ、なんだかちょっとぐらい歩けそうな気がしてきました。だって、搾りたての牛乳なんてめったに飲めないし。よし、そうしよう。①

男の人は今からどこに子どもを連れていきますか。

1 牧場　　**2** 動物園

3 スキー　　**4** 美術館

對話與問題中譯 答案：**1**

男士正在旅館裡和櫃臺人員談話。請問男士接下來要帶孩子去什麼地方呢？

M：請問附近有好玩的地方嗎？我們抵達的時間早了一點，想帶孩子出去消磨一下時間。

F：這附近風景很好，所以隨意逛逛都很舒服……不過，大約走三十分鐘有座牧場，可以喝到剛擠出來的牛奶，還有冰淇淋也很好吃喔！

M：聽起來很不錯！但是走路會累，明天一早就要去滑雪了。

F：如果要找小朋友喜歡玩的地方，從這裡搭車二十分鐘左右有一座小型動物園，那裡的兔子可以讓人抱，還有，老虎寶寶從上星期也開始出來亮相了喔！

M：聽起來很有趣。還有沒有其他推薦的地方呢？

F：另外，同樣從這裡步行差不多二十分鐘，就是市民美術館了。那邊有一區可以讓小朋友自由畫圖。

M：感覺也很好玩。嗯……各種設施都不同，不曉得該去哪裡才好……動物園好像也不錯……。

F：要不要為您叫計程車前往動物園呢？

M：不用了，現在又想走一走了。難得有機會喝到剛擠出來的牛奶……，好，就決定去那裡！

請問男士接下來要帶孩子去什麼地方呢？

1 牧場
2 動物園
3 滑雪
4 美術館

解題攻略

關鍵句 ①

雖然一開始男士說牧場太遠，但在談話過程中他又不這麼覺得了（男士提到現在又想走一走了），並且被現擠的牛奶所吸引，最後男士決定去牧場。

選項

選項2和選項4，雖然男士對於櫃臺人員提議的動物園和美術館回答了「いいですね／聽起來很不錯」，但最後還是決定去牧場。

選項3，滑雪是明天的行程。

再聽一次對話內容

單字

記名（記名）

メールマガジン
【mail magazine】
（電子報）

発行（發行）

信頼性（可信度）

画期的（劃時代的）

日文對話與問題

女の人が会議で質問をしています。女の人は何が問題だと思っていますか。

F：今のご説明について一点質問があります。3ページについてなんですが、インターネットを使ったアンケート調査の結果ですね、これは記名での回答になっていたのでしょうか。

M：はい、メールマガジンの発行を前提にしたアンケートで、これからの宣伝につなげることを目的に行いました。

F：そうですか。今後発売する化粧品づくりには正確なデータが必要ですが、この回答数はいかがなものでしょうか[*1]①。

M：確かに回答者数は少なかったのですが、信頼性の高い結果が得られたと思っています。

F：無記名でも、メールアドレスは登録されているわけですから、今後は回答数を増やすためにも記名の必要性について再度検討して行っていただきたいと思います。②しかし、文章で回答してもらったことは画期的[*2]ですので、ぜひ今後も続けてください。

M：承知しました。貴重なご意見、ありがとうございました。

女の人は調査の何が問題だと思っていますか。

1　アンケートの回答数が少なかったこと

2　回答者に名前を書いてもらわなかったこと

3　調査のデータにミスがあったこと

4　アンケートの内容が不適切だったこと

對話與問題中譯 答案：1

女士正在會議上提問。請問女士認為有什麼問題呢？

F：關於剛才的報告，我想請教一個問題。請翻到第三頁的透過網路進行的問卷調查結果。請問這是以具名方式填答的嗎？

M：是的，這份問卷的調查主旨是有關電子報的發行，目的則是把調查的結果運用在未來的行銷策略上。

F：我明白了。要打造今後銷售的化妝品系列，需要確切的資料作為研發的依據，但是這份問卷的填答人數似乎有待商榷[*1]。

M：填答人數確實不多，但我認為調查結果的可信度相當高。

F：即使不具名，至少上面填有電子郵件帳號。為了提高日後的填答率，我希望能夠重新檢討具名填答的必要性。不過，問卷設計的開放式問項十分嶄新[*2]，往後請務必保留這個欄位。

M：了解，非常感謝您寶貴的建議！

請問女士認為這項調查有什麼問題呢？

1 回答問卷的人數太少
2 回答問卷的人沒有留下名字
3 調查的資料有誤
4 調查的內容不適當

解題攻略

關鍵句 ①②

女士看了問卷調查的結果後，首先提出了填答人數太少的問題。並且提議為了增加今後的填答人數，必須重新檢討具名填答的必要性。

選項

選項2，這份問卷是具名填答的問卷。

選項3和選項4的內容對話中並沒有提到。

＊1 いかがなものでしょうか＝有待商榷（覺得某件事有問題時，會用「～はいかがなものでしょうか／關於～有待商榷」的說法。例句：彼の責任にするのはいかがなものでしょうか／是否該讓他負責還有待商榷。〈彼の責任にすることには問題があるのでは／讓他負責沒問題嗎？〉）

＊2 画期的＝嶄新（前所未見的事，初次發現的樣子。）

再聽一次對話內容

N1 聽力模擬考題 問題3

概要理解

共 18 題

track 3-01

錯題數：＿＿＿＿＿

問題3では、問題用紙に何も印刷されていません。この問題は、全体としてどんな内容かを聞く問題です。話の前に質問はありません。まず話を聞いてください。それから、質問とせんたくしを聞いて、1から4の中から、最もよいものを一つ選んでください。

例

track 3-02

- メモ -

答え
①②③④

1番

track 3-03

- メモ -

答え
①②③④

2番

track 3-04

- メモ -

答え
①②③④

3番

track 3-05

- メモ -

答え
①②③④

4番

track 3-06

- メモ -

答え
①②③④

5番

track 3-07

- メモ -

答え
①②③④

6番

track 3-08

- メモ -

答え
①②③④

3 もんだい 翻譯與解題 例

問題3では、問題用紙に何も印刷されていません。この問題は、全体としてどんな内容かを聞く問題です。話の前に質問はありません。まず話を聞いてください。それから、質問とせんたくしを聞いて、1から4の中から、最もよいものを一つ選んでください。

單字

著しい（顯著，明顯）

減る（減，減少）

燃料（燃料）

注目（注目，注視）

日文對話與問題

テレビで男の人が話しています。

M：ここ2、30年のデザインの変化は著しいですよ。例えば、一般的な4ドアのセダンだと、① これが日本とアメリカ、ドイツとロシアの20年前の形と比較したものなんですけど、ほら、形がかなりなだらかな曲線になっています。フロントガラスの形も変わってきていますね。② これ、同じ種類なんです。それと、もう一つの大きい変化は、使うガソリンの量が減ったことです。③ 中にはほとんど変わらないものもあるんですが、ガソリン1リットルで走れる距離がこんなに伸びている種類があります。今は各社が新しい燃料を使うタイプの開発を競争していますから、消費者としては、環境問題にも注目して選びたいものです。

男の人は、どんな製品について話していますか。

1 パソコン

2 エアコン

3 自動車

4 オートバイ

第三大題。答案卷上沒有印任何圖片和文字，這一大題在測驗是否能聽出內容主旨。再說話之前，不會先提供每小題的題目。請先聽完對話，再聽問題和選項，從選項１到４當中，選出最佳答案。

對話與問題中譯 **答案：3**

男士正在電視節目上發表意見。

M：近二、三十年來的設計有顯著的變化。以常見的四門轎車來舉例，把日本的外型拿來和美國、德國及俄羅斯二十年前的做比較，可以發現，車體呈現相當流暢的曲線，而且前擋風玻璃的樣式也出現了變化喔。您看這裡，這是屬於同一種車款的。此外，還有一個很大的變化就是變得更省油了。雖然有些車款的耗油量幾乎和從前一樣，但也有另外幾種的每公升汽油行駛距離增加了許多。目前各車廠競相研發使用新式燃料的車款，希望消費者也能在講求環保的前提之下選購產品。

請問男士正在敘述什麼樣的產品呢？

1　電腦
2　空調機
3　汽車
4　摩托車

解題攻略

關鍵句 ①②③

從４扇門、擋風玻璃和汽油等關鍵字可推出汽車。若能聽懂關鍵句①中的「セダン／轎車」也能直接選出答案。

選項

項一、二、四都不會有４扇門，選項一、二也都不會有擋風玻璃。

再聽一次對話內容

3 もんだい　翻譯與解題　1番

單字

エベレスト【Everest】（聖母峰）
意欲的（起勁）
登山（登山）
本格的（正式的）
血圧（血壓）

日文對話與問題

テレビで、男の人が話しています。

M：世界最高峰のエベレストに、三浦雄一郎さんが世界最年長の 80 歳で登って以来、山に興味を持つ人が増えてきましたね。この前は、時間に余裕ができたので、夫婦でエベレストに登ってみたい、と意欲的な 70 代のご婦人にお会いしました。よく聞いてみると、ご主人も登山らしい経験はほとんどなく、学生の頃にハイキング程度しかしたことがないとのことです。いい写真を撮ってきますよ、と嬉しそうに話すのですが、心配です。①また、大学時代は野球部に所属し、体力では同年代の人に決して負けない自信があるという 60 歳代の男性もいらっしゃいました。退職したので本格的な登山を始めたいと言います。血圧が高めなので、トレーニングや健康づくりのための登山のようです。しっかり準備をした登山者に山が親しまれるのはいいですが、無茶な人たちも増えています。②健康のためにという気持ちは分かりますが、登山中の事故は、自分や家族が辛いだけでなく、多くの人に迷惑をかけてしまうこともあります。まずは登山前に足腰を鍛え、バランス感覚を鍛えて、登山のための体を作ってほしいと思います。③

男の人は何について話していますか。

1　エベレストの美しさについて

2　エベレストの危険について

3　登山の喜びについて

4　登山の危険性について

對話與問題中譯　　答案：4

男士正在電視節目上發表意見。

M：自從八十歲的三浦雄一郎先生攀上世界最高峰的聖母峰，創下全球最高齡征服者的紀錄之後，有愈來愈多人喜歡爬山了。前陣子，我遇到一位七十幾歲的女士，他們夫妻由於有了充裕的閒暇時間，對於攀登聖母峰躍躍欲試。我仔細問了一下，她先生幾乎不曾爬過高山，當學生的時候也只有健行的經驗。那位女士很開心地告訴我，他們會拍下美麗的照片回來，而我卻為他們擔心不已。另外，我還遇過一位六十幾歲的男士，他在大學時代參加棒球隊，自認體力絕對不輸同年齡的人。他說自己退休了，所以打算開始積極投入登山活動。因為血壓高，他想將登山當成健身運動，以保持身體健康。
如果是已經做好充分準備的山友投入山野的懷抱，當然是好事，問題是現在有愈來愈多人根本有勇無謀。我可以體會這些人的心態，認為爬山有益健康，但是在爬山途中發生的意外，不僅會給自己與家人帶來痛苦，也會增添許多人的困擾。因此我希望大家在爬山之前，必須先鍛鍊腰腿的肌力，也要鍛鍊平衡感，讓自己的體能狀況足以應付登山運動。

請問男士正在談論什麼話題呢？

1　關於聖母峰的壯麗景象
2　關於聖母峰的危險
3　關於登山的快樂
4　關於登山的危險性

解題攻略

關鍵句 ①②③

對於越來越多人對登山產生興趣，男士提到「心配です／擔心不已」，並呼籲大家注意登山時可能發生意外。

選項

選項１和選項２，談話中沒有提到聖母峰的壯麗景象和危險。

選項３，男士提到「登山者に山が親しまれるのはいい／山友投入山野的懷抱當然是好事」，但並沒有特別說明登山的快樂。

再聽一次對話內容

單字

出産後（生完小孩後）

少子化対策（因應少子化的對策）

労働力（勞動人口）

満足（滿足）

暮らし（生活）

日文對話與問題

駅の前で女の政治家が演説をしています。

F：みなさん、さあ、働くための環境を整え、出産後も、また、介護中も、働きたいと思ったその時に、いつでも、すぐに職場に帰れるような社会をめざそうではありませんか*。① そのためには、まだまだ実行されていないことがございます。その一つが、労働時間規定の見直しを促進する政策を打ち出すことだと、私は考えます。② 今のままの政権で、それが実行できると言えるでしょうか。いいえ、言えないと私は思います。この2年間の政治でそれが明らかになったではありませんか。少子化対策、少子化対策とは言っても、経済優先の政策ですから、労働力の確保にばかり気持ちが向いている。お母さんたちの中で、現状に満足している、という人がどれだけいるでしょうか。このような社会で、市民の暮らしは幸せな方向に向かっていくと言えますか。

この人は今しなければならない事は何だと言っていますか。

1 男女が平等に働くための政策を作る。
2 働く時間についての決まりの見直し。
3 少子化を止める。
4 労働力の確保にばかり気持ちが向いている。

對話與問題中譯 答案：2

女性政治家正在車站前發表政見。

F：各位，來，大家都希望能夠打造一個良好的工作環境，只要想工作，不管是在生完小孩後，或是在照顧生病家人的同時，都能隨時回到職場，你們說對不對*？想要成為那樣的社會，目前還有許許多多的困難有待克服。我認為其中之一，就是必須提出促進修改工作時數上限的政策。現在的執政團隊，敢說他們已經實施那樣的政策了嗎？不，我認為他們說不出口。這兩年來的執政成績，已經明明白白地擺在那邊了，你們說對不對？他們雖然嚷嚷著要提出少子化的對策，實際上卻是以拚經濟為優先考量，所以施政心態總是只考量必須確保勞動力。各位當中有些人是媽媽，請問有多少媽媽對現狀感到滿意的呢？像這樣的社會，能夠說是讓國民朝著幸福生活的方向邁進的嗎？

請問她說現在非做不可的事是什麼呢？

1　提出能夠讓男女平等工作的政策。
2　修訂關於工作時數的規定。
3　阻止少子化。
4　施政心態只考量要確保勞動力。

＊めざそうではありませんか＝不以～為目標嗎（用強調的語氣呼籲「めざしましょ／以～為目標」。「～ではありませんか／不～嗎」是經常在演講中使用的說法。）

解題攻略

關鍵句 ①②

女性政治家提到希望能打造良好的工作環境、以營造能夠讓因故離開職場的人可以隨時回到職場的社會為目標。為此，有必要促使修改工作時數上限的政策。因此，選項2是正確答案。

選項

選項1，雖然談話中提到女性的工作環境，但並沒有特別針對性別平權的政策進行論述。

選項3，雖然對少子化的對策有意見，但並沒有說現在必須阻止少子化的情況繼續惡化。

選項4，雖然對確保勞動力的政策有意見，但這並非女性政治家演說的重點。

再聽一次對話內容

單字

研修旅行（進修旅行）
田舎（鄉下）
囲む（包圍，環繞）

日文對話與問題

大学で、先生と学生が話しています。

M：先生、日本文学研究会の研修旅行のことなんですが。

F：ええ、行きますよ。ただ、一週間ずっとは無理なので、どこかの二日間と思っています。確か今回はずいぶん遠い田舎でやるんでしょう。山に囲まれたところで。一番近いコンビニまで、車で１時間かかるって聞きましたよ。面白そうですね。

M：ありがとうございます。先生がいらっしゃる日に合わせて僕たち３年生の発表をしたいんですが…。

F：ああ、そう。じゃ、そうしてくれる？君たちの発表を聞きたいから。でも、私が行けるのは土日になると思うけど、大丈夫ですね。

M：はい、ご都合に合わせて発表の順番を調整します。

F：あ、…そうだ。そこはネットがつながる？①

M：ええと、そうですね。ちょっとわからないんですけど、たぶん…。②

F：悪いけど、調べといてくれる？それによっていつ行くか決めます。あっちで仕事ができるなら、土日でなくても行けるかもしれないから。③

なぜ、今、先生が合宿に参加する日が決まらないのですか。

1 かなり遠い場所になるかもしれないから。

2 合宿をする場所でインターネットが使えるかどうかわからないから。

3 合宿をする場所が、コンビニもないような不便なところだから。

4 土日は学生たちの発表が聞けないかもしれないから。

對話與問題中譯　　答案：**2**

教授和學生正在校園裡討論。

M：教授，關於日本文學研究會的研修旅行，請問您能夠撥冗出席嗎？

F：嗯，我會去。不過，沒辦法在那裡待一整個星期，我會去其中兩天。如果沒記錯，這次辦在很遠的鄉間吧？在一處群山環繞的地方。聽說距離最近的超商，還要開車一個小時才到得了。很讓人期待喔。

M：謝謝教授稱讚。我們三年級生的報告，想配合教授蒞臨的日期安排……。

F：這樣呀。那麼，可以照這樣安排嗎？我很想聽你們的報告。不過，我想應該會選在星期六日到那邊，這樣時間安排上沒問題吧？

M：沒問題，我們會配合教授的日程調整報告的順序。

F：啊……對了，那邊可以上網嗎？

M：呃……這個嘛……我不太清楚，大概……。

F：不好意思，可以幫忙問一下嗎？我要根據能不能上網來決定行程。如果在那邊可以工作，或許不一定星期六日才能過去。

請問教授為什麼現在不能決定參加宿營的日程呢？

1　因為宿營的地點可能安排在很遠的地方。
2　因為不知道宿營的地點能不能上網。
3　因為宿營的地點位於連超商都沒有的偏僻之處。
4　因為星期六日或許無法聽到學生們的報告。

解題攻略

關鍵句 ①②③

教授說要先確定宿營的地點是否能使用網路再決定行程。因為現在還不知道能否使用網路，所以還沒決定參加宿營的日程。

選項

選項１和選項３，宿營辦在一處附近連超商都沒有的偏遠鄉間，教授說「面白そう／很讓人期待」。

選項４，學生提到要配合教授的日程調整報告的順序。

再聽一次對話內容

單字

人工知能（人工智慧）
圧勝（壓倒性勝利）
実用化（實用化）
滅ぼす（滅亡）
過大（過大）

日文對話與問題

テレビで、女の人が話しています。

F：人工知能、AIがめざましい発達を続けています。囲碁などのゲームで世界一になった人を相手に圧勝したり、車の自動運転の開発が実用化されたり、といったニュースを耳にしない日はない*ほどです。こうなると、このまま人工知能が進化し続けていったときに起こる良いことと悪いことを想像せずにはいられません。例えば、良いことは、労働力不足の解決、悪いことは人工知能が人類を攻撃して滅ぼすのではないかというようなことです。ただ、私は、後者のような事態は心配していません。なぜならそのために膨大なデータの蓄積ができるにはまだ時間がかかるからです。今から人間に求められるのはAIと共存して自然災害や人の心理などをふくめたあらゆる不確実なことを、経験を元に予測し続けることだと思います。①もっとも、これこそが最も困難な課題かもしれませんが。

女の人は、これからの人間がするべきことはなんだと言っていますか。

1 人工知能について悪いイメージをもたないこと。
2 人工知能に過大な期待をしないこと。
3 人間が能力を磨くこと。
4 人工知能と共存し、経験に基づいた予測をすること。

對話與問題中譯　　**答案：4**

女士正在電視節目上發表意見。

F：人工智慧，也就是 AI，連日來的進展令人格外矚目。首先是和世界第一圍棋高手比賽並取得了壓倒性的勝利，緊接著是成功運用在汽車自動駕駛的研發上，幾乎天天都可以聽到* AI 的相關新聞。到了目前的階段不得不讓人想像，當人工智慧照這樣繼續進化下去，會帶來好的一面與壞的一面。舉例來說，好的一面是可以解決勞動力不足的問題，壞的一面則是擔憂人工智慧可能攻擊人類，造成人類的滅亡。不過，我並不擔心會發生後者的事態。因為要發展到那樣的狀態，必須耗費長久的時間來累積龐大的資料。我認為從現在開始，人類應該追求的是和 AI 共存，將天然災害和人類心理包括在內的所有不確定因素全部納入考量，並且根據這些經驗來持續預測 AI 的動向。話說回來，這或許正是最困難的課題。

女士說往後人類應該做的事是什麼呢？

1　不要對人工智慧有負面的看法。
2　不要對人工智慧抱持太大的期望。
3　人類必須提升自我能力。
4　與人工智慧共存，並且基於經驗予以預測。

解題攻略

關鍵句 ①

電視上的女士提到，從現在開始，人類應該追求和 AI 共存，並將所有不確定因素納入考量，並且根據這些經驗來持續預測 AI 的動向。與此相符的是選項 4。

＊耳にしない日はない＝天天都可以聽到（沒有一天不會聽到。每天都聽得到。「耳にする／聽到」是聽的意思。）

再聽一次對話內容

單字

そろそろ（差不多）
指定席（指定位子）
並ぶ（排隊）

日文對話與問題

女の人と男の人が話しています。

M：あ、雨が降ってきた。ねえ、そろそろ出かける？

F：まだあと2時間もあるから大丈夫よ。12時からなんだから、10分前に着けばいいんでしょ。30分もあれば着くでしょう。指定席なんだから、並ぶ必要もないし。

M：それじゃバタバタするし、始まる前に何かお腹にいれようよ。

F：さっき朝ごはん食べたばかりでしょう。コンビニで何か買って入ればいいじゃない。

M：まあ、そんなにはお腹、すいてないんだけどね。映画を観ているときにお腹が鳴ったら恥ずかしいし。それより、チケット、忘れないでね。①

F：え？あなたが持っているんじゃないの？②

M：いや、僕は持ってないよ。行こうっていうから、きっと君が持ってるんだろうと思って。③

F：まずい…。早く出かけましょう。でも、今から行って間に合うかなあ。

M：とにかく、すぐ出よう。もし席がなかったら④…いいや、その時考えよう。さあ、早く。

二人はなぜ急いでいますか。

1 映画館のチケットを買っていないから。

2 雨が降っているから。

3 始まる前に映画館で何か食べるため 。

4 コンビニで何か食べ物を買うため。

對話與問題中譯 答案：**1**

女士和男士正在談話。

M：啊，下雨了！欸，該出門了吧？
F：還有兩個小時，別急嘛。十二點才開始，只要提前十分鐘到就可以了呀。頂多花個三十分鐘，就可以到那裡了。況且都是對號入座，不必排隊。
M：那樣太趕了，而且開演前先填填肚子吧。
F：剛剛才吃完早餐吔！到超商隨便買點東西帶進去就行了吧。
M：也好，反正不怎麼餓。看電影時萬一肚子餓得咕咕叫，有點丟臉就是了。對了，電影票別忘了帶喔！
F：嘎？票不是在你那邊嗎？
M：沒啊，我沒票呀。妳說走吧去看電影，我還以為妳已經買好票了。
F：慘了……。快點出門吧！可是，現在去不曉得來不來得及？
M：總之，立刻出發！萬一客滿了……算了，到時候再說吧。快點，走！

請問他們兩人為什麼急著出門呢？

1 因為沒買電影票。
2 因為下雨了。
3 因為要在開演前先到電影院吃點東西。
4 因為要去超商買些吃的東西。

解題攻略

關鍵句 ①②③④

兩人都以為對方有票，但事實並非如此，兩人這才注意到根本還沒買票，所以急著出門。因此選項1是正確答案。

再聽一次對話內容

單字

防犯登録（防盜登錄）

シール【seal】（貼紙）

ライト【light】（照明）

強盗事件（搶案）

夜間（夜間，晚間）

日文對話與問題

パトカーに乗った婦人警官が、男の人と話しています。

F：失礼ですが、どちらへ行かれるんですか。

M：家へ帰るところです。①

F：その自転車は、ご自分のですか。

M：はい。

F：すみませんが、防犯登録シールを見せてください。

M：…はい。

F：結構です。今、ライトがついているのが見えなかったですけれど。

M：えっ、あっ。いえ、つくんですけど、ちょっと。

F：だいぶ明かりが弱くなっていますね。② 危ないですから気をつけてください。最近この近くで強盗事件が起きています。夜間は、十分に注意してください。③

M：ああ、はい。どうも。

二人が話している時間は何時ごろですか

1 朝6時ごろ

2 午後1時ごろ

3 夜11時ごろ

4 午後3時ごろ

對話與問題中譯　　答案：3

坐在巡邏車裡的女警正在和男士談話。

F：不好意思，請問您要去哪裡呢？
M：我正要回家。
F：您騎的這台自行車，是您自己的嗎？
M：對。
F：麻煩出示防盜登錄貼紙。
M：……在這裡。
F：好的。不過，您現在沒有開車燈。
M：咦？啊！不會吧，我已經開燈了，怎麼會這樣！
F：車燈的亮度相當微弱，這樣很危險，請多加小心。最近這一帶發生了搶案，晚上出門請務必留意。
M：喔，好，謝謝。

請問他們兩人談話的時間大約是幾點左右呢？

1　早上六點左右
2　下午一點左右
3　晚上十一點左右
4　下午三點左右

解題攻略

關鍵句 ①②③

男士騎著自行車正要回家。女警提醒男士自行車車燈的亮度相當微弱，並說「夜間は、十分に注意してください／晚上出門請務必留意」。因此兩人對話時是夜間，也就是晚上。

補充說明

在日本，購買腳踏車後一定要到腳踏車店申請防盜登陸，就像自行車的車牌號碼一樣，方便管理。另外，日本也規定日落後騎自行車務必要開燈及裝設反光條，否則可能會被開發。

再聽一次對話內容

7番

track 3-09

- メモ -

答え
① ② ③ ④

8番

track 3-10

- メモ -

答え
① ② ③ ④

9番

track 3-11

- メモ -

答え
① ② ③ ④

10番

track 3-12

- メモ -

答え
① ② ③ ④

11番

track 3-13

- メモ -

答え
① ② ③ ④

12番

track 3-14

- メモ -

答え
① ② ③ ④

單字

実態（實際狀態）

ホームレス【homeless】（無家可歸的人，街友）

発表（發表）

調査（調查）

オリンピック【Olympic】（奧運）

日文對話與問題

テレビで、女の人が話しています。

F：次は、ホームレスの実態についてです。先日、東京23区内のホームレス、つまり、住む家がなく、路上で生活している人の人数は、国や地方自治体の調査の2倍以上であるとの結果が、東京の国立大学などの研究者グループによって発表されました。この調査グループが今年の1月中旬、深夜の時間帯に新宿、渋谷、豊島の3区で、路上で生活している人の数を調べたところ、約670人だったそうです。今回の調査から、ホームレスの人数は23区全体で、都・区調査の2.2倍以上であると思われ、これまでの調査の方法について疑問視する声も聞かれます。①都・区調査によると、昼間の路上生活者は1999年の夏以来、減少しています。これは雇用情勢の改善のためとみられますが、この調査を行った大学院グループの代表は、「2020年の東京オリンピックに向けて、地域単位でより細かい支援が求められる」と話しています。

どんな問題についてのニュースですか。

1 ホームレスの増加が続いていることについて。

2 ホームレスの人数が自治体の調査より多いとわかったことについて。

3 国や自治体がホームレス対策をしないことについて。

4 国民一人一人が雇用について真剣に考えていないことについて。

對話與問題中譯 **答案：2**

女士正在電視節目中報導新聞。

F：接下來是關於街友的現況。日前，某一所位於東京的國立大學的研究團隊發表了調查報告，他們針對在東京二十三區內的街友，也就是沒有住宅、在街上生活者所統計的人數，是國家或地方自治團體的調查報告的兩倍以上。這個研究團隊於今年一月中旬的深夜時段，到新宿、澀谷及豐島這三區調查了在街上生活者的人數，合計大約是 670 名。根據本次調查，全二十三區內的街友人數，應該是都政府或區公所調查的 2.2 倍以上，部分研究人員甚至對以往的調查方法提出了質疑。
根據都政府或區公所的調查，自 1999 年夏天以來，白天時段的街友人數持續減少，並認為這反映出雇用狀況的改善，但是進行這項調查的研究所團隊主持人表示，「為因應 2020 年的東京奧運，希望地方單位能夠對這些街友提供更完善的生活協助」。

請問這則新聞談論的是什麼樣的議題呢？

1　關於街友正持續增加。
2　關於發現了街友人數比地方自治團體的調查結果還要多。
3　關於國家與地方自治團體並沒有執行協助街友的政策。
4　關於每一個國民都沒有認真思考雇用議題。

解題攻略

女士談話的走向如下：

東京的研究團隊發表了調查報告：東京二十三區內實際的街友數量，是國家或地方自治團體的調查報告的兩倍以上。

這個團隊在今年一月的深夜時段，到新宿、澀谷及豐島這三區調查了在街上生活者的人數，合計大約是670名。

關鍵句 ①

從這份調查報告推測，全二十三區內的街友人數，應該是都政府或區公所調查的2.2倍以上。因此有人對以往的調查方法提出質疑。

因此，選項 2 是正確答案。

選項

選項 1，根據都政府或區公所的調查，街友人數自1999年夏天開始持續減少。

選項 3，有人認為街友的減少反映出雇用狀況的改善。

談話中並沒有提到選項 4 的內容。

再聽一次對話內容 

單字

受験生（考生）

競争率（競爭率）

気が散る（分心，走神）

気晴らし（散心，消遣）

日文對話與問題

父親と母親が電話で話しています。

M：来週そっちに帰るけど、武のおみやげ何がいいかな。

F：男の子だからあなたの方がわかると思う。それより受験生なんだから、そこのところをよろしくね。①武が行きたがっている高校って結構むずかしいのよ。去年も競争率５倍だって。

M：へえ。それにしても、早いもんだなあ。僕がこっちにいる間にねえ。じゃ、大人っぽいものがいいか。洋服かな。

F：いいけど、気が散っちゃうようなのは、いっさいダメ。②

M：だけど、また親父はつまらないって言われるよ。

F：この前だって、あなたが買ってきたゲームに夢中になっちゃって、なかなか勉強しなかったんだから。

M：高校生になるんなら、新しいスマホがいるんじゃないか。

F：パソコンもスマホも全部、合格してからよ。とにかくあまり気を取られないものにしてね。お願いよ。③

M：うん…わかったよ。

母親は、息子へのお土産はどんなものがいいと言っていますか。

1　勉強の役に立つもの

2　健康にいいもの

3　気晴らしになるもの

4　勉強のじゃまにならないもの

對話與問題中譯　　答案：4

父親和母親正在通電話。

M：我下星期回去那邊，要帶什麼禮物給小武才好呢？

F：我想，你應該比較了解男孩子喜歡什麼吧。不過，可別忘了，他是應考生喔。小武想讀的高中很不容易考上，聽說去年的錄取率只有五分之一呢！

M：是哦。話說回來，時間過得真快。我來這裡的這幾年，他已經長那麼大了。那，送他成熟一點的東西吧。衣服好嗎？

F：衣服還可以，凡是會讓他分心的東西統統不行！

M：可是如果不送他喜歡的，我這個老爸又要被他抱怨怎麼送這種無聊的東西了。

F：上次也是，他天天只顧著打你買回來的電玩，說什麼都不肯去讀書！

M：都快上高中了，可能需要一支新的智慧型手機吧？

F：電腦和智慧型手機全部都等考上以後再說！總之，拜託你不要買會讓他分心的東西回來喔。

M：嗯……知道啦。

請問母親說希望帶什麼樣的禮物給兒子比較好呢？

1　對功課有幫助的東西
2　有益健康的東西
3　能讓心情放鬆的東西
4　不要妨礙用功的東西

解題攻略

關鍵句 ①②③

母親對父親說，送給兒子的禮物只要是會讓應考生分心的東西全都不行，也就是說，妨礙讀書的東西全都不行。

選項

選項1，雖說不能送會妨礙讀書東西，但並沒有說要送對功課有幫助的東西。

選項2和選項3，父親和母親都沒有提到有益健康的東西和能讓心情放鬆的東西。「気晴らし／散心」是指“使人心情舒暢”，也就是轉換心情的意思。

再聽一次對話內容

3 もんだい　翻譯與解題　9番

單字

口が滑る（脫口而出，失言）

思い切って（大膽的，直截了當的）

限界（界線，限度）

経費（經費）

具体的（具體的）

強引（強勢；強制）

日文對話與問題

会社で男の人と女の人が話しています。

M：課長にあんなこと言うんじゃなかった。つい口が滑った*1よ。

F：どうしてですか。思い切って言ってくれて助かりましたよ。だって、課長は直接お客様に文句を言われるわけではないし、私たちの仕事内容をそんなにしらないから、次々に仕事を任せてくるでしょう。限界ですよ。もう。

M：それはそうかもしれないけど、課長は課長でずいぶん上*2から言われてるんだよ。もっと人を減らせとか、経費を使いすぎるとか。

F：えっ、課長、そんなこと私たちに一言も言わないじゃないですか。言うのは具体的な指示ばかりで。

M：そりゃ、立場上そうするしかないよ。いちいち誰が言ったからとか、自分はこう思うけど、こうしろ、なんて言ったら現場は混乱するばかりだから。特に課長はチームワーク第一の人でしょ。①

F：ええ。で、意外と個人的な都合も考えてくれてますよね…。

二人は課長がどんな人だと言っていますか。

1　強引な人　　**2**　部下に甘い人

3　協調性を重視する人　　**4**　個人主義者

對話與問題中譯　　答案：**3**

男士和女士正在公司裡聊天。

M：我剛才一時脫口而出[*1]，實在不該對科長講那種話。

F：為什麼不該講？我很感謝你直截了當，為大家講出心中的話呢！因為科長從來沒有親耳聽到顧客的抱怨，根本不太了解我們的工作內容，只管把工作一件又一件往我們身上堆！真是的，我已經受不了了啦！

M：話是這麼說啦，可是科長也有他的為難之處，受到不少上級[*2]的數落，比方要求他刪減人力啦，又罵他花了太多經費等等。

F：真的嗎？可是我從來沒聽過科長對我們說過那些事呀？他一向只給具體的命令而已。

M：哎，以他的立場只能這麼做嘛。要是他把別人訓示的每句話都照樣轉述給我們聽，或是他雖然有不同想法但還是必須那麼做，如此一來只會造成我們第一線人員無所適從罷了。尤其科長這個人總是把團隊合作擺在第一優先。

F：哦，這麼說，他其實會為每個員工著想喔……。

根據他們兩人的談話內容，科長是個什麼樣的人呢？

1　作風強勢的人
2　疼愛部屬的人
3　重視協調合作的人
4　個人主義者

解題攻略

關鍵句 ①

「チームワーク第一／團隊合作第一優先」是重視團隊協調性的意思。

選項

選項１，女士提到「次々に仕事を任せてくる／把工作一件又一件往我們身上堆」後，男士則說以科長的立場只能這麼做。

選項２，科長對部屬較嚴格。

選項４，雖然對話中提到科長會為每個員工著想，但並沒有說科長是個人主義者。

＊１ 口が滑る＝脫口而出（無意中說出來了。）
＊２ 上＝上級、上司

再聽一次對話內容

單字

ハラハラ（擔憂）

指摘（指出）

ショック【shock】（衝擊，吃驚）

必死（拼命）

日文對話與問題

先生が学生と話しています。

M：池上さんもいよいよ卒業ですね。

F：はい、先生には本当にお世話になりました。特に、卒業論文の提出直前はもう今年はあきらめようかと思ったのですけど、励ましていただいて、なんとか出せました。

M：あの時は、どうなることかとハラハラしたよ。でも、就職も決まっていたし、方法は間違っていないので、もう少しがんばればいいだけのことだと思ったから。

F：はい、今思えば、なんであんなに慌ててたんだろうって、自分であきれます。

M：たぶん、これだけやった、という自信が持てるまでのことをしていなかったんじゃないかな。だから、先輩に厳しく指摘されて、これではまずいって、思ったんでしょう。あの時は辛かったかもしれないけれど、ショックを受けたり、恥ずかしいと感じたり、負けるもんかと思ったからこそ、必死でがんばって、いい論文が書けたんだね。

F：はい、ショックが大きいほどその後わいてくるエネルギーも大きいって、今思えば、素晴らしいことを学んだと思います。①

女の学生は、どんなことを学んだと言っていますか。

1 どんなこともあきらめたら終わりだということ。

2 自分で選んだ方法に間違いはないということ。

3 大事な目標のためには恥ずかしさを忘れなければならないこと。

4 ショックが大きいほどあとで大きな力になること。

對話與問題中譯　答案：4

教授和學生正在談話。

M：池上同學終於要畢業了。
F：是的，真的很感謝教授的照顧！尤其是在接近提交畢業論文的那段時間，我今年原本想放棄了。承蒙教授的鼓勵，總算趕出來了。
M：那時候我也為妳提心吊膽的。不過，既然已經獲得公司錄取了，並且妳的研究方法也沒有錯，我覺得只要再加把勁，應該就可以完成了。
F：您說得是。回過頭想想，自己也不懂當時為什麼那麼六神無主。
M：我想，妳那個時候可能對自己已經完成的部分還沒有十足的信心，所以被學長嚴詞批評後，覺得目前的進度還差太遠了。妳當下或許很難受，覺得深受打擊，或者感到羞愧，但正因為在這股不服輸的力量支撐之下，讓妳拚命努力，終究寫出了精彩的論文！
F：是的，打擊愈大，也相對激發出絕大的爆發力！現在回想起來，自己真的學到了寶貴的一課。

請問女學生說自己學到了什麼樣的一課呢？

1　無論遇到任何事，一旦放棄就無法挽回了。
2　自己選擇的研究方法並沒有錯。
3　為了達成重要的目標，絕不可以忘記受到的恥辱。
4　打擊愈大，愈能成為強大的力量。

解題攻略

關鍵句①

女學生說自己領悟到了打擊愈大，也相對激發出絕大的爆發力。因此選項4是正確答案。

選項

選項1，雖然女學生說「あきらめようかと思った／原本想放棄了」，但並沒有說領悟到一旦放棄就無法挽回了。

選項2和選項3都是教授說的，並非女學生學到的。

再聽一次對話內容

11番

單字

機内食（飛機餐）

シートベルト【seat belt】（安全帶）

ぞっとする（令人害怕）

日文對話與問題

飛行機の中で、男の人と女の人が話しています。

M：ああ、今日はよく揺れるね。

F：それより、もうすぐ食事じゃない？お腹すいたー。

M：えっ、もうすいたの？

F：私は飛行機って食事が一番楽しみなんだ。メニューは何かな。ねえ、何だと思う？

M：機内食どころじゃないから何でもいいよ。あっ、また揺れてる。落ちそう。こんなところから落ちたりしたら絶対助からないよ。①

F：大丈夫よ。じゃ、私が食べてあげようか。

M：ああ、食べていいよ。いやだなあ。なんで飛行機はこんなところを飛べるのか不思議だよ。② だから僕が言ったでしょう。速くなくても揺れてもいいから船にしようって。あっ、また揺れた。シートベルトちゃんと締めてる？

F：もちろん。でも飛行機って動けないのがつまらないのよね。こっちばっかりじゃなくてあっちの景色はどうなってるのかも見たいのに。

M：同じだよ。それに、そんなの見たくない。考えただけでぞーっとするよ。③ 帰りは船にしたいよ。

F：いいけど、船は時間がかかりすぎるからね。

男の人は何が苦手なんですか。

1 機内食　　**2** 高いところ

3 自由に動けないこと　　**4** 飛行機の音

對話與問題中譯 答案：2

男士和女士正在飛機上交談。

M：天啊，今天晃得好厲害！
F：對了，等一下就會送餐了吧？我肚子好餓喔。
M：啥？妳已經餓了？
F：我搭飛機最期待的就是飛機餐囉！不知道今天提供哪些菜色，你猜是什麼呢？
M：我現在沒心情想飛機餐，隨便給什麼都行啦！啊，又在晃了！好像快掉下去了啦！萬一在這麼高的地方墜機，絕對小命不保！
F：不會有事啦。那，我把你那份餐吃掉囉？
M：嗯，妳儘管統統吃了。真受不了。飛機居然能在這麼高的地方飛行，實在不可思議。我那時不是告訴過妳，就算比較慢、比較搖，我們還是搭船才安全嘛。啊，又開始晃了！妳安全帶扣緊了沒？
F：當然扣緊囉。可是飛機上只能坐著不動真沒意思。這邊的景色我已經看膩了，真想瞧瞧另一邊的風景呀！
M：兩邊都一樣啦！我一點都不想看！光是想到在那麼高的地方就渾身發抖。我們回程改搭船啦！
F：搭船也無所謂，可是會耗費很多時間喔。

請問男士害怕什麼呢？

1 飛機餐
2 高處
3 無法自由行動
4 飛機的噪音

解題攻略

關鍵句 ①②③

男士比較飛機和船後說了「こんなところから落ちたりしたら／萬一在這麼高的地方墜機」、「なんで飛行機はこんなところを飛べるのか不思議／飛機居然能在這麼高的地方飛行，實在不可思議」。由此可見他懼高。

選項

選項 1，雖然男士提到「機内食どころじゃない／沒心情想飛機餐」，但並不表示他不喜歡吃飛機餐。

選項 3，飛機上不能任意移動是女士說的。

選項 4，對話中沒有提及噪音。

再聽一次對話內容

單字

独立（獨立）

ガラス張り（鑲玻璃）

漏れる（洩漏；走漏）

製品検査室（產品檢查室）

建築士（建築師）

日文對話與問題

工場で、男の人と女の人が話しています。

M：独立したスペースがいるんで、ここにひとつ部屋を作るようにしたいんですよ。で、いくらぐらいかかるかなって。

F：ガラス張りのですか。外から見えるような。

M：そうです。

F：どれぐらいの壁を作りますか。例えば、音が漏れないように、また外の音も聞こえないようにするとか。ただ独立した形でいいなら、板で四角いスペースを囲めばいいとか…。

M：製品検査室にしたいんです。だから、中は見えてもいいんだけど、音は漏れない方がいい。

F：エアコンも当然いりますよね。

M：そうですね。長時間作業することもあると思うから、いりますね。なるべくうるさい音の出ないやつ。

F：何人ぐらいで作業をするんでしょうか。

M：多くて3、4人です。

F：だいたいわかりました。ひと通り測ってみて、写真を撮って、社に帰って見積もりを出します。①

女の人はどんな仕事をしていますか。

1 警察官　　2 カメラマン

3 デザイナー　　4 建築士

對話與問題中譯　　答案：4

男士和女士在工廠裡談話。

M：我需要一個單獨的空間，希望在這個地方隔出一個房間。這樣的話，大概要花多少錢呢？
F：玻璃隔間的嗎？就是從外面可以看到裡面的那種。
M：對。
F：您想做多厚的牆壁呢？舉例來說，是否需要裡面的聲音不會傳出去，也不會聽見外面的聲音。如果只需要一個單獨隔間，也可以用木板圍出一個方形空間就好……。
M：我想把這裡當作產品檢查室。所以，可以看到裡面無所謂，但是最好能夠隔音。
F：當然也需要裝空調吧？
M：對，有時候可能需要在裡面作業很長的時間，應該需要空調。盡量選靜音的機種。
F：請問大約多少人在裡面作業呢？
M：最多三到四人。
F：大致的需求都了解了。我先丈量和拍照，回到公司後再給您估價單。

請問女士從事什麼工作呢？

1　警察
2　攝影師
3　設計師
4　建築師

解題攻略

關鍵句①

男士說要用玻璃隔出一間隔音的房間當作產品檢查室。對於這個要求，女士回答了①的部分，由此可知女士是一位建築師。

選項

選項3不正確，設計師是指賦予作品設計感，使其達到視覺效果的工作。建築師則是指從設計到建構，整合、實踐各種建築結構甚至設備的工作。由此可見，建築師更符合女士的工作。

再聽一次對話內容

13 番

track 3-15

- メモ -

答え
①②③④

14 番

track 3-16

- メモ -

答え
①②③④

15 番

track 3-17

- メモ -

答え
①②③④

16番

track 3-18

- メモ -

答え
①②③④

17番

track 3-19

- メモ -

答え
①②③④

18番

track 3-20

- メモ -

答え
①②③④

單字

ステーション【station】（車站）

自然災害（自然災害，天災）

犠牲者（犧牲者）

武器（武器）

例外（例外）

知恵（智慧）

日文對話與問題

テレビで、男の人が話しています。

M：暑い夏に涼しく過ごせるのも、寒い冬にあたたかく過ごせるのも科学技術の恩恵です。人類が宇宙に行き、ステーションを作る。新たなエネルギーを生み出す。科学は進むことをやめません。①しかし、それはなんのためでしょうか。②日本でも、そして外国でも自然災害が続いています。地震で多くの犠牲者が出て、人々の心の傷も、体の傷も治らないうちに、次の災害が起こります。古代から自然災害は突然、人々の平和を襲います。その間を縫って、人類は生きるための便利な道具を作ってきました。しかし、近年、その目的は豊かさや便利さであって、安全に向けたものではなくなっているのではないでしょうか。武器の開発も例外ではないでしょう。大きい災害が発生するたびに、安全に生きるための科学技術に、人類の知恵を使うことはできないのか、③私はそう思えてしかたがありません。

男の人は何について話していますか。

1　自然災害と文化について

2　人類の進化について

3　人類の平和について

4　科学技術の目的について

對話與問題中譯 答案：4

男士正在電視節目上發表意見。

M：我們之所以能夠享受冬暖夏涼的生活，一切都拜科技之賜。人類可以到外太空架設太空站，人類可以研發出嶄新的能源。科學從不停下前進的腳步。然而，科技進步的目的是什麼呢？在日本也好，在外國也罷，天然災害仍然持續發生。許多人在地震中罹難，人們心靈的創傷和身體的傷痕都還來不及痊癒，下一起災害又發生了。從古至今，天然災害總是突如其來，重創人們平靜的生活。而人類就趁著這一場場災害與災害之間的短暫空檔，製造出有利於生活便捷的工具。可是近年來，這些工具的用途，除了讓人類的生活變得更加豐饒、更加便利，是否也變得愈來愈不安全呢？武器的研發正是其中一個例子，不是嗎？每一次發生大規模災害的時候，我總是忍不住思考：難道人類的智慧不能運用在增進生活安全的科學技術上嗎？

請問男士正在談討的主題是什麼呢？

1 關於天然災害與文化
2 關於人類的進化
3 關於人類平靜的生活
4 關於科學技術的目的

解題攻略

整體架構①②③

①（破題）科學從不停下前進的腳步→②（提出問題）科技進步的目的是什麼呢→③（作者的想法）希望人類將智慧運用在增進生活安全的科學技術上。

選項

選項1和選項2，男士從頭到尾都沒有提到文化和進化。

選項3，雖然男士提到自然災害破壞了人類生活的和平，但這並不是男士談話的重心。

再聽一次對話內容

單字

職場（工作單位，工作場所）

最小限（最低限度）

話題（話題）

もしかすると（或許）

積極的（積極的）

日文對話與問題

男の人と女の人が話をしています。

F：もう入社して一か月なんだけど、どうも職場の人とうまく話ができなくて。①

M：へえ。大学の時はあんなに楽しそうに話していたのに。

F：年が違うからかな。父よりちょっと若いぐらいの男の人が多いし、女の人もいるけど話さないし。仕事の話も最小限*なんだよね。

M：あっちもそう思ってるんじゃない？

F：そうなのかなあ。どんな話題を出したらいいか、難しくて。

M：あのさ、話しかけられやすい雰囲気を作ったら？例えば、朝早く出勤するとか。②

F：早めには行ってるよ。

M：一番に行くんだよ。③それで、コーヒーでも飲みながら新聞読んでるんだ。そうすると、次に来た人が話しかけてくれるだろう？他の人がいないと、話しやすいもんだよ。ひどい雨だね、とか。もしかすると偉い人が意外な話をしてきたりする。昨日は子どもの運動会で、とか。仕事も早く始められるし、誰かの手伝いもできるから喜ばれるよ。

F：そうか。うん。それ、さっそくやってみる。ありがとう。

男の人はどんなアドバイスをしましたか。

1 誰にでも自分から積極的に話しかけること。

2 朝、一番早く出勤すること。

3 朝は必ずコーヒーを飲むこと。

4 偉い人に意外な話をしてみること。

對話與問題中譯　　答案：2

男士和女士正在聊天。

F：我進公司已經一個月了，可是到現在仍然沒辦法和同事多聊幾句。
M：是哦？妳上大學時不是和大家都聊得很開心嗎？
F：可能年紀不一樣了吧。很多男同事只比我爸少個幾歲；雖然有女同事，但幾乎沒有對話。就算談工作，也只把該講的事講完就沒了*。
M：說不定對方也覺得和妳沒話聊吧？
F：會這樣嗎？我實在想不出來該和他們聊什麼話題。
M：我跟妳說，要不要試著營造容易聊天的情境？舉例來說，妳早一點到公司。
F：我現在已經提早上班了呀！
M：妳要第一個到才行！然後一面喝咖啡一面瀏覽新聞，這樣一來，第二個進辦公室的人一定會找妳攀談幾句，對吧？只要沒有其他人在場，就比較容易聊起來，譬如：今天雨下得好大啊。而且說不定高階主管會談起令人意想不到的話題，例如：昨天去參加了孩子的運動會。而且，早點到就可以提早開始工作，也能幫忙其他同事，他們一定會很高興的。
F：原來如此。嗯，我明天就試試！謝謝！

請問男士提供了什麼樣的建議呢？

1　自己能夠主動和任何人攀談。
2　早上第一個到公司上班。
3　早上一定要喝咖啡。
4　試著和高階主管聊一聊令人意想不到的話題。

解題攻略

對話的走向

【對話的走向】：①無法在職場上和同事多聊幾句的女士正在請教男士。②男士建議，營造容易聊天的情境。③男士向女士提議，早上第一個到公司。

選項

男士並沒有建議選項 1 和選項 3 的內容。

選項 4，雖然男士提到高階主管也許會談起令人意想不到的話題，但並沒有建議女士試著和高階主管聊意想不到的話題。

＊最小限＝最低限度（最少。只做必要的事。）

再聽一次對話內容

單字

前向き（積極）
余裕（從容）
腹が立つ（生氣）
筋肉（肌肉）
健康（健康）

日文對話與問題

テレビで女の人が話をしています。

F：笑う門には福来る、ということわざがあります。いつもにこにこしていれば、その人のまわりには安心して人が集まってきます。笑っている人というのはくだらないことにこだわりません。前向きな気持ちで物事を行えるから、うまくいくことが多いのです。①さらに心に余裕がありますから、人の失敗にも腹が立ちません。問題が起こっても、笑えば脳の緊張もとけ、筋肉もやわらかくなるため、よく眠ることができて、健康でいられます。②いいことばかりですね。昔の人は、本当にすばらしいことを言うなあと思います。

女の人が言ったことわざは、いつも何をしているといい、という意味ですか。

1　笑っている。
2　前向きに考えている。
3　健康でいるように心がけている 。
4　物事にこだわらずにいる。

對話與問題中譯　答案：1

女士正在電視節目上發表看法。

F：有句俗諺叫作「笑口常開福滿門」。一個人若是臉上經常掛著笑容，必定會有很多人十分放心地聚集在他的身邊。笑嘻嘻的人不會在乎芝麻小事，為人處世總是抱持著積極樂觀的態度，因此人生時常一帆風順。並且，這樣的人擁有寬大的心胸，所以對別人犯錯不會生氣。即使發生問題，只要一笑就會抒解大腦的壓力，肌肉也跟著放鬆下來，於是能夠一夜好眠，常保身體健康。說起來，好處真是無窮無盡。我覺得古人的這句話實在精妙無比！

請問女士說的這句俗諺，意思是建議大家應該隨時保持什麼樣的行為態度呢？

1　笑容滿面。
2　積極樂觀的思考。
3　注意保持身體健康。
4　為人處世不要太過在意。

解題攻略

關鍵句 ①②

「笑う門には福来たる／笑口常開福滿門」是指好事自然會發生在笑口常開的人身上。笑口常開的人會讓人想要親近，做起事來也能順利進行。並且常笑對身體有益。因此談話的主題是「にこにこ／笑」，選項1是正確答案。

再聽一次對話內容

單字

評論家（評論家）
交際（交際，交流）
向き合う（面對面）
受け止める（理解；接住）
衝突（衝突；矛盾）
乗り越える（越過；超越）

日文對話與問題

テレビで、教育評論家が話しています。

F：友達にあやまる時や、バイトを休みたい時、つきあっている相手との交際をやめたいとき、メールやSNSを使う人が増えています。①これは中学生や高校生に限ったことではなく、大学生もそうです。相手がメッセージを読めばとりあえず目的は達成できるから、とても楽なんですね。相手の怒りや悲しみに向き合わずに済みますから。ただ、10代の頃にこのコミュニケーションの方法に慣れてしまったら、社会人になってから直接、相手の感情を受け止めるのは大変です。誰でも、相手と衝突するのは嫌なものですが、その嫌なことを乗り越えるためには、人がどんなときに、どんな風に思うのかをしっかり学ばなければならないのではないでしょうか。

どんなことをメールやSNSで伝える人が増えていると言っていますか。

1 早く伝えたいこと
2 簡単なこと
3 言いにくいこと
4 わかりにくいこと

對話與問題中譯　　答案：3

教育評論家正在電視節目上發表意見。

F：現在有愈來愈多人透過手機電子郵件或SNS向朋友道歉、向兼差工作的老闆請假，乃至於向正在交往的對象表達分手的意願。這種情形不僅發生在中學生和高中生身上，甚至連大學生亦是如此。反正對方只要讀到訊息也就達到目的了，非常輕鬆方便，不必親自面對另一方的憤怒或悲傷。問題是，如果從十幾歲時就習慣了這種溝通方式，等到進入社會之後才開始直接面對另一方的情緒，這時候就不知道該如何應對了。任何人都討厭和對方發生衝突，但是為了克服那種討厭的狀況，難道不該認真學習別人在什麼樣的時刻會有什麼樣的感受嗎？

她認為有愈來愈多人透過手機電子郵件或SNS告知什麼樣的訊息呢？

1　希望盡快告知對方的訊息
2　簡單的訊息
3　難以啟齒的訊息
4　不易理解的訊息

解題攻略

關鍵句①

舉例說明在什麼樣的情況下，使用SNS或電子郵件的人正在逐漸增加。而這裡舉的例子正是「言いにくいこと／難以啟齒的訊息」。

選項

談話中沒有特別敘述其他選項的內容，也沒有提到在這些情況下用SNS等管道傳達訊息的人正在增加。

再聽一次對話內容

單字

びっくり（吃驚）
似る（像）
入学式（開學典禮）
発表会（發表會）

日文對話與問題

男の人と女の人が歩きながら話しています。

M：もうこんな時間だ。座る場所がなくてずっと立ったまま見てなくちゃならなかったのがつらかったな。でも、純一も若菜も頑張っていたね。

F：そうね。若菜は走るのが速くなっていてびっくりしちゃった。①

M：僕に似たんだな。僕も小学校の時は結構、速かったんだよ。

F：純一は私かな。スポーツより音楽なのよね。ピアノが大好きで…。だからかな？ダンスはすっごく一生懸命やっていて②、じーんとしちゃった。男の子だから、もうちょっと速く走れたらいいと思ってたからちょっと残念だけど、好きなことがあればいいよね。

M：うん。男がスポーツ、女は音楽、なんていう考え方はもう古いよ。二人とも楽しそうに頑張っていたのは何よりだ。帰ったらたっぷりほめてやろうよ。

F：そうね。夕飯は二人の好きなハンバーグにしましょう。

二人は何をしてきたところですか。

1 子どもの入学式に出席した。
2 子どもの運動会を見てきた。
3 子どもの授業を見に行ってきた 。
4 子どもの音楽発表会に行ってきた。

對話與問題中譯　　答案：**2**

男士和女士邊走邊聊天。

M：沒想到已經這麼晚了。沒有地方可坐，只能站著從頭看到尾，實在很辛苦。不過，純一和若菜都很努力喔！

F：是呀。若菜跑步的速度變得那麼快，嚇了我一跳呢！

M：跑得快是像我吧。我讀小學時也跑得很快。

F：純一大概是像我吧，音樂比運動拿手，他最喜歡的就是彈鋼琴了……。可能是這個原因，所以他非常努力地跳大會舞，看得我好感動啊。畢竟是男孩，我本來希望他跑步能再快一點。雖然有些遺憾，但只要他找到自己的興趣，也就無所謂了。

M：嗯。男孩應該擅長運動，女孩就該擅長鋼琴，這種思考模式已經過時了。他們兩個都很開心地努力參與各種活動，才是最重要的。回到家要好好稱讚他們一番喔！

F：說得也是。晚餐就做他們喜歡的漢堡排吧！

請問他們兩人剛才參加了什麼活動呢？

1　出席了孩子的開學典禮。
2　觀賞了孩子的運動會。
3　觀摩了孩子的上課情形。
4　參加了孩子的音樂成果發表會。

解題攻略

關鍵句 ①②

學校的活動中要跑步、跳大會舞的是運動會。這是兩人觀賞完運動會後的對話。

選項

其他選項的活動不需要跑步、跳大會舞。

選項 4，女士提到純一的音樂比運動拿手，所以他非常努力地跳大會舞。

再聽一次對話內容

單字

カフェイン【(德) Kaffein】（咖啡因）
刺激物（刺激性物質）
ソーセージ【sausage】（香腸）
加工（加工）
脂肪（脂肪）
消化（消化）
漬物（醃製物）

日文對話與問題

病院で、女の人と医者が話しています。

M：この病気は、お酒もそうですが、コーヒーなどのカフェイン、あと、重いものを持つような姿勢が原因になることもあります。高齢でもなりますが、若い人がかかりやすいんです。ストレスでなる場合もあります。何か思い当りますか。

F：お酒はのまないんですけど、コーヒーはよく飲みます。

M：カフェインは治るまで控えた方がいいですね。あと、コーラはよくないです。①

F：刺激物もだめなんですね。②

M：ええ。それと、ソーセージなど肉を加工したものや、油で揚げた物など、脂肪が多いものも、避けてください。③逆に、乳製品はいいですよ。牛乳やヨーグルトは積極的に。④

F：はい…。あとはどうでしょうか。

M：そうですね。とにかく消化がよくて、やわらかく、胃にやさしいものを食べてください。食事以外のことでうまく気分転換をしてください。

女の人に適当な食事はどれですか。

1 刺身、てんぷら、漬物

2 カレー、ハムサラダ、牛乳

3 うどん、とうふの煮物、ヨーグルト

4 ラーメン、揚げぎょうざ、ヨーグルト

對話與問題中譯　　答案：3

女士和醫師正在醫院裡交談。

M：這種病的病因可能是酒，以及咖啡等飲料中的咖啡因，另外也可能是搬提重物的姿勢所造成的。不只年紀大的人，年輕人也容易罹患。有時候則是因為壓力導致的。以上有沒有符合哪一項呢？

F：我不喝酒，但是常喝咖啡。

M：在痊癒之前，最好避免攝取咖啡因。還有，可樂也不好。

F：具有刺激性的東西也不行吧？

M：對。除此之外，像香腸那種肉類加工品以及油炸物等等脂肪含量高的東西，也請避免食用。不過，乳製品倒是很好，請盡量多喝牛奶和吃優格。

F：好的……。還有其他需要注意的事項嗎？

M：我想想……，總而言之，請吃容易消化、比較柔嫩、不會造成胃部負擔的食物。並且透過大吃大喝以外的方式來抒解緊繃的情緒。

請問適合女士的飲食是以下哪一類？

1　生魚片、炸蝦、醬菜
2　咖哩、火腿沙拉、牛奶
3　烏龍麵、豆腐燉菜、優格
4　拉麵、鍋貼、優格

解題攻略

整理醫生說的注意事項

【應避免的食物】酒、咖啡、可樂、肉類加工品、油炸物、脂肪含量高的食物。

【對身體好的食物】乳製品、容易消化、不會造成胃部負擔的烏龍麵、豆腐燉菜。另外，醫生建議盡量多吃優格。因此，選項3是正確答案。

選項

選項1，炸蝦是油炸物，應避免。

選項2，咖哩是刺激性食物。肉類加工品的火腿也應避免。

選項4，拉麵、鍋貼的油脂含量高，應避免。

再聽一次對話內容

N1 聴力模擬考題 問題4

即時応答

共 39 題

track 4-01

錯題數：

問題4では、問題用紙に何も印刷されていません。まず文を聞いてください。それから、それに対する返事を聞いて、1から3の中から、最もよいものを一つ選んでください。

例

track 4-02

- メモ -

答え
①②③

1番

track 4-03

- メモ -

答え
①②③

2番

track 4-04

- メモ -

答え
①②③

3番

track 4-05

- メモ -

答え
① ② ③

4番

track 4-06

- メモ -

答え
① ② ③

5番

track 4-07

- メモ -

答え
① ② ③

6番

track 4-08

- メモ -

答え
①②③

7番

track 4-09

- メモ -

答え
①②③

8番

track 4-10

- メモ -

答え
①②③

9番

track 4-11

- メモ -

答え
①②③

10番

track 4-12

- メモ -

答え
①②③

11番

track 4-13

- メモ -

答え
①②③

12番

track 4-14

- メモ -

答え
①②③

13番

track 4-15

- メモ -

答え
①②③

4 もんだい　翻譯與解題

問題4では、問題用紙に何も印刷されていません。まず文を聞いてください。それから、それに対する返事を聞いて、1から3の中から、最もよいものを一つ選んでください。

例

日文對話與翻譯

答案：1

メモ

M：張り切ってるね。

F：1　ええ。初めての仕事ですから。

　2　ええ。疲れました。

　3　ええ。自信がなくて。

譯 M：瞧妳幹勁十足的模樣！

F：1　是呀，畢竟是第一份工作！

　2　是呀，好累喔。

　3　是呀，我實在沒有信心。

1番

日文對話與翻譯

答案：2

メモ

M：さっき田中さんが退職をされると伺って驚きました。

F：1　もう行ってらっしゃったんですね。

　2　もうお耳に入ったんですね。

　3　もう質問されたんですね。

譯 M：我剛才聽說田中先生退休的消息，嚇了一跳。

F：1　已經去了呢。

　2　原來已經傳到您耳中了。

　3　已經被問過了呢。

第四大題。答案卷上沒有印任何圖片和文字，請先聽完主文，再聽回答，從選項１到３當中，選出最佳答案。

track 4-02

解題攻略

» 對方語帶鼓舞的說「張り切ってるね」，是精神飽滿、積極奮力的意思。女士回答了之所以如此幹勁十足的原因。

其他選項

2 是表示狀況、程度的說法。是當聽到對方說「ずいぶん長旅になりましたね／旅途期間真是久啊」等時的回答。

3 是表達內心不安或能力不足時的心理狀態。是當聽到對方說「今回も駄目か／這次也不行啊」等時的回答。

單字・慣用句・文法 **張(は)り切(き)る**（幹勁十足，精神百倍）

track 4-03

解題攻略

» 男士說聽到田中先生退休的消息嚇了一跳。對於男士的發言，女士回答「已經傳到您耳中了」。

»「伺う」是「聞く」的謙讓語。

其他選項

1 是當聽到對方說「さっき、～に行った／剛才已經去～了」時的回答。

3 是當聽到對方說「さっき、～について質問した／剛才問了有關～」時的回答。

單字・慣用句・文法 **耳(みみ)に入(はい)る**（聽到，傳到耳朵裡）

2番

日文對話與翻譯

答案：2

メモ

M：半分(はんぶん)ぐらいはやっとかないと、まずい*よ。

F：1　大丈夫(だいじょうぶ)。もうやめるから。

2　そうだね、もうちょっとやっちゃおう。

3　ようやくできたのに、おいしくない？

譯 M：至少要先做一半左右，不然就慘了*。

F：1　別擔心，已經放棄了。

2　就是說呀，再多做一點吧！

3　好不容易才做好的，不好吃嗎？

3番

日文對話與翻譯

答案：1

メモ

M：ああ、加藤(かとう)さんにあんなことを言(い)うんじゃなかった。

F：1　言(い)ってしまったものはしかたないよ。潔(いさぎよ)く謝(あやま)ったら？

2　そうだよ。加藤(かとう)さんじゃなくて田中(たなか)さんだよ。

3　そうだね。大事(だいじ)なことなのに言(い)わなかったね。

譯 M：唉，實在不應該對加藤小姐講那種話。

F：1　既然話已經說出口，也沒辦法收回來了。不如乾脆一點向她道歉吧？

2　就是說嘛，不是加藤小姐，而是田中先生啦！

3　是呀，明明是重要的事，卻沒有告訴她。

解題攻略 track 4-04

» 一起工作的男士說「至少要先做一半左右，不然就慘了」徵求女士的附和，女士也同意他的說法。

其他選項

1 是當對方說「疲れたんじゃない？もうそのくらいでやめたら？／累了嗎？不如暫時做到這樣就好了？」時的回答。

3 是當對方說「このお菓子、まずいね／這個點心真難吃呀」時的回答。

＊まずい＝慘了（在這裡是「都合が悪い。具合が悪い／糟了。慘了」的意思。也有食物不好吃的含意，選項 3 的回答用的是這個意思，因此錯誤。）

單字・慣用句・文法 とく（先～〈「ておく」的口語略縮形。〉）

解題攻略 track 4-05

» 男士為向加藤小姐說過的話感到後悔，女士正建議男士去道歉。

其他選項

2 是當對方說「名前を間違えていた／弄錯名字了」時的回答。

3 是當對方說「加藤さんにあのことを言えばよかった／如果當時告訴加藤小姐那些話就好了」時的回答。

單字・慣用句・文法 潔く（いさぎよく）（乾脆的）

4番

日文對話與翻譯

答案：3

メモ

M：部長、私が行くことになっていた出張、中村君に代わってもらっても構わないでしょうか*。

F：1　よかったですよ。

2　構わなかったですよ。

3　いいですよ。

譯 M：經理，原本決定由我前往，可否*請中村代替我出差呢？

F：1　太好了喔！

2　當時沒關係呀！

3　可以呀！

5番

日文對話與翻譯

答案：1

メモ

F：今、ぐずぐずしている*と、あとであわてることになるよ。

M：1　うん、でも、なんかめんどうくさくて。

2　うん。笑っているわけじゃないよ。

3　うん。雨だからぜんぜん乾かないよ。

譯 F：要是現在還拖拖拉拉*的，等一下就要匆匆忙忙囉！

M：1　嗯，可是，有點懶得去。

2　嗯，我沒有在笑啊！

3　嗯，因為下雨，衣服完全乾不了。

解題攻略

track 4-06

» 男士正在詢問部長是否可以讓其他人代替他出差。

其他選項

1、2 用的是過去式，所以不正確。

＊構わないでしょうか＝是否可以（是“～的話可以嗎？”的意思。）

單字・慣用句・文法 代(か)わる（代替）

解題攻略

track 4-07

» 這題的情況是女士正在提醒因為沒有幹勁而慢吞吞的男士。

其他選項

2 是當對方說「そんなことに笑ったりしないでよ／不要嘲笑我的那件糗事啦！」時的回答。

3 是當對方說「洗濯物、なかなか乾かないね／洗好的衣服遲遲乾不了呀」時的回答。

＊ぐずぐずする＝拖拖拉拉（沒有幹勁、磨磨蹭蹭的樣子。）

單字・慣用句・文法 めんどうくさい（非常麻煩）

6番

日文對話與翻譯

答案：**3**

メモ

M：この部屋(へや)、掃除(そうじ)するからちょっとあっち行(い)ってて。

F：1　これを運(はこ)べばいいんだね。

　　2　座(すわ)っているから大丈夫(だいじょうぶ)。

　　3　わかった。ありがとう。

譯 M：我要打掃這個房間，你先去那邊一下。

F：1　把這個搬過去就行了吧？

　　2　我坐著所以沒關係。

　　3　知道了，謝謝。

7番

日文對話與翻譯

答案：**3**

メモ

F：面接(めんせつ)で、留学生(りゅうがくせい)からなかなか鋭(するど)い質問(しつもん)が出(で)たんですよ。

M：1　新人(しんじん)だからまだ勉強不足(べんきょうぶそく)なんですね。

　　2　もっとたくさんの質問(しつもん)が出(で)るかと思(おも)いましたが。

　　3　今年(ことし)は頭(あたま)の切(き)れる*学生(がくせい)が多(おお)いですね。

譯 F：面試的時候，留學生提出了相當靈活的問題呢！

M：1　畢竟是新人，還有很多該學的吧！

　　2　我原本以為會提出更多問題呢！

　　3　今年聰明的*學生很多喔！

解題攻略

track 4-08

» 這題的情況是男士要打掃這間房間，所以請房間裡的女士離開一下。女士正向他道謝。

其他選項

1 是當對方說「この部屋、掃除するから手伝って／我要打掃這間房間，你也一起幫忙」時的回答。

2 是當對方說「長い間待っていると疲れるよ／等好久很累吧」時的回答。

單字・慣用句・文法 運ぶ（はこぶ）（搬運）

解題攻略

track 4-09

» 入學面試（或就業面試）中，擔任面試官的女士說留學生提出了「鋭い質問が出た／提出了相當靈活的問題」。男士也同意女士的感想。

其他選項

1 女士是在稱讚留學生。對此，「勉強不足なんです／還有很多該學的」的回答並不合適。

2 是當對方說「あんまり質問が出なかったね／不怎麼提問呢」時的回答。

＊頭の切れる＝聰明（是「頭がよく働く。鋭い／腦筋動很快。敏銳」的意思。）

單字・慣用句・文法 鋭い（するどい）（靈活的；敏銳的）

8番

日文對話與翻譯

答案：**1**

メモ

M：何時間(なんじかん)も煮(に)たスープが、ほら、台無(だいな)しだ。

F：1　ああ、こげちゃったんだね。

2　本当(ほんとう)だ。こんなにおいしいスープ飲(の)んだの、初(はじ)めて。

3　うん。足(た)りない材料(ざいりょう)を買(か)ってくるよ。

譯 M：你看，已經熬了好幾個小時的湯，整鍋全毀了。

F：1　唉，都焦了呀！

2　真的吔！我第一次喝到這麼鮮美的湯！

3　嗯，我去買缺少的食材吧！

9番

日文對話與翻譯

答案：**1**

メモ

F：たか子(こ)ったら、新(あたら)しいバッグ、見(み)せびらかしてるんだよ。

M：1　もしかして、うらやましい？自分(じぶん)も欲(ほ)しいの？

2　そんなに欲(ほ)しがっているなら、買(か)ってあげたら？

3　ちゃんと閉(し)めておいた方(ほう)がいいよ。スリが多(おお)いから。

譯 F：貴子真是的，故意炫耀她的新皮包。

M：1　該不會是羨慕她吧？妳也想要？

2　她那麼想要的話，我買給她？

3　把皮包牢牢關緊比較好喔，扒手太多了。

解題攻略

track 4-10

» 這題的情況是男性把熬焦了的湯拿給女士看。

其他選項

2 用在將煮好的湯給女士試喝，並詢問「ね、おいしいだろう？／不錯吧，很好喝吧？」的狀況。

3 是當對方說「このスープ、なんだか物足りないね／這個湯，好像缺了點什麼耶」時的回答。

單字・慣用句・文法 台無し（だいなし）（糟蹋）

解題攻略

track 4-11

» 這題的狀況是女士看到隆子正在炫耀新皮包，並將這件事告訴她的丈夫。於是丈夫問她，妳是不是也想要。

其他選項

2 是當對方說「娘が新しいバッグをすごく欲しがっているの／女兒非常想要皮包」時的回答。

3 是當對方說「このバッグ、この前買ったのよ／這個皮包是最近新買的哦」，並在電車中等公共場所炫耀打開的皮包時的回答。

單字・慣用句・文法 見（み）せびらかす（炫耀，賣弄）

10番

日文對話與翻譯

答案：2

メモ

M：小野さんの発表を聞いていると、はらはらしますよ。

F：1　そうね。気持ちが明るくなりますね。

2　そうね。もっとしっかり準備をしてほしいですね。

3　そうね。説得力のある話し方ですね。

譯 M：小野先生的報告聽得我冒出一身冷汗。

F：1　就是說呀，心情變好了呢。

2　就是說呀，真希望他能準備得更加充足。

3　就是說呀，他講話的方式很有說服力喔。

11番

日文對話與翻譯

答案：3

メモ

F：おかえりなさい。それ、全部マサミのおもちゃ？ずいぶん買い込んで来たのね。

M：1　いらなくなったから。

2　家にたくさんあるから。

3　今日は給料日だったから。

譯 F：你回來了。那些全都是雅美的玩具？買了這麼多回來呀。

M：1　因為不見了。

2　因為家裡有很多。

3　因為今天是發薪日。

解題攻略

track 4-12

» 男士說聽了小野先生的報告後覺得很憂慮擔心。女士也同意他的說法。

其他選項

1、3 對方說的是「はらはらする／憂慮」，所以用「気持ちが明るくなる／心情變好了」、「説得力がある／很有說服力」來誇獎是不合邏輯的。

單字・慣用句・文法 **はらはら**（擔心憂慮）

解題攻略

track 4-13

» 這題的狀況是父親買了很多小孩子的玩具回家。父親正在說明買下許多玩具的原因。

其他選項

1、2 是用於將玩具丟棄後說的話。

單字・慣用句・文法 **買（か）い込（こ）む**（大量買進）

12番

日文對話與翻譯

答案：1

メモ

M：あっちのチームはしぶといね。

F：1　ええ。なかなかあきらめないですね。

2　それなら、すぐ勝（か）てますよ。

3　ええ。こっちはまだ零点（れいてん）ですよ。

譯 M：對戰的隊伍真是頑強。

F：1　是呀，依然堅持奮戰到底呢。

2　那樣的話，馬上就贏囉。

3　是呀，我們還是零分呢。

13番

日文對話與翻譯

答案：3

メモ

M：レポート提出（ていしゅつ）の締（し）め切（き）りまで、２週間（しゅうかん）を切（き）った*ね。

F：1　うん。１週間（しゅうかん）すらないね。

2　うん。まだ２週間（しゅうかん）もあるんだね。

3　うん。もうのんびりしてはいられないね。

譯 M：距離報告繳交截止日，剩下不到兩星期*了。

F：1　嗯，連一星期都不到呢。

2　嗯，還有兩星期呢。

3　嗯，不能再這樣悠哉了。

解題攻略

track 4-14

» 男士說正在努力的敵隊很頑強，也就是指對方很有毅力的意思。女士也抱持相同看法。

其他選項

2、3 當聽到敵隊正在頑強抵抗時，回答「それなら、すぐに（こっちのチームが）勝てます／那樣的話，（我們）馬上就贏囉」或「ええ。こっちはまだ零点ですよ。／是呀，我們還是零分呢」都不合邏輯。

單字・慣用句・文法 **しぶとい**（頑強）

解題攻略

track 4-15

» 男士說距離繳交截止日剩不到兩週了，要選合適的回答。

其他選項

1 說的是剩下不到一週，但男士說的是剩下不到兩週，因此與男士的話相互矛盾。

2「2週間を切った／不到兩週」是剩下不到兩星期的意思，因此「2週間もある／還有足足兩週」是錯誤的。

＊2週間を切る＝不到兩週（少於兩週。「～を切る」是「～を下回る／低於」的意思。例句：このアパートの家賃が値下がりして、今、5万円を切った／這個公寓的房租降價了，現在5萬圓有找。）

單字・慣用句・文法 **のんびり**（悠哉，輕鬆）

14番

track 4-16

- メモ -

答え
①②③

15番

track 4-17

- メモ -

答え
①②③

16番

track 4-18

- メモ -

答え
①②③

17番

track 4-19

- メモ -

答え
①②③

18番

track 4-20

- メモ -

答え
①②③

19番

track 4-21

- メモ -

答え
①②③

20番

track 4-22

\- メモ -

答え

① ② ③

21番

track 4-23

\- メモ -

答え

① ② ③

22番

track 4-24

\- メモ -

答え

① ② ③

23番

track 4-25

- メモ -

答え
① ② ③

24番

track 4-26

- メモ -

答え
① ② ③

25番

track 4-27

- メモ -

答え
① ② ③

26番

track 4-28

- メモ -

答え
① ② ③

14番

日文對話與翻譯

答案：**1**

メモ

M：こんな雨ぐらい、傘をさすまでもない*よ。

F：1　うん。わざわざ買わなくてもいいね。

2　うん。さしても無駄みたい。大雨だから。

3　うん。午後から降るって言ってたからまだ平気かな。

譯 M：這麼一點小雨，用不著*撐傘吧。

F：1　嗯，不必特地去買傘也無所謂。

2　嗯，就算撐傘恐怕也沒什麼用處，畢竟雨下得那麼大。

3　嗯，氣象預報說下午才會下雨，所以現在還不必擔心吧。

15番

日文對話與翻譯

答案：**2**

メモ

M：いくら一生懸命働いたって、病気になってしまえばそれまでだよ。

F：1　はい。もっと頑張ります。

2　はい。なるべく休むようにします。

3　いいえ、あと1時間ほど働きます。

譯 M：再怎麼拚命工作，要是生病的話就沒意義了。

F：1　好，我會更努力的。

2　好，我會盡量休息。

3　不，我再工作一小時左右。

解題攻略

track 4-16

» 從男士提到的「こんな雨／這點小雨」、「傘をさすまでもない／用不著撐傘」可知這場雨是小雨。因此回答不必買傘的選項１是正確答案。

其他選項

3 因為男士說「こんな雨／這點小雨」，所以可知現在正在下雨。

＊～までもない＝用不著～（還不到需要做～的程度。）

單字・慣用句・文法 わざわざ（特意）

解題攻略

track 4-17

» 這是提醒拚命工作的人不要太勉強自己的情況。

其他選項

1 是對偷懶的人說「頑張りなさい／要努力一點」時，對方的回答。

3 是當對方說「もういい加減に休みなさい／你真的該休息了」時的回答。

單字・慣用句・文法 なるべく（盡量，盡可能）

16 番

日文對話與翻譯

答案：3

メモ

M：毎日毎日こんなに暑くっちゃかなわないね。

F：1　そうねえ、もうすっかり秋ね。

2　うん、今年の夏は涼しいね。

3　ほんと、早く涼しくなればいいのに。

譯 M：要是天天都這麼熱，誰受得了啊！

F：1　是呀，已經是秋涼時節了唷！

2　嗯，今年夏天真涼爽！

3　你說得對，真希望早點轉涼呀！

17 番

日文對話與翻譯

答案：2

メモ

M：新入社員じゃあるまいし*、人事部長の名前も知らないの？

F：1　はい、もう入社5年目ですので。

2　お恥ずかしいんですが…。

3　ええ、新入社員ならみんな知っています。

譯 M：又不是*新進職員了，連人事經理的名字都不知道？

F：1　是，我進公司已經是第五年了。

2　真是太羞愧了……。

3　是呀，只要是新進職員，大家都曉得。

解題攻略

track 4-18

» 這是男士在抱怨每天都熱得受不了的狀況。女士也同意他的說法。

其他選項

1 是當對方說「だいぶ涼しくなってね／變得相當涼爽了呢」時的回答。

2 是當對方說「今年の夏は涼しい／今年夏天真涼爽」時，認同對方的回答。

單字・慣用句・文法 すっかり（完全）

解題攻略

track 4-19

» 這是被批評明明不是新進人員，竟然不知道人事經理的名字的狀況。女士正因此感到羞愧。

其他選項

1 是當對方說「もう、当然人事部長の名前も知ってるよね／真是的，你肯定知道人事經理的名字吧？」時的回答。

3 是當對方說「人事部長の名前、新入社員にも紹介したね／已經和新進人員介紹過人事經理的大名了」時的回答。

＊～じゃあるまいし＝又不是～（是「～ではないのに、～ではないにもかかわらず／明明不是～、儘管不是～」的意思。本題是在批評對方「新入社員でもないのに、人事部長の名前を知らないのか／明明不是新進人員，竟然連人事經理的名字都不知道嗎？」）

單字・慣用句・文法 恥（は）ずかしい（慚愧，羞愧）

18 番

日文對話與翻譯

答案：**1**

メモ

F：あと二日待っていただけたらできないこともない*んですけど。

M：1　わかりました。じゃ、明後日までにお願いします。

2　じゃあ、あと一日で結構です。

3　あと二日でできないなら、間に合いませんね。

譯 F：若是您願意再多等兩天，倒也不是無法*完成。

M：1　知道了，那麼，麻煩在後天之前完成。

2　那麼，再一天就可以了。

3　萬一再多兩天還是沒有完成，那就來不及嘍。

19 番

日文對話與翻譯

答案：**2**

メモ

M：彼女に会わなかったら、ぼくは今頃きっと寂しい人生を送っていたと思うよ。

F：1　なぜ彼女に会えなかったの？

2　彼女に会えて本当によかったね。

3　寂しい人生だったからね。

譯 M：如果沒有遇見她，我想，我現在一定過著孤獨的人生。

F：1　為什麼沒能見到她呢？

2　能夠遇見她，實在值得慶幸哪。

3　畢竟是孤獨的人生嘛。

解題攻略 track 4-20

» 女士說再多等兩天，也就是希望對方能等到後天的意思。

其他選項

2 是當對方說「できるまであと何日か待ちましょうか／請問還要等幾天才能完成呢？」時的回答。

3 是當對方說「あと二日ではとてもできません／實在沒辦法趕在兩天之內完成」時的回答。

＊できないこともない＝也不是無法（否定了「できない／無法」，所以是「できる／可以」的意思。）

單字・慣用句・文法 結構（けっこう）（足夠，充分）

解題攻略 track 4-21

» 男士說因為遇見了女朋友，所以才能過著愉快的人生。聽見男士這麼說，女士也替他感到開心，回答「よかったね／值得慶幸」。

其他選項

1 是當對方說「彼女に会えなかったから、僕のこれまでの人生は寂しいものだったよ／因為沒有遇見她，所以我一直過著孤獨的人生」時的回答。

3 因為事實是有遇見女朋友，所以並沒有過著孤獨的人生。

單字・慣用句・文法 送る（おくる）（度過）

20 番

日文對話與翻譯

答案：1

メモ

F：私(わたし)に言(い)わせてもらえば*、課長(かちょう)はこの仕事(しごと)のことをあまりわかっていませんよ。

M：1　そんなことはない。よくわかってるよ。
　2　じゃあ、もっと言(い)ってもいいよ。
　3　言(い)わせてあげないよ。

譯 F：請容我說一句*，科長對這個案子根本不太清楚嘛。

M：1　沒的事，我很清楚喔！
　2　那，再多說一些也沒關係喔！
　3　我才不讓妳說哩！

21 番

日文對話與翻譯

答案：3

メモ

M：子(こ)どもたち、目(め)をきらきらさせて話(はなし)を聞(き)いていましたね。

F：1　そうですね。つまらなかったんでしょうね。
　2　はい。とても怖(こわ)がっていました。
　3　ええ、楽(たの)しかったみたいですね。

譯 M：孩子們那時都睜大了眼睛津津有味地聽著故事呢。

F：1　是呀，想必很無聊吧。
　2　對，講得太恐怖了。
　3　是呀，看起來都很享受那段時光呢。

解題攻略

track 4-22

» 這題是男科長和女部屬的對話。女部屬正在對男科長抱怨他根本不了解這個案子，男科長接著回答她的情況。

其他選項

2、3 誤解了「私に言わせてもらえば／請容我說一句」的意思。

＊私に言わせてもらえば＝請容我說一句（是“如果讓我直說”的意思。用在要說難以開口的事情時。例句：私に言わせてもらえば、いちばん悪いのはあなたよ／請容我直說，最糟糕的就是你了。）

單字・慣用句・文法 じゃあ（那麼）

解題攻略

track 4-23

» 這題是看到孩子們睜大了眼睛津津有味地聽著故事時說的話。

其他選項

1、2 聽見無聊或恐怖的故事時，並不會睜大眼睛聽得津津有味。

單字・慣用句・文法 きらきら（耀眼，閃閃發光）

22番

日文對話與翻譯

答案：2

メモ

F：申し訳ないんですが、明後日から出張を控えておりまして…。

M：1　大変ですね。出張に行けないほどお忙しいなんて。

2　承知しました。お帰りになりましたらご連絡ください。

3　じゃあ、明日しか出張はできないんですね。

譯 F：非常抱歉，由於後天就要出差了……。

M：1　真辛苦，居然忙得連出差都沒有時間。

2　了解，麻煩您回來之後與我聯繫。

3　那麼，只剩明天有空出差了。

23番

日文對話與翻譯

答案：1

メモ

M：こんなことになるなら、もっと早く来るんだった。

F：1　まさかぜんぶ売り切れちゃうとはね。

2　うん。いいものが買えたから、早く来てよかったね。

3　家を出たのが早すぎたね。まだ店が開いてない。

譯 M：如果知道會這樣，就該提早過來了。

F：1　沒想到居然會全數售完呀！

2　嗯，幸好早點過來，這才買到了好東西呢。

3　我們太早從家裡出門了，店家都還沒開始做生意。

解題攻略

track 4-24

» 女士正在為後天要出差所以無法聯絡的狀況向男士道歉。

其他選項

1 是當對方說忙到沒時間出差時的回答。

3 是當對方說一直忙到今天所以無法出差時的回答。

單字・慣用句・文法 控える（面臨）

解題攻略

track 4-25

» 這是在為沒有提早到這裡而後悔的狀況。本題的「こんなこと／這種事」是指全數售完。

其他選項

2、3 因為題目是在為沒有提早來感到後悔，因此回答選項２和選項３都不合邏輯。

單字・慣用句・文法 売り切れる（完售，售罄）

24 番

日文對話與翻譯

答案：2

メモ

F：山口(やまぐち)さんに頼(たの)んだんですが、なかなかうんと言(い)って*くれないんです。

M：1　そうか。すぐに承知(しょうち)してくれて助(たす)かった。
　　2　そうか。もう少(すこ)し交渉(こうしょう)してみよう。
　　3　そうか。きっとよく分(わ)かったんだろう。

譯 F：我雖然拜託山口先生了，可是他遲遲不肯點頭答應*。
M：1　這樣啊，馬上就允諾真是幫了大忙！
　　2　這樣啊，再繼續與他交涉看看吧。
　　3　這樣啊，想必他非常了解吧。

25 番

日文對話與翻譯

答案：1

メモ

F：今日(きょう)の集合時間(しゅうごうじかん)のこと、川上(かわかみ)さんに何(なに)も言(い)ってなかったんじゃない？

M：1　いえ、伝(つた)えましたよ。
　　2　いえ、伝(つた)えてません。
　　3　はい、伝(つた)えましたよ。

譯 F：今天的集合時間，是不是根本沒告訴川上小姐？
M：1　不，告訴她了啊！
　　2　不，沒告訴她。
　　3　是的，告訴她了啊！

解題攻略

track 4-26

» 這題的狀況是女士說明已經拜託山口先生了，可是他遲遲不肯答應。男士的回答是建議她試著繼續和山口先生交涉，或許他最後就會答應了。

其他選項

1 是當對方說「山口さんに頼んだら、承知してくれました／我一拜託山口先生，他立刻答應了」時的回答。

3 如果是「きっとよく分からなかったんだろう／他一定是不太了解（實際狀況）吧」則正確。

＊うんと言う＝點頭答應（應允。）

單字・慣用句・文法 **交渉**（こうしょう）（交涉，談判）

解題攻略

track 4-27

» 如果沒有告訴川上小姐，應該回答「はい、伝えませんでした／對，沒有告訴她」。如果有告訴川上小姐，則應回答「いえ、伝えました／不，已經告訴她了」。因此，選項１的說法是正確的。其他選項錯誤。

26 番

日文對話與翻譯

答案：3

メモ

F：もう少し会議を続けませんか。

M：1　続けようと続けまいと、もう会議は終わるべきだと思います。

2　結論が出たが最後、会議は終わらないと思いますが。

3　これ以上続けたところで結論は出ないと思いますが。

譯 F：要不要再稍微延長開會時間呢？

M：1　不管要延長或是不延長，我認為會議已經該結束了。

2　雖然已經做出決議了，但我認為會議到最後還是開不完。

3　我認為再繼續討論下去，還是無法做出決議。

解題攻略特搜！ 把祕技都記下來

解題攻略

track 4-28

»「続けませんか／不繼續嗎」是繼續下去比較好的意思。

其他選項

1 如果回答「続けようと続けまいと、私たちの自由です／要不要繼續都是我們的自由」，則為正確答案。

2 女士並沒有說「結論が出た／做出決議」，而且如果做出決議，會議也就結束了。

單字・慣用句・文法 うと～まいと～（不管做不做～都）

解題攻略特搜！

把祕技都記下來

27 番

track 4-29

- メモ -

答え

①②③

28 番

track 4-30

- メモ -

答え

①②③

29 番

track 4-31

- メモ -

答え

①②③

30番

track 4-32

- メモ -

答え
① ② ③

31番

track 4-33

- メモ -

答え
① ② ③

32番

track 4-34

- メモ -

答え
① ② ③

33番

track 4-35

- メモ -

答え
① ② ③

34番

track 4-36

- メモ -

答え
① ② ③

35番

track 4-37

- メモ -

答え
① ② ③

36 番

track 4-38

- メモ -

答え
①②③

37 番

track 4-39

- メモ -

答え
①②③

38 番

track 4-40

- メモ -

答え
①②③

39 番

track 4-41

- メモ -

答え
①②③

27番

日文對話與翻譯

答案：**1**

メモ

M：あの時（とき）は、そんなつもりで言（い）ったんじゃないんだ。

F：1　いいよ、気（き）にしてないから。

　2　今（いま）から言（い）ってもいいよ。

　3　じゃ、誰（だれ）が言（い）ったの？

譯 M：我當時說的那句話不是那個意思！

F：1　沒關係，我沒放在心上。

　2　現在說也可以喔！

　3　不然是誰說的呢？

28番

日文對話與翻譯

答案：**2**

メモ

M：新（あたら）しいプリンターを買（か）ったんだけど、なかなか思（おも）うようにならなくて。

F：1　しばらく節約（せつやく）だね。

　2　説明書（せつめいしょ）を読（よ）んでみた？

　3　いつ申（もう）し込（こ）んだの？

譯 M：我剛買了一台印表機，可是操作起來並不順利。

F：1　這陣子得節省支出嘍。

　2　看過說明書了嗎？

　3　什麼時候申請的？

解題攻略

track 4-29

» 這題的情況是男士在為自己先前說過的話辯解，自己並不是那個意思。對於男士的辯解，女士回答她沒放在心上，沒關係。

其他選項

2 是當對方說類似「君は、僕が好きだなんて言わなかったじゃない／妳當初並沒有說妳喜歡我啊」時的回答。

3 是當對方說「そんなこと、僕は言わなかったよ／我沒說過那種話哦！」時的回答。

單字・慣用句・文法 **気にしてない**（不介意）

解題攻略

track 4-30

» 「思うようにならない／不像我想的那樣」在本題的意思是印表機無法按照男士希望的方式運轉，也就是操作起來並不順利。因此，女士問男士是否看過說明書了。

其他選項

1 是當對方說「高いものを買ってしまった／花大錢買下昂貴的東西了」時的回答。

3 的回答不合邏輯。

單字・慣用句・文法 **なかなか**（很，相當）

29 番

日文對話與翻譯

答案：3

メモ

M：この事件、犯人の動機は何だったんでしょうか。

F：1　昔は小学校の先生だったらしいですよ。

2　カッターナイフだそうです。

3　お金に困っていたようですよ。

譯 M：這起案件的罪犯，究竟是基於什麼動機呢？

F：1　聽說他曾經是小學老師喔！

2　據說是美工刀。

3　他之前似乎為錢發愁喔！

30 番

日文對話與翻譯

答案：1

メモ

M：こんなニュースを見ると、寒気がするね。

F：1　うん。どうして自分の子どもにこんな残酷なことをするんだろう。

2　うん。この新発売のアイスクリーム、おいしそう。

3　うん。雪が積もった富士山ってきれいだね。

譯 M：看到這種新聞，不禁讓人打冷顫。

F：1　嗯，對自己親生的孩子怎麼做得出那麼殘酷的事呢！

2　嗯，這種新上市的冰淇淋看起來真好吃！

3　嗯，積了雪的富士山好美喔！

解題攻略

track 4-31

» 男士問的是犯人犯案的動機。

其他選項

1 是當對方詢問犯人以前的職業時的回答。

2 是當對方詢問作案的凶器（犯人用來傷人的刀具等物品）是什麼時的回答。

單字・慣用句・文法 **動機**（どうき）（動機）

解題攻略

track 4-32

» 這題的狀況是男士看到殘忍的新聞後，和女士說這則新聞令人「寒気がする／打冷顫」（ぞっとする／毛骨悚然）。

其他選項

2 是當對方說「こんなニュースを見ると、早くこのアイスクリームを食べたくなるね／看了這個消息，好想趕快嚐嚐這種冰淇淋啊！」時的回答。

3 是看了積雪的富士山之類的照片之後，敘述的感想。

單字・慣用句・文法 **寒気がする**（さむけがする）（發冷，打冷顫）

31番

日文對話與翻譯

答案：**3**

メモ

F：ここの職人さんは、腕がいい*人が多いですね。

M：1　ええ。スポーツで鍛えていたんですね。

2　はい。けんかではとても勝てませんね。

3　そうですね。どの器もすばらしいですね。

譯 F：這裡的工匠有不少人的技藝相當高超*喔！

M：1　是啊，他們都是靠運動鍛鍊出來的。

2　對，要是和他們打架，必輸無疑！

3　就是說啊，每一只器皿都巧奪天工。

32番

日文對話與翻譯

答案：**1**

メモ

M：来月から、僕にも家族手当が出ることになったよ。

F：1　よかった。少し楽になるわね。

2　どうしよう。そんなにお金はないよ。困ったな。

3　これで、痛くなくなるね。

譯 M：從下個月起，我也能領到扶養津貼了。

F：1　太好了，這樣可以減輕一些財務負擔了。

2　怎麼辦，我哪裡有那麼多錢啊！怎麼辦才好呢？

3　這樣就不痛了吧？

解題攻略

track 4-33

» 這題的狀況是看到精緻的器具後，讚嘆道有許多技藝高超的工匠。

其他選項

1、2 誤解了「腕がいい／技藝高超」的意思。

＊腕がいい＝技藝高超（手藝出色。）

單字・慣用句・文法 **鍛える**（鍛鍊，鍛造）

解題攻略

track 4-34

»「家族手当／扶養津貼」是公司支付給需要扶養家人的員工的津貼。

其他選項

2 是當對方說為了某原因，而需要一筆錢時的回答。

3 是因受傷之類的情況而接受了治療時說的話。

單字・慣用句・文法 **家族手当**（扶養津貼）

33 番

日文對話與翻譯

答案：2

メモ

F：新入社員の片岡さん、人当たりがいい*ですね。

M：1　そうですか。そんなに太ってるようにはみえませんけど。

2　ええ。いつもにこにこして、話しやすいですね。

3　話し方はきついけど、優しいところもあるんですけど。

譯 F：剛進公司上班的片岡小姐給人蠻好的印象*。

M：1　是嗎？看不出來有那麼胖。

2　是啊，總是笑咪咪的，和她交談很輕鬆。

3　她雖然講話很尖銳，其實也有溫柔的一面。

34 番

日文對話與翻譯

答案：3

メモ

M：佐藤君の言うことは一本筋が通ってる*よ。

F：1　うん。人の意見を聞かないから困るよ。

2　そう。いつも誰かの考えに影響されてるね。

3　そうね。だからみんなに信用されるんだよね。

譯 M：佐藤說話有條有理*。

F：1　嗯，他都不聽別人的意見，真是麻煩。

2　對，他很容易受到別人的影響。

3　就是說呀，所以大家才那麼信任他。

解題攻略

track 4-35

» 這題是在誇獎片岡小姐給別人印象很不錯的情況。

其他選項

1 是當對方說「体重が70キロもあるんですよ／片岡小姐有七十公斤哦！」時的回答。

3 是當對方說「怖そうだ／片岡小姐給人感覺很恐怖。」時的回答。

＊人当たりがいい＝給人蠻好的印象（意思是讓別人留下很不錯的印象和感覺。）

單字・慣用句・文法 **にこにこ**（笑咪咪）

解題攻略

track 4-36

» 這題的狀況是男士提到佐藤說話有條有理。女士也認同男士的說法。

其他選項

1 是當對方說「佐藤君の言うことは、自分本位だよね／佐藤說的話總是以自我為中心呢」時的回答。

2 是當對方說「佐藤君は自分の意見を持ってないよね／佐藤沒有自己的想法」時的回答。

＊一本筋が通っている＝有條有理（立論清楚，符合邏輯。）

單字・慣用句・文法 **筋**（すじ）（條理）

35 番

日文對話與翻譯

答案：2

メモ

F：菅原さんの話は、いつも自慢ばかりでうんざりしちゃう。

M：1　そんなにおもしろいの？聞いてみたいな。

2　そうか。それは退屈だね。

3　ちゃんと聞いていないと、後で困るね。

譯 F：菅原先生說起話來總是自吹自擂，實在聽膩了！

M：1　真的那麼有意思嗎？我好想聽聽看。

2　是哦，那一定很無聊。

3　如果不仔細聽清楚，之後就麻煩了。

36 番

日文對話與翻譯

答案：2

メモ

M：こんなことなら他の映画にするんだった。

F：1　そうね。感動しちゃった。

2　うん。なんで人気があるのか不思議。

3　それなら、絶対これを観ないと後悔するよ。

譯 M：早知道是這樣，我就挑別部電影看了！

F：1　是呀，我看得很感動！

2　嗯，真不懂怎會那麼賣座。

3　既然如此，不看這部一定會後悔的！

解題攻略 track 4-37

» 女士在抱怨菅原先生總是自吹自擂，令人厭煩。老是聽同樣的話很無聊，所以男士這麼回答她。

其他選項

1 是當對方說「菅原さんの話は、いつもすごくおもしろいのよ／菅原先生說話總是相當風趣哦」之類的話時的回答。

3 是當對方說「菅原さんの話はとても難しい／菅原先生說話很難懂」之類的話時的回答。

單字・慣用句・文法 うんざり（厭煩）

解題攻略 track 4-38

» 因為剛看完的電影很無聊，因此男士正在抱怨如果當初選別部電影就好了。

其他選項

1 是當對方說「とてもいい映画だったね／真是一部好電影呢」時的回答。

3 是當對方說「最近あまりいい映画がないから、見ないことにしてる／因為最近沒什麼好電影，還是決定不看了」之類的話時的回答。

單字・慣用句・文法 不思議（ふしぎ）（不可思議，難以想像）

37番

日文對話與翻譯

答案：1

メモ

F：私、たばこは今日できっぱりやめる。

M：1　えらい。やっと決心したんだね。応援するよ。

2　だめだよ。体に悪いから吸わない方がいい。

3　うん。少しずつでも減らした方がいいよ。

譯 F：我決定從今天起徹底戒菸！

M：1　了不起，妳終於下定決心了！我會為妳加油的！

2　不行啦，抽菸對身體不好，還是別抽吧。

3　嗯，就算一天少抽一支也好，慢慢戒掉吧。

38番

日文對話與翻譯

答案：3

メモ

M：日本料理の中では、とりわけ豆腐が好きなんです。

F：1　ああ、私も豆腐はあんまり。

2　ええ。豆腐はそんなにおいしくないですからね。

3　へえ*。寿司やてんぷらよりも好きなんですか。

譯 M：日本料理之中，我尤其喜歡豆腐。

F：1　是喔，我也不太喜歡豆腐。

2　是呀，豆腐實在不怎麼好吃。

3　是哦*！比壽司和炸蝦更喜歡嗎？

解題攻略

track 4-39

» 這是女士在宣告自己決定戒菸的狀況。

» 男士聽了她的話後，佩服的說「えらい／了不起」，並替她加油打氣。

其他選項

2 是當對方說「たばこはやめたくない／我不想戒菸」時的回答。

3 因為女士說「今日できっぱりやめる／從今天起徹底戒菸」，若是回答「少しずつでも減らしたほうがいい／一天少抽一支也好」並不合邏輯。如果對方說的是「たばこはやめようと思う／我想戒菸」，那麼選項３就是合適的回答。

單字・慣用句・文法 **きっぱり**（徹底；乾脆）

解題攻略

track 4-40

» 男士說日本料理中他特別喜歡豆腐。對方聽了感到驚訝，沒想到竟然比壽司和炸蝦還要喜歡。

其他選項

1「私も／我也」後面應該要接「大好きです／非常喜歡」。

2 對於說喜歡豆腐的人，不會說「おいしくないですから／豆腐不怎麼好吃」。選項２是當對方說「豆腐が苦手なんです／我不敢吃豆腐」之類的話時的回答。

＊へえ＝是哦！（驚訝、感到意外時說的話。例句：へえ、君も昔、彼女が好きだったの。気づかなかったなあ／是哦，你以前也喜歡她呀？我當時都沒發現呢！）

單字・慣用句・文法 **とりわけ**（尤其）

39番

日文對話與翻譯

答案：1

メモ

F：ひろしの成績（せいせき）、なかなか上（あ）がらないけど、これで合格（ごうかく）できるのかしら。

M：1　まあ、自分（じぶん）なりに努力（どりょく）はしているみたいだから、もう少（すこ）し様子（ようす）をみてみようよ。

2　うん。合格（ごうかく）ともなれば、きっとうれしいに違（ちが）いないよ。

3　きっと、合格（ごうかく）したら最後（さいご）*、がんばるだろう。大丈夫（だいじょうぶ）だよ。

譯 F：小廣的成績一直沒有起色，照這樣下去能夠及格嗎？

M：1　沒關係啦，他目前看起來正按照自己的步調努力用功，我們再觀察一陣子吧。

2　嗯，如果及格，他一定會很高興的。

3　一旦*及格了，他應該就會努力了，別擔心啦！

解題攻略特搜！

把祕技都記下來

解題攻略

track 4-41

» 這題的狀況是父母親正在討論孩子的成績。對於媽媽的擔心，爸爸則是說暫時再觀察一陣子。

其他選項

2 是當對方說「合格できたら喜ぶでしょうね／及格的話一定會很高興吧」時的回答。

3 因為媽媽擔心的是小廣能否及格，所以「合格したら最後、がんばるだろう／一旦及格了，他應該就會努力了」的說法是錯誤的。

＊～したら最後＝一旦～（是「いったん～したら、それまで／一旦～，就完了」的意思。「合格したら最後／一旦及格」是「いったん合格したら／一旦及格」的意思。因此選項３後半應該改成「合格したら最後、勉強なんてするものか／一旦及格了，哪還會念書」。）

單字・慣用句・文法 **～なりに**（與～相應的）

解題攻略特搜！

把祕技都記下來

N1 聽力模擬考題 問題5

総合理解

共9題

track 5-01

錯題數：

問題5では、長めの話を聞きます。この問題には練習はありません。
メモをとってもかまいません。

1番、2番 track 5-02

問題用紙に何も印刷されていません。まず話を聞いてください。それから、質問とせんたくしを聞いて、1から4の中から、最もよいものを一つ選んでください。

1番

track 5-03

- メモ -

答え
①②③④

2番

track 5-04

- メモ -

答え
①②③④

3番

track 5-05

まず話を聞いてください。それから、二つの質問を聞いて、それぞれ問題用紙の１から４の中から、最もよいものを一つ選んでください。

3番

track 5-06

質問1

1 健康が気になるとき

2 時間がたっぷりあるとき

3 ゴルフをしているとき

4 災害の時

答え
①②③④

質問2

1 自分にはあまり役に立たないから欲しくない

2 高いから買わない

3 短時間で充電できれば買いたい

4 将来は役に立つかもしれないが、今はまだ欲しくない

答え
①②③④

問題用紙に何も印刷されていません。まず話を聞いてください。それから、質問とせんたくしを聞いて、1から4の中から、最もよいものを一つ選んでください。

單字

それぞれ（各別，分別）

やつ（東西；傢伙）

洗剤（清潔劑）

使い捨て（免洗，一次性的）

再生紙（再生紙）

フリーマーケット【flea market】（跳蚤市場）

寄付する（捐獻）

もったいない（浪費的，可惜的）

日文對話與問題

家の中で男の人と女の人が話しています。

F：ええと、今日のお客さんは、池田さんと奥さん、太田さんと奥さん、あとは山中さんと、平木さんだね。

M：食器は全部で８人分。

F：じゃ、お皿とコップを出すね。① 食べ物は、お寿司やサンドイッチもたくさん作ったし、みんなもそれぞれ持ってくるって言ってたから、じゅうぶんじゃないかな。

M：ああ、それやめて、紙のやつにしない？② あとで洗うの大変だし。

F：だけど使ってない食器、たまには使わないと。それに、ゴミが増えて環境にもよくないでしょう。③

M：洗剤を使うことや油をふき取った紙や布をどうするかと考えたら、どっちもどっち*なんじゃない。④

F：そうか。それに、その分、みんなと楽しく過ごす時間が増えるって考えれば、いいか。⑤

M：そうだよ。ただ使い捨てでも、うちのは再生紙で作られてるやつだから。それと、使ってない食器はリサイクルショップに持っていったり、フリーマーケットに出したり、寄付したりしようよ。家にしまっておいても、それこそ、もったいないからね。

F：うん。

二人は、どうすることにしましたか。

1　使い捨ての紙の食器を使う。
2　ずっと使っていない食器を使う。
3　お客さんが持ってくる食器をもらう。
4　食器を売る。

答案卷上沒有印任何圖片和文字，請先聽完對話，再聽問題和選項，從選項１到４當中，選出最佳答案。

對話與問題中譯 答案：1

男士和女士正在家裡討論。

F：我算算看，今天要來的客人有池田先生和太太、太田先生和太太，還有山中先生和平木先生，對吧？

M：餐具總共八人份。

F：那，把盤子和杯子拿出來吧。餐點已經做了很多壽司和三明治，大家也說會各自帶東西來，應該夠了吧。

M：哎，不要用那些，改用紙餐具吧？等下還要洗，很麻煩。

F：可是那些餐具從來沒用過，偶爾總得拿出來用一用啊。而且，增加垃圾對環境不好嘛。

M：如果把清洗時使用的洗潔劑和擦掉油汙時的紙巾或抹布列入考量，對環境的汙染可以說是半斤八兩*吧。

F：有道理。而且，不如把洗碗盤的時間拿來和大家聊天說笑。那就算了吧。

M：就是說啊。即使用的是免洗餐具，我們家買的也是再生紙做的。還有，那些平常不用的餐具，乾脆拿去二手商店或是跳蚤市場賣掉，再不然就捐出去吧。放在家裡收著不用，那才叫浪費呢。

F：嗯。

他們兩人決定要怎麼做呢？

1　使用拋棄式餐具。
2　使用從來沒用過的餐具。
3　收下客人帶來的餐具。
4　賣掉餐具。

解題中譯

要掌握兩人對話的走向。

關鍵句①
女士說把餐盤和杯子拿出來吧。

關鍵句②
男士則說改用紙餐具吧。

關鍵句③
女士回答使用紙餐具會增加垃圾，對環境不好。

關鍵句④
男士認為兩種餐具對環境的汙染程度是一樣的。

關鍵句⑤
女士同意使用紙餐具。

選項

選項３，客人會帶來的是食物。

選項４，雖說要把不用的餐具拿去二手商店或是跳蚤市場賣掉，但並沒有說要現在立刻賣出。

＊どっちもどっち＝半斤八兩
（兩者沒什麼差別的意思。）

再聽一次對話內容 

5 もんだい　翻譯與解題　2番

單字

不審者（可疑人士）

侵入（闖入；侵略）

抽選（抽籤）

防ぐ（防守；預防）

見分ける（識別，鑑別）

セキュリティシステム【security system】（保全系統）

日文對話與問題

会社で社員が集まって話しています。

M：この機械システムで、不審者の侵入は防げるのかな。①

F1：カメラの性能はかなりいいそうですよ。この前、人気グループのコンサートで使われたものと同じだそうです。

M：コンサートといえば、あぶないことをするファンも多いからね。

F2：それもありますが、買ったチケットを他の人に高く売らせないようにするためです。私、そのコンサートに行くんですよ。

F1：えっ、行くんですか。よくチケットがとれましたね。高くなかったですか。

F2：私は運よく抽選で当たったので定価でした。抽選に外れた人に、高い値段で売るのを防ぐために、買う時に運転免許証やパスポートなんかの、証明書の写真が必要なんです。チケットを見せる時にその顔が違うと絶対会場に入れないみたいです。②

M：ふうん。でも女の人は髪形や化粧がいつも違う人が多いけど、ちゃんと顔が見分けられるのかな。

F1：そうですね。似ている人だと、会場に入れるんでしょうか…。

F2：難しいそうです。数年前までは、まだ機械のミスが多かったそうですが。

M：新製品の情報に関しては特に厳しく管理しなきゃいけないから、セキュリティシステムは厳しいほどいいよ。このシステムの導入でうちが情報を守る姿勢も世間に示せるしね。

3人はどんなシステムについて話していますか

1　パスワードを読み取る機械システムについて

2　違法なコンサートを見つける機械システムについて

3　血管の形で本人かどうかを見分ける機械システムについて

4　顔で本人かどうかを見分ける機械システムについて

對話與問題中譯　答案：4

職員們正聚在公司裡聊天。

M：不知道能不能透過這套機械系統來防堵可疑人士的入侵呢？

F1：聽說攝像鏡頭的性能相當優異喔。不久前有一團當紅歌手舉辦演唱會，用的就是同一套系統。

M：說到演唱會，有很多粉絲會做出危險的舉動吧。

F2：那的確是使用識別系統的原因之一，不過更重要的是用來避免買到票的人以高價轉售給其他人。我會去聽那場演唱會喔！

F1：什麼，妳可以去哦？居然搶得到票！票價不貴嗎？

F2：我很幸運，抽籤抽中了，所以是用原價購買的。為了防止有人把抽到的門票高價賣給沒抽中的人，購買時必須附上駕照或護照之類證件的掃描檔。據說憑票入場時，假如長相和當時提供的證件相片不一樣，就絕對進不了會場。

M：有這種事哦。不過有很多女人時常改變髮型和妝容，機器能夠辨識得出來嗎？

F1：就是說呀。如果是長得很像的人，也許就能混進會場了吧……。

F2：據說很難。幾年前，機器還時常發生辨識錯誤的狀況，現在不會了。

M：關於新產品的資訊必須嚴格控管才行，因此保全系統要愈嚴密愈好。我們公司藉由引進這套系統，也能夠向外界宣示對於資訊安全的重視。

請問他們三人在談論什麼樣的系統呢？

1　關於讀取密碼的機械系統
2　關於識別非法演場會的機械系統
3　關於識別血管形狀是否與本人一致的機械系統
4　關於識別長相是否與本人一致的機械系統

解題中譯

關鍵句 ①②

職員們正在談論進入演唱會會場時，辨識入場的是否為本人的識別機器。

再聽一次對話內容

まず話を聞いてください。それから、二つの質問を聞いて、それぞれ問題用紙の1から4の中から、最もよいものを一つ選んでください。

日文對話

ニュースで、女のアナウンサーが話しています。

F：イタリアとアメリカの会社が共同で、スマートフォンの電池に十分電気を貯める、つまり充電ができるスポーツシューズを開発しました。これは、靴底に埋め込んだ装置によって、歩く時の足の動きなどで生じるエネルギーを蓄積しておくことができる靴で、完全防水のため雨や雪が降っても問題なく、悪天候でも、マイナス20度から65度の暑さ、寒さの厳しい場所でも使えるようになっています。さらに、「位置情報、歩数、足元の温度、バッテリーレベル」などをチェックすることが可能です。ただし、スマートフォン一台分に充電をするには、8時間の歩行が必要だそうです。

M：もうちょっと短い時間で充電できればいいのになあ。だいたい8時間なんて、そんな時間誰も歩かないよ。

F1：そうね。海外旅行に行ったときぐらいしか役に立たないんじゃない。

F2：登山の時なんかは？がんばって歩こう、という気になるし健康にもいいかも。

F1：お父さんはもともと体を動かすのが好きじゃないから、きっと買っても無駄になるわね。

M：ゴルフだったら歩くけど、とても8時間には足りないな。

F2：私は、歩くことは苦にならないんだけど、値段が気になる。いくらぐらいするのかな。

F1：安かったとしても、私はふつうのスポーツシューズでたくさん。

M：でも、一足あれば、地震や台風で停電になった時に役立つよ。① ⋯⋯> 關鍵句
早く発売されるといいのに。

F1：私はいい。いつでもちゃんと充電してるし。持っていても、充電のことをいつも気にしてたらスポーツしていても楽しくなさそうだから結局はかないな。② ⋯⋯> 關鍵句

F2：言われてみれば、そうね。

請先聽完對話，接著聆聽兩道問題，並分別從答案卷上的選項 1 到 4 當中，選出最佳答案。

對話中譯

女性播報員正在播報新聞。

F：義大利和美國的公司已經聯合研發出一雙能夠為智慧型手機的電池儲滿電力，也就是能夠充電的運動鞋。這雙鞋可藉由嵌在鞋底的裝置，將行走時腳部移動所產生的能量蓄積起來。鞋體完全防水，因此在雨天和雪天都沒有問題，即使身處惡劣的天氣，從零下二十度的嚴寒到高達六十五度的酷熱地區，均可穿著使用。不僅如此，還可以查詢「所在位置、步數、腳底溫度、儲存電力」等資訊。不過，想要充飽一支智慧型手機，據說必須步行八個小時。

M：要是用更短的時間充飽電就好了。話說居然需要八個小時，誰都沒辦法走那麼久啊！

F1：是呀，大概只有出國旅行時派得上用場吧。

F2：爬山的時候也有用吧？這樣才有動力讓人努力繼續走，或許有益健康吧。

F1：爸爸本來就很討厭運動，就算買了一定要是浪費。

M：只有打高爾夫的時候我願意走路，但也沒辦法走整整八個小時啊。

F2：走路對我來講不是一件苦差事，我倒是對定價有興趣，不曉得大概多少錢呢？

F1：就算不貴，我也只想穿普通的運動鞋。

M：不過，只要家裡有一雙，遇到地震或颱風導致停電的時候就能發揮作用了。真希望可以早點販售。

F1：我不需要。我一向讓手機維持電力滿格的狀態。就算穿了那種鞋，心裡總是惦記著充電的事，反而沒辦法專心享受運動的樂趣，到最後根本就不想穿了。

F2：妳說的聽起來有道理哦。

解題技巧

這題的談話中一共出現了兩位女士和一位男士，從第二題的選項可看到人物的各種想法，聆聽前先瀏覽並在腦中記住關鍵字，邊聽邊在選項旁記下抱有此想法的人物，才不會忘記喔。

再聽一次對話內容

日文題目

答案：4

メモ

質問1

父親は、どんな時にこの靴が役に立つと言っていますか。

1　健康が気になるとき
2　時間がたっぷりあるとき
3　ゴルフをしているとき
4　災害の時

日文題目與翻譯

答案：1

メモ

質問2

女の子はこの靴についてどう思っていますか。

1　自分にはあまり役に立たないから欲しくない
2　高いから買わない
3　短時間で充電できれば買いたい
4　将来は役に立つかもしれないが、今はまだ欲しくない

單字 **貯める**（積儲）　**埋め込む**（埋入，塞入）　**蓄積**（蓄積）　**悪天候**（惡劣的天氣）

題目中譯

提問1

父親說這種鞋在什麼時候能夠發揮作用呢？

1 注重健康的時候
2 有很多時間的時候
3 想打高爾夫的時候
4 天災發生時

解題攻略

①爸爸說遇到地震或颱風導致停電的時候就能發揮作用了。

其他選項

3 爸爸說就算是打高爾夫球的時候也沒辦法走八個小時。

日文・中文解題

提問2

女孩對這種鞋有什麼看法呢？

1 因為對自己沒有太大用處，所以不想要
2 因為太貴了所以不會買
3 如果能在短時間內充電完畢就會想買
4 也許將來會派上用場，但現在還不想要

解題攻略

②女孩只想穿普通的運動鞋。女孩說心裡總是惦記著充電，反而沒辦法專心享受運動的樂趣，所以不想要。

其他選項

2 在意價格高低的是媽媽。

3 說“要是用更短的時間充飽電就好了”的是爸爸。

マイナス【minus】（零下；負）　**役に立つ**（有助益）　**たくさん**（足夠了）

4番、5番

track 5-07

問題用紙に何も印刷されていません。まず話を聞いてください。それから、質問とせんたくしを聞いて、１から４の中から、最もよいものを一つ選んでください。

4番

track 5-08

- メモ -

答え

① ② ③ ④

5番

track 5-09

- メモ -

答え

① ② ③ ④

6番

track 5-10

まず話を聞いてください。それから、二つの質問を聞いて、それぞれ問題用紙の１から４の中から、最もよいものを一つ選んでください。

6番

track 5-11

1 法律的に正しいのはどちらか裁判で決める

2 トラブルが起きたらすぐにコミュニケーションを図る

3 早めに第三者に判断してもらうように努力する

4 今後も付き合いがあることを忘れず、まずよく話し合う

答え
①②③④

---

1 不愛想でぶっきらぼうなので付き合いにくい

2 世話好きで親切なので感謝している

3 子どもに厳しい人だが尊敬できる

4 口うるさい人なのでなるべく距離を置きたい

答え
①②③④

單字

研究会（研究會，研討會）

合唱サークル【合唱 circle】（合唱團）

生け花（插花）

役に立つ（有益處）

利害関係（利害關係）

ボランティア【volunteer】（志願者）

日文對話與問題

大学で、男の人と女の人が話をしています。

F：どのサークルに入ろうかな。もう決めた？

M：僕はテニスクラブに入ったよ。まだ募集してるけど、どう？入らない？

F：うん、高校の時ずっとテニスをやってたから続けてもいいんだけど、せっかく大学に入ったんだから、大学でしかできないことをやりたいな。

M：文学研究会とか、合唱サークルとか？

F：うーん、それより、うちの大学は留学生が多いでしょ。社会に出れば外国人といっしょに仕事をすることになると思うから、その前に、友達を作ってその人の国の文化を知りたいんだ。①生け花とか書道のサークルも留学生がいるみたいだけど、できればいっしょに人の役に立つような、一つの目的を果たせるようなサークルがいいな。②

M：そういえば、利害関係のない友達を作れるのは学校だけだって聞いたことあるな。いっしょに社会の役に立つなんていいよね。

F：そうでしょ。うん。私、探してみる。

女の人が興味を持つのはどのサークルですか。

1 留学生が多い日本画のサークル

2 留学生が多い書道部

3 留学生が多いボランティアサークル

4 留学生に日本文化を紹介するサークル

對話與問題中譯　答案：3

男生和女生正在大學校園裡交談。

F：我到底該參加哪個社團呢？你已經決定了嗎？

M：我已經加入網球社囉！那裡還沒額滿。怎樣？要不要來？

F：嗯，我高中時一直打網球，所以繼續練習也可以，不過好不容易才上了大學，我想嘗試一些只在大學時代能做的事。

M：妳是指文學研究社或是合唱團之類的嗎？

F：呃，其實我的意思是，我們學校不是有很多留學生嗎？我覺得等到以後上班，應該會進入和外國人一起工作的職場，所以想提前和他們交朋友，了解他們國家的文化。雖然插花社和書法社似乎有不少留學生入社，但是我更希望參加能夠和他們一起助人，合力完成某項目標的社團。

M：聽妳這麼一說我想起來了，好像曾經聽過只有在學校裡才能交到沒有利害關係的朋友。和同學一起對社會有所貢獻，這個想法很不錯喔！

F：對吧？嗯，我去找找看有沒有這樣的社團！

請問女生對哪個社團有興趣呢？

1　有許多留學生參加的日本畫社。
2　有許多留學生參加的書法社。
3　有許多留學生參加的社會服務社。
4　向留學生介紹日本文化的社團。

解題中譯

關鍵句 ①②

女學生雖然想加入有許多留學生的社團，但可以的話更希望是「いっしょに人の役に立つような／一起助人」、「いっしょに社会の役に立つ／一起對社會有所貢獻」這類的社團。符合這個目的的是選項3。

選項

選項1，對話中沒有提到日本畫。

選項4，女學生並不是要「日本文化を紹介する／介紹日本文化」，相反的，她說想了解留學生國家的文化。因此她最感興趣的是有許多留學生的服務性社團。

再聽一次對話內容

單字	日文對話與問題

單字

レジ【register】（收銀）

不自由（不方便，不自由）

大家（房東）

キーボード【keyboard】（鍵盤）

事務（內勤，事務）

通信販売（郵購）

日文對話與問題

学生がアルバイトの面接を受けています。

M：今までどんなアルバイトをしたことがありますか。

F1：飲食店で働いたことがあります。ウェイトレスと、レジも担当していました。

F2：どうしてやめてしまったんですか。

F1：その店が閉店してしまいまして、ちょうど私も留学が決まっていたので、それ以後はしていません。

M：英語は話せますか。

F1：はい、日常会話には不自由しません*。

M：うちはレストランや喫茶店と違って、お客さんと話すことはないんですが、電話の応対がしっかりできないと困るんです。電話はお客様からが多いんですけれど、大家さんや建築会社、銀行など、いろいろなところからかかってきます。①大丈夫ですか。

F1：はい。敬語も、苦手だと感じたことはないです。

F2：パソコンは？

F1：資格などはありませんが、キーボードは見ないで打てます。

M：わかりました。

どんなアルバイトの面接ですか。

1　不動産会社の事務　　2　通信販売の受付

3　英会話の教師　　4　楽器演奏者

對話與問題中譯　答案：1

學生正在接受工讀的面試。

M：妳有工讀的經驗嗎？
F1：我待過餐飲業，當過服務生和收銀員。
F2：為什麼離職了呢？
F1：因為那家店結束營業了，而我那時也剛好決定留學，之後就沒繼續做了。
M：會說英語嗎？
F1：會，日常交談沒有問題*。
M：我們這裡和餐廳或咖啡廳不一樣，不會面對面和顧客直接對話，但如果接聽電話時無法妥善應答就麻煩了。打電話來的大部分是客戶，不過也會接到房東、建設公司或銀行等不同單位打來的電話。妳有把握勝任嗎？
F1：沒問題。我可以使用敬語對答如流。
F2：電腦呢？
F1：雖然沒有證照，但是可以不看鍵盤打字。
M：好的。

請問她接受的是什麼行業的工讀面試呢？

1　不動產公司的內勤人員
2　郵購的櫃臺人員
3　英語會話的教師
4　樂器演奏者

解題中譯

關鍵句①

和房東及建設公司有密切關係的是選項1不動產公司。「大家／房東」是指出租房屋的人。不動產公司的業務是代表屋主出售或租賃房屋、土地給需要的客人。

＊不自由しない＝沒有問題（不會感到困擾。）

再聽一次對話內容

日文對話

テレビの報道番組で、近隣トラブル、つまり、近所に住む人どうしの紛争について弁護士が話しています。

M：引っ越したら隣の人がうるさくて困っている、上の階の子どもが四六時中ドタバタと走り回っている、などという苦情をよく耳にしますが、どう対処すればいいか分からないという方が多いようです。

ご近所同士の紛争は、ある程度の長さのつきあいを続けざるを得ないことが多く、裁判で勝っても、問題の本質的な解決につながりにくいのです。さらに近隣トラブルは、生活に影響するため精神的ストレスが大きいという特徴があります。

ですから、まず何よりも、今後もつきあいが続くということを頭において＊対処すべきでしょう。① このような観点から、まず、話し合いで解決を図るのが効果的です。その際に、法律とかマンションの規則とか、何らかの客観的な根拠をもって話し合いに臨むことも有効です。話し合いで解決がつかない場合も、いきなり裁判を起こすのではなく、裁判所という場所を借りた話し合いや、中立的な立場の人に判断を任せるなど、より穏やかな解決方法が望ましいでしょう。

關鍵句

M：昔、ピアノの音が原因で近所の人を殺してしまった事件があったね。

F1：そうね。最近もエレベーターの中でにらまれたとか、近所の子どもに家のドアを蹴られたことで殺そうと思ったとか、騒音以外にも近隣トラブルはあるみたいね。

對話中譯

律師正在電視專題報導節目中談論關於鄰居糾紛，也就是住在附近的居民彼此的紛爭。

M：我們常聽到有人抱怨剛搬來的鄰居很吵，或是住在樓上的小孩一天到晚蹦蹦跳跳跑來跑去。有許多人不知道該如何處理這樣的困擾。
鄰居間的紛爭，通常之後仍然不得不持續往來一段時間，所以就算贏了訴訟，並不等於問題獲得實質上的解決。況且鄰居糾紛的特徵就是精神壓力會大到影響生活。
因此，在處理這種問題的時候，最重要的前提就是必須記住*，雙方日後仍須保持往來。基於這個觀點，最有效的方式，首先應該是試著透過協商來解決問題。這時候，可以依據法律或大廈管理條例之類的客觀準則來協商，具有一定的成效。即使經過協商依舊無法解決，也不要立刻提起訴訟，而希望大家能夠採用比較溫和而妥善的解決方式，例如藉由在法院這樣的場所繼續協商，或是交由立場中立者做出判斷等等。

M：我記得從前曾經發生過因為鋼琴的彈奏聲導致殺死鄰居的凶殺案呢！

F1：是呀，最近好像也有些鄰居糾紛的起因不是噪音，而是由於在電梯裡被瞪了一眼，或是家門被附近的小孩踢了一腳，結果就懷恨在心，想殺人洩憤喔。

M：ふだんからコミュニケーションがとれていればいいのかもしれないけれど、今はそれが難しいんだよな。さやかはちゃんと近所の人に挨拶してる？

F2：うん、してるよ。でも、お隣の酒井さんに、「お帰りなさい」て言われると、「ただいま」って答えていいのかどうかわからなくて、「どうも」って小さい声で答えてるんだ。

M：夫婦げんかの声とかが聞こえてたら、ちょっと恥ずかしいなあ。

F1：やあね、そんなに大きい声で喧嘩なんかしないわよ。どこまでお付き合いをしたらいいかっていうのは難しいけど、災害が起きた時は助け合わなくちゃいけないんだから、やっぱり普段から関係はよくしておきたいわね。

F2：そういえば私が小学生の時、鍵がなくて家に入れないで困っていたとき、酒井さんのおじさんが一緒に遊んでくれたでしょ。② 顔はちょっと怖いけど、優しいよ。 …… 關鍵句

M：奥さんにはいつも手作りのおいしいものをいただいているしね。③ …… 關鍵句

F1：本当。ありがたいわね。④ …… 關鍵句

M：そうだね。こんなトラブルは想像もつかないなあ。

M：假如平常保持良好的溝通，或許就不會發生這些憾事了，可是在現代社會實在不容易辦到。沙耶香，妳平常有沒有禮貌地和鄰居打招呼？

F2：嗯，有啊。不過，隔壁的酒井伯母對我說「回來啦」的時候，我不知道該不該回答「我回來了」，只敢小小聲回覆一句「您好」。

M：萬一我們夫妻的吵架聲被他們聽見了，可就不太好意思了。

F1：討厭，我才沒有扯開大嗓門和你吵架呢！雖然和鄰居間的往來很難把分寸拿捏得恰到好處，可是萬一發生災害的時候大家不得不互相幫忙，所以希望平時可以維持良好的關係。

F2：我記得讀小學的時候有次忘記帶鑰匙，沒辦法進家門，不知道怎麼辦才好，那時酒井伯伯陪我玩了好一陣子。他的長相雖然有點可怕，其實心地很善良喔。

M：酒井太太也常把親手做的好菜分送給我們吃。

F1：就是說嘛，很感謝她呢。

M：是啊，實在難以想像怎麼有人會發生鄰居糾紛那種事啊。

解題技巧

第五大題有時會詢問多位人物中，其中一位的想法。本題聽完律師的談話之後，本題出現了三個人物，從男士對女孩的稱呼「さやちゃん」，以及對另一名女士稱夫婦可知，一位是媽媽另一位是女兒，男士則是爸爸。但本題只詢問全家人，是相對單純的題目。

再聽一次對話內容

5 もんだい　翻譯與解題

日文題目

答案：**4**

メモ

質問1

弁護士は、近隣トラブルの解決で大切なのはどんなことだと言っていますか。

1　法律的に正しいのはどちらか裁判で決める
2　トラブルが起きたらすぐにコミュニケーションを図る
3　早めに第三者に判断してもらうように努力する
4　今後も付き合いがあることを忘れず、まずよく話し合う

日文題目與翻譯

答案：**2**

メモ

質問2

この家族は隣の夫婦について、どう思っていますか。

1　不愛想でぶっきらぼうなので付き合いにくい
2　世話好きで親切なので感謝している
3　子どもに厳しい人だが尊敬できる
4　口うるさい人なのでなるべく距離を置きたい

單字　**報道**（報導）　**紛争**（紛爭，糾紛）　**四六時中**（一天到晚，一整天）
図る（圖謀，策畫，謀求）　**根拠**（根據）　**話し合う**（商量，談話）　**蹴る**（踢）

題目中譯

提問 1

律師說，解決鄰居糾紛的時候，最重要的是什麼事呢？

1　誰在法律上是對的一方由法院判定
2　一旦發生問題，就法上進行溝通
3　努力儘早讓第三者作出判斷
4　不要忘記雙方日後仍須保持往來，先好好溝通

解題攻略

①律師提到要解決鄰居糾紛，最重要的前提就是「今後もつきあいが続くということを頭において対処する／必須記住，雙方日後仍須保持往來」。

＊頭におく＝放在心上（不忘記，記住。）

日文・中文解題

提問 2

這一家人對於鄰居夫婦有什麼看法呢？

1　因為他們態度粗魯不親切，很難來往
2　因為他們樂於助人又很親切，所以很感謝他們
3　他們對孩子很嚴格，值得尊敬
4　他們很嘮叨，所以想盡量保持距離

解題攻略

②③④從爸媽和女兒的對話中可以判斷出，這一家人對於鄰居夫婦的經常關照感到非常感激。

其他選項

1、3 女兒提到酒井先生「顔はちょっと怖いけど、優しい／長相雖然有點可怕，其實心地很善良」。

4 對話中沒有提到「口うるさい／嘮叨」。

ドタバタ（蹦蹦跳跳跑來跑去）　**耳にする**（聽見）　**本質**（本質）　**対処**（處理）
かどうか（是否）　**災害**（天災，災害）　**助け合う**（互相幫助）　**手作り**（手製）

7番、8番

track 5-12

問題用紙に何も印刷されていません。まず話を聞いてください。それから、質問とせんたくしを聞いて、１から４の中から、最もよいものを一つ選んでください。

7番

track 5-13

- メモ -

答え

①②③④

8番

track 5-14

- メモ -

答え

①②③④

9番

track 5-15

まず話を聞いてください。それから、二つの質問を聞いて、それぞれ問題用紙の1から4の中から、最もよいものを一つ選んでください。

9番

track 5-16

1 女性の教育に関する実態
2 女性の活躍推進に関する世論
3 育児に関する世論
4 高齢化社会の実態

答え
①②③④

1 兄も妹も、働きづらいと思っている
2 兄は働きづらいと思っているが、妹は働きやすいと思っている
3 兄も妹も、とても働きやすいと思っている
4 兄は働きやすいと思っているが、妹は特に女性にとって働きづらい

答え
①②③④

單字

送料（運費）
手配（安排，準備）
引き取り（領取）
返却（退還）
処分（處理）
支援（支援）

日文對話與問題

電話で男の人と女の人が話しています。

F：はい、アイラブックです。

M：あのう、本を寄付したいんですけど。

F：ありがとうございます。どのぐらいになるでしょうか。

M：ええと、100冊ぐらいなんで、ミカンの箱で3箱ぐらいかな。いや、二箱…。大きい本もあるのでやはり3箱ぐらいです。

F：５冊以上の場合は、送料は結構です。こちらで指定する配送業者を手配します。お送りになる準備ができましたら、ホームページから申し込み用紙を印刷して必要事項を書いたものを箱に詰めてください。それから配送会社に電話をして、引き取りを依頼して、配送会社の人が来たら、渡していただけますでしょうか。①

M：わかりました。それと、もし引き取ってもらえない本が入っていた場合は、送り返されてくるんでしょうか。

F：一度送っていただいた本は返却できないので、処分します。値段がつけば*それを支援が必要な団体に寄付させていただき、値段がつかなければ処分します。

M：わかりました。じゃあ、これから準備します。

F：よろしくお願いいたします。

男の人が本を送るためにしなければならないことは何ですか。

1　①本を箱に詰める　②申込書をアイラブックに郵送する　③連絡が来たら配送会社に①を持って行く。

2　①本を数える　②冊数を申込書に記入する　③電話が来たらアイラブックに郵便で送る。

3　①申込書に必要事項を記入する　②①を本と一緒に箱に詰める　③配送会社に電話して来てもらう。

4　①申込書に必要事項を記入する　②①をアイラブックに郵送する　③配送会社に電話して来てもらう。

對話與問題中譯　　答案：3

男士和女士正在通電話。

F：相良書店，您好。
M：不好意思，我想捐書。
F：謝謝您。請問大約幾本呢？
M：我想一下，大概有一百本，以裝橘子的箱子估計，差不多三箱吧……嗯，還是兩箱呢？有些書是大開本的，可能還是會裝到三箱左右吧。
F：超過五本即可免運費，我們會安排合作的貨運業者到府取書。麻煩您準備好了以後，上官網列印申請表並填寫必填欄位，一同放進箱子裡。接下來，打電話給貨運公司請他們來取書，等貨運人員到府之後，把箱子交給他們就可以了。
M：我知道了。另外想請教，如果有些書貴書店不收，會送還給我嗎？
F：一旦收到捐贈的書，之後就不再歸還，因此那些書會直接處理掉。假如經過評估是有價值*的書，會捐贈給需要的團體，如果是沒價值的書就會直接處理掉。
M：我明白了。那麼，我等一下就去準備。
F：麻煩您了。

請問男士送書時必須做哪些步驟呢？

1　①把書裝箱 ②將申請表郵寄至相良書店 ③等對方通知之後，把①拿到貨運公司。
2　①計算書籍冊數 ②把冊數填在申請表上 ③於接到電話之後，郵寄至相良書店。
3　①在申請表上填寫必填欄位 ②將①和書一起放進箱子裡 ③打電話給貨運公司請他們過來取書。
4　①在申請表上填寫必填欄位 ②將①郵寄至相良書店 ③打電話給貨運公司請他們過來取書。

解題中譯

關鍵句 ①

從①可知，選項3是正確答案。

選項

選項1和選項2，並不是必須要做的事。

選項4，順序②錯誤。

*値段がつく＝評估價格（決定要以多少價格收購。）

再聽一次對話內容

單字

行事（活動）

復活（恢復；復活）

不況（不景氣）

ベテラン【veteran】（老手）

前向き（積極）

アンケート【(法) enquete】（意見調查）

日文對話與問題

会社で３人の社員が集まって社内行事の企画について話しています。

M：今年の秋の行事について、そろそろ意見をまとめましょう。

F1：うちの課は、社員旅行がいいという声が上がりました。最近はずっと旅行に行ってなかったんですが、また復活させたい、ということです。

M：そういえば他の会社でも、社員旅行を復活させたところが増えてるらしいですよ。自分の時間を優先させたかったり、不況だったりでやらなくなったのに、今になってまたなんて、おもしろいですね。

F1：職場の人間関係をよくするためにはいいことじゃないですか。ベテランと新人が一緒の部屋で寝起きするって、会社の業績を上げこそすれ、下げることはなさそうだし。

F2：うちの課は、山登りと花見、あと、花火大会見物が出てました。例えば土日で旅行に行けば、次の週末までは休みがないわけですから、社員旅行は、体力的にどうかな。スポーツ大会とか、花見ぐらいが適当だと思うんですけど。

M：スポーツ大会も結構無理するかもしれませんね。とにかく、運動会にせよ、花見にせよ、イベントをやること自体はみんな前向き*ですね。うーん、旅行も、無理ってことはないかもしれませんよ。そうだ、みんなに行きたいかどうか①、意見を聞いてみませんか。もし旅行ということになると予算を組まないといけないから、会社がどれぐらい出せるのかもさっそく上に聞いてみます。

F2：一人いくらぐらいなら個人的に出してもいいか、またどんなところに行きたいかも合わせて、アンケートをとってみましょうか。②他のイベントに関しては、旅行はなし、と決まってからでも遅くないですよ。

M：それはそうですね。

F1：じゃあ、さっそくアンケートをつくりましょう。

３人が作るアンケートの問いとして適当ではないのはどれですか。

1　社内行事をすることに賛成か反対か

2　社員旅行に行きたいかどうか

3　社員旅行があったらどこへ行きたいか

4　社員旅行があったら参加費がいくらまでなら参加するか

對話與問題中譯 **答案：1**

三名職員正聚在公司裡討論公司活動的企劃事宜。

M：關於今年秋季的活動，差不多該開始彙集大家的意見了。

F1：我們科裡有人希望辦員工旅遊。近年來已經好久沒去旅行了，希望公司能夠復辦。

M：聽妳這麼一說，好像有愈來愈多公司也復辦員工旅遊了。之前因為有人認為應該優先保留自己的私人時間，或是由於不景氣而停辦，結果現在又要求復辦了，實在有意思。

F1：員工旅遊能夠增進職場的人際關係，這樣不是很好嗎？資深員工和新進員工住在同一個房間裡，應該有助於提升公司業績，總不至於降低吧。

F2：我們科提議爬山、賞花和看煙火。如果在週六日參加旅遊，就得一直等到下一個週末才有自己的休息時間，畢竟員工旅遊也很耗體力。相較之下，運動會或賞花之類的活動沒那麼累。

M：運動會或許也相當耗費精力喔。總之，不論是運動會或是賞花，舉辦員工活動的目的是提升大家的積極度*。唔，要辦旅遊的話，倒也未必不行。對了，要不要先調查一下大家到底想不想去呢？假如真的決定是旅遊，就得仔細估計預算才可以，我馬上就去問公司能夠補助多少錢。

F2：我們要不要設計一份問卷，調查每個人願意自費的金額大約多少，以及希望去什麼樣的地方？至於其他的活動，可以等到大家確定剔除了旅遊這個選項之後，再徵詢意見也不遲。

M：那當然！

F1：那麼，立刻動手設計問卷吧！

他們三人設計的問卷題目，以下哪一項是不正確的？

1 請問您贊成或是反對舉辦公司活動？
2 請問您有沒有意願參加員工旅遊？
3 請問如果舉辦員工旅遊，您想去什麼地方？
4 請問如果舉辦員工旅遊，您願意參加的自付額上限是多少呢？

解題中譯

關鍵句 ①②

從①②可知，選項2、3、4都是正確的。

選項

選項1，對話中提到「イベントをやること自体はみんな前向き／舉辦員工活動的目的是提升大家的積極度」，所以不需要問選項1的問題。

＊前向き＝積極（積極的。例句：その件につきましては、前向きに検討させていただきます／關於那個問題，我們將會認真討論。）

再聽一次對話內容

日文對話

テレビでアナウンサーが、世論調査の結果について話をしています。

M：今回の調査では、政治・経済・地域などの各分野で女性のリーダーを増やすときに障害となるものは何か①、という質問に対して、「保育・介護・家事などにおける夫などの家族の支援が十分ではないこと」、と答えた人の割合が、女性54.8%、男性44.8%と、ともに最も高くなりました。続いて、保育・介護の支援などの公的サービスが十分ではないことが42.3%、長時間労働の改善が十分ではないことが38.8%、上司・同僚・部下となる男性や顧客が女性リーダーを希望しないことが31.1%と続きました。 …> 關鍵句

また、一方で、男性が家事・育児を行うことについて、どのようなイメージを持っているか聞いたところ、「子どもにいい影響を与える」と考えた人の割合が女性では62.2%と最も高かったことに対して、男性では「男性も家事・育児を行うことは、当然である」と答えた人の割合が58%で、一位となりました。

M：僕は、結婚したら必ず家事や育児をするのに、なんでなかなか結婚できないのかな。

F1：あらあら、妹の陽子の方が結婚することになって、急に焦ってるんでしょ？健一は、あんまり結婚したそうに見えないからじゃない？お父さんに似て、あんまりおしゃれもしないし。

M：そうかな。とにかく、うちは特に長時間労働ということもないし、働きやすいよ。②

對話中譯

播員正在電視節目中報導民意調查的結果。

M：本次調查是針對在政治、經濟、地區等領域，有哪些因素阻礙了更多女性成為主管。調查結果分別有54.8%的女性和44.8%的男性回答「在照顧嬰幼兒、照護病人與做家務方面，包括丈夫在內的家人沒有給予充分的協助」，佔有相當高的比率。接著是有 42.3%的人回答「在照顧嬰幼兒與照護病人方面，政府提供的支援服務不夠充足」，有 38.8%的人回答「過長的工時仍然有待改善」，還有 31.1%的人回答「身為男性的上司、同事和部屬或是顧客，不希望主管是女性」。

與此同時，另一題詢問關於男性做家事與育兒給人什麼樣的印象，認為「對孩子有正面的影響」的女性受訪者佔比是62.2%，是本次調查中最高的數字，而認為「男性負責家務和育兒是理所當然的」的男性受訪者佔比是 58%，同樣高居第一位。

M：等我結了婚以後，也一定會做家事和帶孩子，可是為什麼到現在還沒人願意和我結婚呢？

F1：哎呀，你看到妹妹陽子要結婚了，所以突然著急了吧？健一，是不是因為你看起來沒什麼結婚的意願呢？你和爸爸一樣，不太講究穿著。

M：是那樣嗎？總之，我們公司的上班時間不會太長，工作蠻輕鬆的。

F2：上の人がまだ仕事をしていると、なかなか帰りにくいってことはない？私、課長より先には帰りにくくて。 …> 關鍵句

M：そうでもないよ。逆に、残っていると、仕事ができない人みたいなイメージになっちゃう。部長は女の人だし、たいてい一番先に帰るんだ。女性社員もさっさと帰るよ。

F1：昔、私が会社に勤めてた時は、特に仕事がなくても会社に残っている人がいたんだけど、そういう人はきっと、家事をやらなくても済んでたのよね。

M：うん。元気な親と一緒に住んでたか、一人暮らしか…。今はそんな会社、減ったよ。もちろん、なかなか仕事が終わらなくて、っていう人もいるとは思うけど、育児や介護を抱えていたりする人が長時間働かなくてもいいように会社が考えていかないと、女性は社会では活躍しにくいよ。最近は、家族の誕生日は休めるし、育児休暇*は男性も最低1か月はとれるって会社もあるらしいね。

F2：そういう会社はいいね。うちの会社は、大事なことが決まるのは、6時過ぎで、場所は喫煙室。社長も部長もいつもそこにいるんだもん。結婚してもやめないけど、子どもが生まれたら仕事を続けられるか心配。③ …> 關鍵句

F2：如果上面的人還在工作，難道不會覺得自己也不好意思回去嗎？像我就不好意思比科長還早離開。

M：不會啊。反而留下來加班的職員，會給人一種工作能力不佳的印象。我們經理是女生，通常都是第一個下班的，其他女職員也跟著立刻回去了。

F1：我以前還在公司上班的時候，有些人就算工作都做完了，還是會繼續待在公司裡。我猜啊，那些人一定不必做家事。

M：嗯，他們大概是和身體還很硬朗的父母住在一起，不然就是自己一個人住……。現在那樣的公司已經比以前少了。當然，我想有些人確實是工作做不完才留在公司裡。不過，除非公司改變想法，認為必須照顧嬰幼兒和照護病人的員工，可以不必工作到那麼晚，否則女性就很難在社會上一展長才。最近聽說有些公司可以讓員工在家人的生日那天休假，即使是男性也至少可以請一個月的育兒假*喔！

F2：那種公司真好！我們公司的重大決定，幾乎都是六點過後在吸菸室裡做成決議的。原因是總經理和經理總是待在那裡嘛。雖然我結婚以後不會辭職，可是很擔心生了小孩以後，不知道還能不能繼續外出上班。

解題技巧

從選項中可知對話人物包含哥哥和妹妹，聆聽時要一邊紀錄每個人物的看法外，也要從對話中判斷誰是誰。本文對話中，媽媽提到妹妹楊子要結婚，妹妹則說雖然結婚後仍會繼續工作，但生了孩子後就不確定了。

再聽一次對話內容

日文題目

答案：2

メモ

質問1

この調査は何について調べたものですか。

1 女性の教育に関する実態
2 女性の活躍推進に関する世論
3 育児に関する世論
4 高齢化社会の実態

日文題目與翻譯

答案：4

メモ

質問2

兄と妹は自分の勤めている会社についてそれぞれどう考えていますか。

1 兄も妹も、働きづらいと思っている
2 兄は働きづらいと思っているが、妹は働きやすいと思っている
3 兄も妹も、とても働きやすいと思っている
4 兄は働きやすいと思っているが、妹は特に女性にとって働きづらい会社だと思っている

單字 世論（輿論） 世論調査（民意調査） 分野（領域） 保育（保育）
育児（育兒） 逆に（相反的） さっさと（迅速地，趕緊地） 実態（實際狀態）

題目中譯

解題攻略

提問1

請問這項調查的主題是什麼呢？

1　關於女性教育的實際情況
2　關於推動女性活躍的輿論
3　關於育兒的輿論
4　高齡化社會的實際情況

①提到“在各種領域…更多女性成為主管”，也就是說，這是針對推動女性活躍於職場，調查民眾意見的民意調查。因此，選項2是正確答案。

日文・中文解題

解題攻略

提問2

請問哥哥和妹妹對於自己上班的公司，各自有什麼樣的看法呢？

1　哥哥和妹妹都認為工作很艱辛
2　哥哥認為工作很艱辛，妹妹認為工作很輕鬆
3　哥哥和妹妹都認為工作非常艱辛
4　哥哥認為工作很輕鬆，妹妹則認為公司對女性來說，工作特別艱辛。

②③相較於哥哥說自己的工作蠻輕鬆的，妹妹則說「子どもが生まれたら仕事を続けられるか心配／擔心生了小孩以後，不知道還能不能繼續外出上班」。由此可知對於女性而言，工作條件並不友善。

＊育児休暇＝育兒假（在孩子小的時候給予固定休假天數的制度。）

介護（かいご）（照顧病人或老人）　**公的**（こうてき）（公共的，官方的）　**改善**（かいぜん）（改善）　**一方**（いっぽう）（一面，同時）

絕對合格 38

絕對合格 全攻略！

新制日檢N1必背必出聽力（25K）

——MP3 + 朗讀 qr-code

發行人　林德勝

著者　吉松由美・田中陽子・西村惠子
山田社日檢題庫小組

出版發行　山田社文化事業有限公司
地址　臺北市大安區安和路一段112巷17號7樓
電話　02-2755-7622　02-2755-7628
傳真　02-2700-1887

郵政劃撥　19867160號　大原文化事業有限公司

總經銷　聯合發行股份有限公司
地址　新北市新店區寶橋路235巷6弄6號2樓
電話　02-2917-8022
傳真　02-2915-6275

印刷　上鎰數位科技印刷有限公司

法律顧問　林長振法律事務所　林長振律師

定價　新台幣 420 元

初版　2022年 08 月

© ISBN : 978-986-246-699-5

STS
山田社

STS

山田社

STS
山田社

STS
山田社